MORD IM HOTEL SAVOY

Oliver Thalmann wurde 1975 geboren und wuchs in Hergiswil bei Willisau im Kanton Luzern (Schweiz) auf. Seit über fünfzehn Jahren arbeitet er als Unternehmer im Bereich der erneuerbaren Energien. Er lebt mit seiner Ehefrau und seinen zwei Kindern im Kanton Zürich.

Dieses Buch ist ein Roman. Handlungen und Personen sind frei erfunden. Ähnlichkeiten mit lebenden oder toten Personen sind nicht gewollt und rein zufällig.

OLIVER THALMANN

MORD IM HOTEL SAVOY

Zürich Krimi

emons:

Bibliografische Information der Deutschen Nationalbibliothek
Die Deutsche Nationalbibliothek verzeichnet diese Publikation in der Deutschen Nationalbibliografie; detaillierte bibliografische Daten sind im Internet über http://dnb.d-nb.de abrufbar.

MIX
Papier aus verantwortungsvollen Quellen
FSC® C083411
FSC
www.fsc.org

Umschlagmotiv: istockphoto.com/AleksandarGeorgiev
Umschlaggestaltung: Nina Schäfer, nach einem Konzept von Leonardo Magrelli und Nina Schäfer
Umsetzung: Tobias Doetsch
Gestaltung Innenteil: DÜDE Satz und Grafik, Odenthal
Druck und Bindung: CPI – Clausen & Bosse, Leck
Printed in Germany 2022
ISBN 978-3-7408-1429-8
Zürich Krimi
Originalausgabe

Jeder sollte als Individuum respektiert werden,
aber niemand vergöttert.
Albert Einstein

1

Er schaute auf seine Uhr.

Noch sieben Stunden.

Er zog den Verschluss seiner HK P30 mit der rechten Hand nach hinten und arretierte ihn. Mit der linken Hand drückte er den Verschlussfanghebel ein und steckte ihn in die Rastposition, bis er ihn herausziehen konnte. Danach stiess er das Griffstück nach vorne, nahm die Schiessfeder und das Rohr aus dem Verschluss. Er hielt die Griffstange des Reinigungsgeräts, um das Rohr zu säubern. Er nahm die Ölflasche vom Küchentisch, presste einen winzigen Tropfen heraus und rieb das Rohr mit dem Putzlappen. Das Gerät glänzte wie neu, es war bereit für den nächsten Einsatz.

Sein Handy klingelte. Als er den Namen auf dem Display aufleuchten sah, wusste er, dass dieser Tag nichts Gutes bringen würde.

«Wo zum Teufel sind Sie?»

«Ausser Dienst.»

«Wir haben einen Auftrag für Sie.»

«Unmöglich. Ich stehe nicht zur Verfügung.»

«Das ist kein Wunschkonzert. Wir haben ein Problem.»

«*Sie* haben ein Problem, nicht ich. Ich bin eigentlich schon weg.»

«Nicht so schnell.»

Angela Bitterli war penetrant. Es war kein Zufall, dass sie seit Jahren – umgeben von lauter Männern – an der Spitze des Kommandos stand. Das war keine Aufgabe für Duckmäuser. Die Frau war stur wie ein Esel.

«Wo liegt das Problem?»

«Im Hottinger Quartier. Ich schicke Ihnen die Adresse per SMS.»

«Wieder ein kolumbianischer Drogenhändler?»

«Nein. Zur Abwechslung einmal ein Schweizer.»

«Kann das nicht jemand anders übernehmen?»

«Das Dossier ist Ihnen zugewiesen worden.»

Das war die Antwort, die er befürchtet hatte, die er aber nicht hören wollte. «Das war keine gute Idee.»

Nicht dass er eine Vorliebe für Morde an Ausländern hätte, aber es war einfach der falsche Zeitpunkt, um einen neuen Auftrag anzunehmen.

«Machen Sie sich auf den Weg.»

«Sie brauchen einen anderen, ich kann wirklich nicht.» Sein letzter, zaghafter Versuch, sie umzustimmen.

«Nicht möglich. Befehl von ganz oben.»

Nein. Bitte nicht. «Ganz oben? Der Direktor?»

Was will der denn schon wieder von mir?, fragte er sich.

«Erledigen Sie den Fall. Je schneller, desto besser. Für alle. Dann lässt er Sie und uns wieder in Ruhe.»

«Ich habe doch –» Er hörte nur noch drei Pieptöne und ein Knacken in der Leitung. Sie hatte den Hörer bereits aufgelegt.

Er schlug mit der Faust auf den Tisch.

Dio mio!

Er starrte an die Decke und atmete tief durch.

Sein Handy piepte, und die SMS traf ein. Monti schaute sich die Nachricht an, steckte sein Telefon in die Hosentasche und setzte die gereinigten Teile der Pistole wieder zusammen.

2

Das hatte ihm gerade noch gefehlt. Am Nachmittag wollte er mit Nicole, die vorher noch ihre Talkshow aufzeichnen musste, die sonst immer live am Abend über den Bildschirm flimmerte, für ein paar Tage ins Tessin fahren, um sich von den Strapazen der letzten Monate zu erholen und nicht zuletzt um ihre Beziehung – oder was davon übrig geblieben war – zu retten. Nicole hatte ein Rustico mit wunderschöner Sicht auf den Lago Maggiore reserviert.

Keine zwanzig Minuten später parkierte Monti seinen Audi A5 auf dem gelben Kiesbett, das den Übergang von der Sackgasse der Kempterstrasse zu den Weinreben am Sonnenberg markierte. Er öffnete das Handschuhfach, steckte sich ein Paar Einweghandschuhe und blaue Vinylüberzieher in seine Jacke. Er stieg aus seinem Auto, zündete sich eine Zigarette an und blickte hinunter auf die Innenstadt. Es war ein wolkenverhangener Frühlingstag, der Regen hatte nachgelassen und war in ein Nieseln übergegangen. Monti betrachtete das Strassenschild, das auf Lothar Kempter verwies, einen früheren Komponisten und Kapellmeister am Zürcher Stadttheater. Im Gegensatz zum Klusplatz, der keine zweihundert Meter entfernt lag und der ein lautes Verkehrsdrehkreuz für Autos sowie Trams und Trolleybusse bildete, war es in diesem Wohnquartier gespenstisch ruhig, als ob es vom Rest der Stadt hermetisch abgeriegelt wäre. Einzig eine Nonne lief bedächtig mit einem Regenschirm den Jupitersteig zwischen Rebbergen, wo die Pinot-noir-Sorte angepflanzt wurde, hinunter und grüsste ihn freundlich mit einem Kopfnicken, das er erwiderte.

Er nahm sein Handy aus der Innentasche seines Sakkos und blickte auf das leere Display. Auf der kurzen Fahrt von seiner Wohnung im Seefeld hierher hatte er mehrmals versucht, Nicole zu erreichen. Vergeblich. Vielleicht ahnte sie, was er ihr zu berichten hatte.

Er umlief die zahlreichen Pfützen, die sich wie kleine Krater im Kiesbett gebildet hatten, um seine braunen Lederschuhe nicht in Mitleidenschaft zu ziehen, als er zur angegebenen Adresse marschierte. Erst als er vor dem Haus der Kempterstrasse 26 stand, realisierte er dessen Ausmass. Die Villa thronte wie auf einem Sockel auf einer terrassierten Steinmauer, versetzt von der Strasse. Drei seitlich vom Haus gepflanzte Buchen schützten das Anwesen vor neugierigen Blicken. Allein die Garageneinfahrt war breit genug für drei Geländewagen. Monti erkannte einen der drei Wagen, die davorstanden. Es war der blaue Subaru Impreza von Kollege Urech.

Er hob das rot-weisse Absperrband hoch und marschierte die Steintreppe hinauf. Nach gefühlten hundert Stufen erreichte er den Hauseingang, wo er das Namensschild an der Türklingel musterte.

Marc Berger.

Der Name kam ihm bekannt vor, aber er konnte ihn nicht einordnen.

Er zog die Handschuhe und die Vinylüberzieher an, öffnete die Tür und trat ins Haus ein. Er lief den Korridor entlang, als ihm ein stechender Geruch entgegenkam, sein Magen zog sich zusammen. Urs Schaller nickte ihm kurz zu, zischte an ihm vorbei und schoss eifrig Bilder mit einer Spiegelreflexkamera und Aufsteckblitz.

Monti sah in der hinteren Ecke des Wohnzimmers den Rücken einer Person mit weissem Schutzanzug, die sich über den Spurensicherungskoffer beugte. Er näherte sich ihr; als er sie erkannte, klopfte er ihr auf die Schulter. Der Mann zuckte zusammen und drehte sich ruckartig um.

«Monti. Dich haben sie auch aufgeboten?»

Monti ignorierte die Bemerkung und fragte: «Habt ihr schon etwas Interessantes gefunden? Wonach sieht es aus?»

«Du musst dich gedulden. Wir sind erst seit einer halben Stunde hier.»

Monti unterliess es, nachzuhaken. «Habt ihr eine Atemschutzmaske für mich?»

«Fehlt leider heute in unserem Sortiment.» Hafner lächelte, drehte sich von ihm ab und streute wieder Russpulver auf die Kommode, in der Hoffnung, Fingerabdrücke zu sichern.

Monti schaute sich im Wohnzimmer um. Es war sauber, makellos und aufgeräumt, als ob die britische Königin demnächst zu Besuch käme. Vier silberne Kissen lagen fein säuberlich auf den zwei Sofas verteilt, und zwei Armlehnstühle in passenden Farben standen dazwischen. Ein grosser LED-Flachbildschirm hing an der Wand, links davon war ein offenes Cheminée, das mit Buchenscheiten gefüllt war. An den Wänden hingen drei impressionistische Bilder. Ob sie echt waren, wusste er nicht, aber einen guten Geschmack schien der Mann besessen zu haben.

«Was zum Teufel machst du denn hier?», fragte Urech und streckte den Kopf aus dem angrenzenden Zimmer.

«Arbeiten. Was denn sonst?», sagte Monti und ging auf Urech zu.

«Gestern im Schiesskeller hast du mir vom sonnigen Tessin vorgeschwärmt. Ich dachte, du wolltest mit Nicole ein paar Tage verreisen.»

«Das habe ich auch gedacht.»

«Das wird Nicole aber nicht gefallen. So wirst du wieder zum Junggesellen.»

Monti verzog seinen Mund, antwortete nicht. Ein Junggesellenleben hatte gewisse Vorteile wie die uneingeschränkte Freiheit und Unabhängigkeit, aber er war ein sozialer Typ, der es liebte, stets von Menschen, sei es von noch so komischen Charakteren, umgeben zu sein.

«Jemand anders hätte doch den Fall übernehmen können.» Urech verdrehte die Augen.

«Theoretisch ja, praktisch nein.»

«Weshalb?» Urech sah ihn verdutzt an.

«Befehl von oben.»

«Die Kommandantin?»

«Weiter oben. Ganz oben.» Monti deutete mit dem Zeigefinger nach oben.

«Häfliger?»

«Es sieht so aus.»

«Was mischt der sich wieder ein? Hat er nichts Wichtigeres zu tun?»

Da er das Thema wechseln wollte, fragte Monti: «Wo ist der Staatsanwalt?»

«Den hast du gerade verpasst. Müller, die Nervensäge, ist vor zehn Minuten gegangen. Er war vor mir auf dem Platz, gleich nach der Stadtpolizei.»

Ein Unglück kommt selten allein, dachte Monti. Das Pech schien an ihm zu kleben. Dr. Hans Müller von der Staatsanwaltschaft I, die für schwere Gewaltverbrechen zuständig war, hatte Brandtour und nahm sich des Falls an.

«Er hat ausrichten lassen, dass er dich nachher in seinem Büro sehen möchte», sagte Urech und ging an Monti vorbei.

Monti folgte ihm ins nächste Zimmer. Der penetrante Gestank stach ihm durch die Nase ins Hirn.

«Hier liegt er», sagte Urech.

Nach wenigen Schritten verkrampfte sich Montis Magen weiter. Er hielt die Luft an und unterdrückte den Brechreiz. Er sah die Ursache für den bissigen Geruch. Ein hässliches Bild.

Er sah eine braungelbe Lache von Erbrochenem und Fäkalien, die eine Spur über den Plattenboden des Badezimmers zog. In der Mitte lag der tote Mann. Splitternackt. Aus seinen Mundwinkeln hingen dünne Speichelfäden, die wie zu einem Spinnennetz geformt waren. Die Beine waren angewinkelt, der Kopf seitlich gelagert und der rechte Arm ausgestreckt, als wollte er nach etwas greifen. Die Pupillen waren klein wie Stecknadeln.

Monti schluckte leer. Auch nach fast dreissig Jahren im Polizeidienst war er immer noch nicht immun gegen diese Anblicke und Gerüche.

Er ging in die Knie. Der Mann hatte gerades braunes Haar mit einem Mittelscheitel. Die Haare klebten zusammen, der Mann musste den Kopf in der Lache gedreht haben, ein Rest von Feuchtigkeit schimmerte noch von der Kopfhaut.

«Die Putzfrau hat die Leiche heute Morgen entdeckt», riss ihn Urech aus seinen Gedanken.

«Was hat sie berichtet?»

«Nicht viel. Sie hatte einen Schlüssel und kam gegen acht Uhr in die Wohnung. Sie rief die 117 an. Die Stadtpolizei hat uns angerufen, als sie den Toten auffanden.»

«War die Putzfrau regelmässig hier?»

«Ja, sie kommt jeden Dienstag, um die Wohnung zu putzen und die Wäsche zu machen.»

«Hat sie etwas Besonderes bemerkt?»

«Nein.»

«Ist die Wohnung immer so ordentlich aufgeräumt?» Das kam ihm suspekt vor. Alles hatte seine Ordnung und seinen Platz, aber die Gegenstände gaben nicht viel preis.

«Offenbar. Der Hausherr schien ein ordentlicher Mensch gewesen zu sein.»

«Wo ist sie jetzt?»

«Sie sitzt unten im Wagen bei unserer Psychiaterin.»

«‹Psychologischer Dienst› heisst das.»

Monti wollte Urech gerade nach dem Verbleiben des Notarztes fragen, als er eine bekannte, laute Stimme hinter seinem Rücken hörte, die bereits auf ihn einredete, bevor er sich zu ihr umgedreht hatte. Sie gehörte zu Professor Dr. Heinrich Oberholzer, dem Direktor des Instituts für Rechtsmedizin.

Weshalb war der Chef höchstpersönlich für die Legalinspektion vor Ort? Ihn hatte Monti seit Jahren an keinem Tatort mehr gesehen, gewöhnlich sass er in seinem Büro im Irchelpark an der Winterthurerstrasse 190.

«Der Mann litt an einer starken Exsikkose. Das sieht das geschulte Auge sofort», sagte Oberholzer, ohne Monti zu begrüssen.

«Was bitte ist eine Exsikkose?»

«Dehydration, Herr Monti. Der Mann hat Flüssigkeit verloren.»

«Das sehen wir auch», sagte Monti.

«Der Abgang der Flüssigkeit ist eine typische Abwehrreaktion des Körpers, wenn er fremde Substanzen registriert. Der Mann muss unter starken Krämpfen gelitten haben. Die Muskeln an den Armen und Beinen sind zusammengezogen.» Oberholzer zeigte auf die Waden der Leiche.

«Kommt das von der Einnahme von Drogen?»

«Das ist eine von vielen möglichen Ursachen.»

«Was sieht Ihr geschultes Auge?»

«Haben Sie bitte etwas Geduld. Wir pflegen unsere Arbeit mit maximaler Sorgfalt auszuführen, was ein Mindestmass an Zeit benötigt.»

«Ihnen lässt sich wieder einmal nichts entlocken.»

Das Verschwinden der Goldreserven in Fort Knox war wahrscheinlicher, als dass Oberholzer sich mit einer Aussage auf wackelige Äste wagte.

«Wir werden eine Obduktion und eine detaillierte medizinische Untersuchung der Leiche auf Einstiche, äussere Gewalt und sonstige Einwirkungen durchführen, die durch eine toxikologische Analyse von unseren Experten ergänzt wird.»

Oberholzer gehörte zum alten Eisen des IRM, ohne ihn hätte es nicht seinen hervorragenden Ruf. Er war seit über zwanzig Jahren am selben Ort tätig, neben einigen Gastvorlesungen an in- und ausländischen Universitäten widmete er sich ausnahmslos der Arbeit am Institut. Regelmässig publizierte er wissenschaftliche Artikel in renommierten Fachzeitschriften, was ihm auch den einen oder anderen Wissenschaftspreis eingebracht hatte. Aber was Monti mehr beeindruckte und ihm nicht selten nützlich war in seinen Ermittlungen, waren die nahezu fehlerfreien und sorgfältig verfassten Gutachten. Er konnte sich nicht an einen Fall erinnern, wo die Konklusionen des Rechtsmediziners sich am Schluss als falsch erwiesen hatten.

«Wann wird die Leiche obduziert?», fragte Monti.

«Der Auftrag hat oberste Priorität. Wir werden sie heute Vormittag, unter meiner Leitung und Aufsicht, obduzieren.»

«Der Chef höchstpersönlich legt Hand an?»

«Der Fall ist so delikat, und wir dürfen uns keine Fehler erlauben. Zudem wurde ich von unserem geschätzten Herrn Justizdirektor Dr. Reto Häfliger persönlich darum gebeten.»

Monti nickte Oberholzer zu, obwohl ihm unklar war, weshalb der Fall delikat war. «Wann liegen die Ergebnisse Ihrer Untersuchungen vor?»

«Wir werden der Staatsanwaltschaft unsere Resultate in gewohnter Form eines detaillierten Berichtes, der keine Fragen offenlässt, innert achtundvierzig Stunden in elektronischer Form übermitteln.»

«Wir sind gespannt.» Monti klopfte Oberholzer auf die Schulter.

Oberholzer rümpfte die Nase und drehte sich ab, um einen seiner Mitarbeiter lautstark zurechtzuweisen und ihm Anweisungen zu geben, wie die Leiche konserviert und abtransportiert werden sollte.

«Ich sehe keine Schusswunden, keine Beulen, keine Einstiche», sagte Urech und beugte sich zur Leiche hinunter, als ob er seine Aussage überprüfen wollte.

Der WC-Deckel war hochgeklappt. Die Schüssel war auch bedeckt mit Erbrochenem. Monti zuckte mit den Schultern und ging zur frei stehenden Badewanne, die bis auf einen braunen Waschlappen leer war.

Sie verliessen das Badezimmer und gingen ins Schlafzimmer, das ebenfalls ordentlich aufgeräumt war. Ein Doppelbett mit zwei grossen Kissen, ein seidenes Duvet, ein begehbarer Kleiderschrank mit integriertem Spiegel und zwei Nachttische füllten den Raum. Anschliessend erblickte Monti eine Wodkaflasche, die offen auf dem Nachttisch stand. Der Deckel lag auf dem Boden, und zwei Drittel des Inhalts fehlten. Er hielt die Flasche Urech vor die Nase.

«Wodka Absolut. Gute Qualität», sagte Urech.

Monti lächelte und sagte: «Da kennst du dich aus. Dein Spezialgebiet.»

«Hat er sich totgesoffen?»

Monti schüttelte den Kopf. «Das bezweifle ich. Die Menge

Alkohol reicht bei der Grösse und dem Gewicht der Leiche nicht aus.»

«Vielleicht war es nicht die erste Flasche?»

Sie gingen kurz durch das zweite, kleinere Gästebadezimmer, ohne dass ihnen etwas Ungewöhnliches auffiel, bevor sie sich in die Küche begaben.

«Schau mal hier.» Urech hielt eine Schranktür auf, wo sich neben anderen Spirituosen zwei weitere Wodkaflaschen befanden, diese waren allerdings ungeöffnet.

«Der Mann war dem Alkohol nicht abgeneigt», sagte Monti.

Das nächste Zimmer am Ende des Flurs schien als Büro und Bibliothek zu dienen. Ein Wandschrank mit Türen und Schubladen stand links vom Eingang. Urech zog die Schubladen auf und stöberte nach Dokumenten, Notizen, Gegenständen, einem Tagebuch oder einem Abschiedsbrief. Alles vergeblich. Er fand nur ein paar eingerahmte Fotos einer Frau und eines Kindes, die er auf den Schreibtisch legte.

Das Büchergestell aus Nussbaum war voll mit Biografien, Betriebswirtschaftshandbüchern, Enzyklopädien und Schweizer Literatur von Friedrich Dürrenmatt, Max Frisch und Urs Widmer. Schön alphabetisch, nach Kategorien und Sprachen eingeordnet.

«Der Mann war kultiviert, belesen und diszipliniert», sagte Monti.

«Ein Akademiker.»

«Etwas Kultur täte dir auch gut.» Monti zwinkerte Urech zu.

«Jetzt werde nicht frech. Ich bin Mitglied im Jagd- und Schützenverein. Das ist genug Kultur für mich.»

Monti zog seine Plastikhandschuhe zurecht und durchstöberte die fein säuberlich geordneten Stapel an Dokumenten und Zeitschriften auf dem schwarzen Pult. Als er die Gesetzesentwürfe, die allesamt mit grünen und roten Post-its versehen und mit roten handschriftlichen Notizen übersät waren, entdeckte, griff er sich an die Stirn. Endlich konnte er den Namen einordnen. «Er war ein Politiker, nicht wahr?»

«Bingo. Sag bloss, du hast ihn nicht erkannt?», fragte Urech.

«Nationalrat?»

«Ein Sesselkleber in Bern. Guter Freund und Parteikollege von Häfliger.»

«Deshalb der ganze Aufwand.»

«Klar. Denkst du, Professor Oberholzer würde seinen Arsch aus seinem Büro bewegen, wenn es sich um einen gewöhnlichen Sterblichen handeln würde?»

«Aber unser Herr Justizdirektor ist doch nicht in der Grünen Partei.»

«Nein, der ist alles andere als grün.»

«Berger beschäftigte sich mit dem Wohl der Vögel?» Monti hielt ein Buch mit einem Kuckuck auf der Titelseite in die Höhe.

Urech schüttelte den Kopf, wie er es immer tat, wenn er etwas nicht für gut befand. «Das ist der Brutvogelatlas der Vogelwarte Sempach.»

«Was hat Berger damit zu tun?»

«Vermutlich nichts. Er war Opfer einer Werbeaktion der Grünen, die allen Parlamentariern in Bern während der Frühlingssession einen Vogelatlas und einen toten Vogel aufs Pult gelegt hatten.»

«Das ist aber makaber. Was wollten sie damit erreichen?»

«Aufmerksamkeit für ihre verrückten Anliegen – die Vogelschutzinitiative. Sie wollen das Aussterben des Kuckucks in der Schweiz aufhalten per Verfassungsänderung.»

«Wie soll das denn gehen?»

«Wie immer. Auf Kosten der Bauern, die sich bei der Bewirtschaftung ihrer Parzellen einschränken sollen. Die Grünen schieben ihnen die Schuld am Aussterben der Vögel in die Schuhe. Die Intensivierung der Bodennutzung und die Verwendung von Pestiziden in der Landwirtschaft sollen für das Aussterben der Vögel verantwortlich sein.»

«Da ist wohl etwas dran», sagte Monti und lief an Urech vorbei.

Urech seufzte und rümpfte die Nase. Er stammte aus einer

Bauernfamilie aus dem Luzerner Hinterland, die er im Sommer jeweils tatkräftig beim Heuen unterstützte, und vertrat immer deren Interessen bei politischen Diskussionen.

Monti legte das Buch zurück auf den Tisch und näherte sich der Fensterfront auf der gegenüberliegenden Seite, wo eine Schiebetür zur Terrasse führte. Er öffnete sie und trat hinaus, wo ihm die kühle und feuchte Luft entgegenwehte. Er genoss die atemberaubende Aussicht auf das Stadtzentrum und den lang gezogenen schmalen Zürichsee. Urech gesellte sich zu ihm und zündete sich eine Zigarette an.

«Möchtest du auch eine?», fragte ihn Urech.

«Gerne.»

Urech zeigte auf einen Aschenbecher, der überquoll. «Berger war auch ein Glimmstängelabhängiger wie wir.»

«Gott hab ihn selig.»

«Für mich sieht das nicht wie ein Gewaltverbrechen aus», sagte Urech.

«Sammeln wir zuerst einmal alle Fakten, bevor wir falsche Schlüsse ziehen.»

Nachdem sie geraucht hatten, tappten sie zurück ins Bürozimmer. Auf dem Bürotisch stand ein MacBook, dessen Bildschirm zwei Applikationen zeigte, und daneben lag ein Smartphone. Der Firefox-Webbrowser des Laptops war im Vollbild geöffnet, er zeigte die Internetseite der Zürcher Regionalbank mit der in dicker blauer Farbe geschriebenen Meldung «Sie wurden aus Sicherheitsgründen ausgeloggt», und am rechten unteren Rand überlappte ein kleines Fenster mit der Face-Time-App den Webbrowser, das in roter Farbe einen verpassten Telefonanruf um sieben Uhr dreizehn anzeigte.

Reto Häfliger.

«Ist das unser Häfliger?», fragte Urech ungläubig.

«Drück auf das kleine i am Rand, dann wissen wir es.»

Urech streifte sich ein paar Handschuhe über und drückte mit dem Cursor auf das kleine i neben dem Namen. Nun leuchtete die Kontaktinformation zum Namen Reto Häfliger auf. Alle Felder waren leer bis auf die Telefonnummer. Monti nahm sein Handy hervor, tippte die Nummer ein und drückte das grüne Verbindungssymbol. Nach dem ersten Anrufzeichen hängte er auf. Er hielt Urech sein Telefon vor die Nase, der verblüfft darauf schaute. Volltreffer.

Dr. Reto Häfliger, Regierungsrat und Vorsteher des Justizdepartements. Der höchste Vorgesetzte der Staatsanwaltschaft. Urech schoss ein Foto vom Bildschirm des Laptops mit seinem Handy und rümpfte die Nase.

«Wir sind durch. Wir transportieren die Leiche jetzt ab und bringen sie ins Institut.» Oberholzer sprach die Worte aus, ohne Monti auch nur eines Blickes zu würdigen.

Monti nickte. Er ging auf Hafner zu und bat ihn, den Laptop und das Smartphone im Arbeitszimmer ebenfalls mitzunehmen, um die Daten und die Anrufliste zu analysieren sowie die Fingerabdrücke auf den Zigarettenstummeln auf der Terrasse zu überprüfen.

Urech und Monti nahmen die Treppe hinunter zum weissen Kastenwagen des Psychologischen Dienstes, der immer noch vor der Einfahrt stand. Monti klopfte und öffnete die Tür. Im Inneren befand sich eine jüngere Psychologin, die einer älteren Frau mit gewellten schwarzen Haaren gegenübersass. Die ältere Frau stellte sich als Maria Clara González vor. Sie trug einen langen braunen Rock und eine weisse Bluse. Monti setzte sich neben sie, und Urech quetschte sich neben die Psychologin auf die Bank auf der anderen Seite.

«Frau González, können Sie uns erzählen, was heute Morgen passiert ist?», fragte Monti.

Die Frau nahm ein Papiertaschentuch und trocknete die Tränen in ihrem bleichen Gesicht. «Ich kam um acht Uhr ins Haus und wollte meine Jacke aufhängen, als mir ein schrecklicher Geruch entgegenkam.» Ihr versagte die Stimme.

«Und dann?»

«Ich ging ins Badezimmer und sah –»

Sie schnaufte laut, fasste sich mit der Hand an den Mund und begann zu weinen. Die Frau stand unter Schock. Die Psychologin schaute Monti an, um ihm ohne Worte mitzuteilen, dass er sich kurz halten sollte. Etwas, was ihm gewöhnlich nicht leichtfiel, aber sein gesunder Menschenverstand teilte ihm mit, dass es nicht viel Sinn machte, die Frau lange zu befragen. Urech hatte von ihr zuvor bereits einige wenn auch wenig relevante Aussagen erhalten. Als sich die Frau etwas gefasst hatte, entschied er sich, noch zwei Fragen zu stellen.

«Ist Ihnen etwas aufgefallen in der Wohnung?»

«Nein, sie war aufgeräumt wie immer. Herr Berger ist ein ordentlicher Mensch.» Sie sprach im Präsens, als ob Berger noch am Leben war.

«Seit wann arbeiten Sie für Herrn Berger?»

«Seit vier Monaten», sagte Frau González, bevor sie wieder von einem Weinkrampf eingeholt wurde. Und damit war das Gespräch beendet.

Urech und Monti verabschiedeten sich von den beiden Frauen und stiegen aus dem Wagen aus.

Ein gelbes Elektrodreirad kreuzte vor ihnen auf. Es war der Briefträger, der das Absperrband musterte, sich dann entschied, von seinem Sattel herunterzusteigen und mit einem Griff unter die graue Plane aus seinem Anhänger einen Stapel Briefe zu schnappen.

«Was ist denn hier los?», fragte er.

«Polizei», sagte Monti.

«Können Sie die Post entgegennehmen? Es hat einen eingeschriebenen Brief dabei.»

Der Briefträger wollte die Briefe nicht unverrichteter Dinge in die heimische Poststelle zurückbringen, das gab womöglich negative Punkte auf irgendeinem Beurteilungsbogen, die sicherlich auch bei der Post Einzug gehalten hatten, dachte Monti.

Urech nahm den Brief entgegen und kritzelte seine Unterschrift auf den Bildschirm des klobigen Empfangsbestätigungsgeräts, das ihm der Briefträger entgegenstreckte.

«Hier ist der Rest der Post. Ich wünsche einen schönen Tag.» Der Briefträger schwang sich auf den Elektroroller und fuhr zum nächsten Haus.

Urech sortierte die Post und verteilte sie auf der Motorhaube seines Subaru. Der eingeschriebene Brief war vom Steueramt des Kantons Zürich, ein weisser Brief stammte von der Zürcher Regionalbank, und ein dunkelrotes Couvert hatte keinen Absender. Er griff in seine linke Hosentasche und zog sein rotes Sackmesser mit Schweizer Kreuz heraus.

«Was soll das?», fragte Monti.

«Ich öffne die Briefe.»

Bevor er etwas dagegen unternehmen konnte, hatte Urech den Brief vom Steueramt bereits geöffnet.

«Das ist eine Veranlagungsverfügung.»

«Und? Du kannst doch nicht einfach Briefe von fremden Leuten öffnen.»

«Er ist tot, Fabio.»

«Trotzdem.»

Urech schaute auf die aufgeführten Zahlen und legte das Schreiben zurück auf die Motorhaube. «Nicht schlecht. Am Hungertuch hat er nicht genagt.»

Monti beugte sich vor und warf einen Blick auf das Schreiben. «So lässt es sich leben», stimmte er ihm zu, bevor er sich korrigierte: «So liess es sich leben.»

«Genützt hat es ihm auf jeden Fall nicht.»

«Geld schützt nicht vor dem Tod.»

Urech öffnete den nächsten Brief, der eine Einladung der Zürcher Regionalbank zu einer Edvard-Munch-Ausstellung im Kunsthaus enthielt. Der letzte dunkelrote Briefumschlag mit Poststempel Bern hatte eine gewölbte Form und bestand aus dickerem Pergamentpapier im B6-Format. Urech hielt das Couvert an sein linkes Ohr und schüttelte es. Vergeblich. Der Gegenstand im Umschlag bewegte sich nicht.

«Was ist das?» Urech streckte ihm das Couvert vors Gesicht. Es roch nach Parfüm, nach männlichem Parfüm.

Urech schnitt den Umschlag an der Längskante auf, zog den Inhalt vorsichtig heraus und legte ihn vor sich auf die Motorhaube.

Eine pechschwarze Karte.

Eine pechschwarze Karte, die mit Kohlenfarbe grundiert war und in der Mitte ein weisses Kreuz aus zwei Doppelstrichen aufwies, lag vor ihnen. Urech nahm sie in die Hand und öffnete die vierseitige Karte. Auf der linken Innenseite der Karte klebten drei Würfel, die der Absender mit durchsichtigem Leim befestigt hatte.

«Was zum Teufel ist das?», fragte Urech.

«Eine Trauerkarte.»

«Herrgott noch mal! Das sehe ich selber.»

«Das ist aber bizarr.»

«So schnell? Der Mann ist keine vierundzwanzig Stunden tot.»

«Die Post für Sie – einfach versenden, schnell ankommen», zitierte Monti einen Werbeslogan.

Der Würfel links aus Kunststoff wies auf der Oberfläche sechs Augen auf, der mittlere war ein hölzerner Farbwürfel und zeigte einen schwarz ausgefüllten Kreis, und der dritte Würfel rechts, wieder ein Zahlenwürfel, zeigte fünf Augen.

Sie schauten sich verdutzt an.

Was sollte diese Karte? Von wem stammte sie? Welche Bedeutung hatten die beiden Augen und der Kreis?

Sie erblickten auf der rechten Innenseite drei Wörter, die in hellgrauer Farbe und maschinengeschriebener Schrift herausstachen: *«Alea iacta est.»*

3

Die drei lateinischen Wörter auf der Trauerkarte gingen Monti während der gesamten Fahrt durch den dichten Verkehr der Innenstadt nicht mehr aus dem Kopf. Als ehemaliger, wenn auch nicht besonders fleissiger Lateinschüler kannte er ihre Bedeutung, aber welchen Sinn ergaben sie im vorliegenden Fall? Die Trauerkarte und deren Überlieferung so kurz nach dem Tod machten ihn stutzig.

War es eine Botschaft des Mörders?

Ein Warnruf?

Oder eine Art Abschiedsbrief?

Er ertappte sich, wie er schon erste Hypothesen für den Fall aufstellte, sein Hirn arbeitete mit Hochdruck, aber seine Ferien begannen doch heute Abend, und Nicole würde ein Donnerwetter lostreten, wenn er sie über deren unvermeidliche Verschiebung informierte.

Er parkierte seinen Audi auf dem ihm zugewiesenen Parkplatz, den er selten benutzte, zog er es doch vor, den öffentlichen Verkehr zu benutzen. Er nahm das Handy in die Hand und schaute auf das Display. Leer. Keine SMS, keine WhatsApp-Nachricht, kein verpasster Anruf. Er wählte die Nummer von Nicole, wiederum erreichte er nur den Telefonbeantworter. Er stieg aus und rauchte eine Zigarette, bevor er sich ins Büro begab. Sein Nikotinkonsum hatte in letzter Zeit wieder deutlich zugenommen, was Nicoles Aufmerksamkeit nicht entgangen war; selbst Kettenraucher Urech hatte ihn darauf hingewiesen, so schlimm war es. Der Pförtner am Eingang schob die Zeitung beiseite, stand auf und schüttelte ihm die Hand. Sie gehörten beide zum Inventar der Kantonspolizei Zürich, dachte Monti, seit fast zwanzig Jahren sahen sie sich fast täglich, tauschten ein paar freundliche Worte aus, scherzten über das wechselhafte Wetter, und immer reichten sie sich die Hände zur Begrüssung. Ein Ritual des Respekts, das ihm, so altmodisch es war, stets gefiel.

Monti ignorierte den Lift und lief die Treppe hoch, um seinem Vorsatz, sich mehr zu bewegen, Rechnung zu tragen. Als er im ersten Stock eine Verschnaufpause einlegte, erinnerte er sich, wie er die Räumlichkeiten der Kriminalpolizei das erste Mal betreten hatte. Er war voller Ehrfurcht gewesen, hatte er doch als einer der jüngsten Polizisten den Sprung – in den Olymp der Polizeibeamten – zur Kriminalpolizei geschafft. Seine neuen Vorgesetzten waren streng, hart, aber auch herzlich. Die asketische Innenausstattung der Räumlichkeiten, die den Charme eines Chemielabors versprühten, hatte ihn anfänglich verwundert. Heute war es der Kostendruck, der ihnen zu schaffen machte. Das rigorose Sparprogramm, das der Regierungsrat der Verwaltung auferlegt hatte, machte auch bei ihnen nicht halt. Noch schlimmer als die fehlenden finanziellen Ressourcen heute war früher der tiefe Bestand an weiblichen Fachkräften, den er an allen Ecken und Enden spüren und sehen konnte. Diese Situation hatte sich über die Jahre verbessert. Waren es schon zwanzig oder gar dreissig Prozent Frauen bei der Kriminalpolizei? Fünfzig wären erstrebenswert.

Er nahm die nächsten zwei Etagen in Angriff und erreichte sein Büro im dritten Stock. Auf dem Schild am Türeingang, das nicht den kantonalen Beschilderungsvorschriften entsprach, stand: «Commissario Fabio Monti».

Seine Mutter hatte ihm das Schild zusammen mit einem Kreuz, das ihn beschützen sollte, zum Amtsantritt überreicht, wie sie ihn auch bei der Dekoration des Zimmers unterstützt hatte, wie er sich gerne erinnerte. An den Wänden hingen zwei Gemälde, Duplikate selbstverständlich, von Claude Monet, der Sitzungstisch war aus edlem Nussbaumholz, und darauf stand eine antike Vase, die mit frischen roten Rosen bestückt war. Nicole musste einst lachen, als er ihr erzählt hatte, dass er einen Tag nach Ablauf seiner Probezeit in einer Nacht-und-Nebel-Aktion auf eigene Kosten den abgewetzten Vinylboden durch Parkett aus feinem Eichenholz ersetzt hatte.

Monti war als leitender Ermittler mit seinen zweiundfünfzig Jahren einer der erfahrensten. In zwei Jahren würde er sein Dienstjubiläum zu dreissig Jahren bei der Kantonspolizei feiern und in den Genuss eines Sabbaticals kommen. Nicole und er malten sich in Gedanken eine Weltreise aus, je ein Vierteljahr in Asien, Australien, Amerika und Europa. Das war zumindest der Plan. War er bis vor zwei Jahren bei seinen Dienstkollegen und der Polizeikommandantin unumstritten, so hatten administrative Mängel, die schon immer bestanden hatten, aber jetzt erst an die Oberfläche kamen, seinen Ruf ramponiert. Die Kommandantin hatte ihn bereits mehrfach ermahnt, aber wegen seiner hohen Aufklärungsrate und der anhaltenden Personalknappheit hatte sie keine andere Wahl, als weiterhin an ihm festzuhalten.

Monti ging ins Nebenzimmer. Er klopfte dreimal an die Tür, wartete, bis eine weibliche Stimme ihn hereinbat.

«Guten Tag, Herr Monti», begrüsste ihn Frau Weber, die auf dem Fenstersims den Narzissen Wasser gab. Obwohl es Usus im Polizeikorps war, sich mit Du zu begrüssen, hielt Frau Weber nichts davon. Der Respekt ging bei diesem modernen, unförmlichen Umgang verloren, hatte sie bereits mehrfach bemängelt. Nicht einmal die Polizeikommandantin, die sonst nichts und niemanden scheute, wagte es deshalb, sie zu duzen.

«Frau Weber, rufen Sie Lüscher und Urech zu einer Sitzung um drei Uhr zusammen. Es geht um den Fall Berger.»

«Ich dachte, Sie hätten Ferien.»

«Verschoben. Bis auf Weiteres.»

Frau Weber hielt die Position der Sekretärin inne, seit Monti zum leitenden Ermittler ernannt worden war. Ihre Berufung hatte er keinen Tag bereut, im Gegenteil, ihm graute es bereits beim Gedanken, dass sie in ein paar Jahren das Pensionsalter erreichen würde.

Er forderte sie auf, einen Polizisten zur Witwe, die vorhin nicht in der Wohnung im Hottinger Quartier war, zu schicken, um sie über den Tod ihres Ehemanns zu informieren.

Er gab ihr kurz ein paar Informationen zum Fall, da Frau Weber gerne über die Sachlage der Fälle im Bilde war. Sie war äusserst diskret und sprach mit niemandem über polizeiinterne Sachverhalte. Sie sprach auch sonst mit niemandem, ausser die Arbeit erforderte es.

«Ich gehe kurz zur Staatsanwaltschaft.»

«Die Kommandantin hat Sie zu einer Besprechung eingeladen.»

«Das muss warten.»

Frau Weber schritt auf ihn zu. Sie war zwar eher klein gewachsen, sicher zwanzig Zentimeter kleiner als Monti, aber das tat ihrer Aura und ihrer Autorität, die sie versprühte, keinen Abbruch.

Sie streifte sich durch ihre gewellten braunen Haare und sagte: «Scheint mir aber wichtig zu sein.»

«Ja, das ist es immer», seufzte Monti und räusperte sich.

Er machte sich auf in die Molkenstrasse 15, die nicht unweit vom Langstrassenquartier mit seinen Nachtclubs und Etablissements lag. So gesehen war die Ansiedlung der Staatsanwaltschaft strategisch geschickt – nahe bei den Kunden – im Epizentrum der Unterwelt platziert, dachte Monti jedes Mal, wenn er hier durchschritt. Die Räumlichkeiten fanden sich angrenzend an den Helvetiaplatz, auf dem am Dienstag- und Freitagmorgen jeweils Gemüsemarkt war.

Müller war seit zehn Jahren der leitende Staatsanwalt in der Sektion I. Müller und Monti kannten sich seit Jahren. Sie hatten an zahlreichen Fällen zusammengearbeitet, meist mit Erfolg. Trotzdem war nie eine Männerfreundschaft zwischen ihnen entstanden. Die Zusammenarbeit mit Müller war, gelinde gesagt, äusserst anspruchsvoll. Müller war ein Wadenbeisser, der ihm ständig im Nacken lag, der immer über die winzigsten Neuigkeiten informiert werden wollte.

«Guten Tag, Herr Monti, der Chef erwartet Sie bereits», begrüsste ihn Frau Hugentobler, die Sekretärin von Müller, mit einem Lächeln, während sie ein Blatt aus dem Drucker nahm. Die Frau hatte stets gute Laune, dachte er und grüsste sie freundlich zurück, bevor er an die angrenzende Tür klopfte. Ein kleiner, schmächtiger Mann mit schwarzem Anzug und grauer Krawatte sass hinter seinem Bürotisch und unterzeichnete gerade ein Dokument, als Monti eintrat. Müller nickte ihm kurz zu, und Monti nahm Platz auf dem Plastikstuhl vor dem Tisch. Das Büro versprühte die Aura einer in die Jahre gekommenen Zahnarztpraxis, es roch nach Desinfektionsmittel und dem Eau de Toilette von Müller. Sein Rechtsanwaltspatent und seine Doktorurkunde ragten unübersehbar von der Wand hinter seinem Tisch.

«Waren Sie bereits am Tatort? Berger hat schrecklich ausgesehen.»

Monti nickte und sagte: «Das tun Tote immer.»

Müller fuhr fort mit gesenkter, leiser Stimme: «Der Fall ist delikat.»

«Ja, das mag sein, aber es ist absurd, mich mit der Leitung der Ermittlungen zu betrauen. Ich habe Ferien gebucht.»

«Das war nicht mein Wunsch, das dürfen Sie mir glauben. Regierungsrat Häfliger hat Ihre Mitarbeit und unsere Zusammenarbeit ausdrücklich gewünscht und angeordnet.»

«Wirklich?» Weshalb mischt sich Häfliger in die Arbeit der Strafverfolgungsbehörden ein?, fragte sich Monti, wagte es aber nicht, die Frage auszusprechen.

Müller ignorierte Montis Verwunderung. «Es besteht der begründete Verdacht, dass Berger eines unnatürlichen Todes gestorben ist.»

«Gilt übermässiger Alkoholkonsum neuerdings als unnatürliche Todesursache?»

«Machen Sie keine Witze, Monti.»

«Haben Sie die Wodkaflasche am Tatort nicht gesehen?»

«Ich habe bei Oberholzer das volle Programm in Auftrag gegeben: Obduktion, Tox-Analyse, Urinproben, Blutalkoholtest und Blutanalyse. Das IRM setzt alle Ressourcen auf den Fall, damit wir das medizinische und toxikologische Gutachten spätestens am Donnerstagabend auf unserem Tisch haben.»

Monti drückte die Lippen zusammen. «Ich verstehe, dass ein

Politiker gestorben ist, aber weshalb dieses grosse Aufsehen? Sie waren wie der Blitz am Tatort, Oberholzer leitet die rechtsmedizinische Untersuchung und die Obduktion höchstpersönlich, und die Kommandantin pfeift mich aus den Ferien zurück.»

«Aufgrund der Prominenz von Marc Berger möchte Regierungsrat Häfliger, dass wir den Fall mit der nötigen Sorgfalt und Diskretion behandeln. Und das mit den besten Leuten.»

«Machen wir das nicht immer?»

Müller stand auf, lief an Monti vorbei. «Bitte reissen Sie sich zusammen. Wir müssen jetzt konstruktiv arbeiten.»

«Ich gebe mir Mühe.» Monti seufzte erneut und erhob sich.

Müller fasste sich mit der linken Hand ans Kinn und schaute aus dem Fenster. «Berger hatte in letzter Zeit einigen Staub auf dem politischen Parkett aufgewirbelt.»

«Und deshalb hat man ihn umgebracht?»

«Das habe ich nicht gesagt.»

«Aber gemeint.»

«Auch nicht. Legen Sie mir nicht immer falsche Worte in den Mund.» Müller drehte sich zu Monti.

«Was sollen wir tun? Oder was nicht?»

«Wir müssen einen grossen Reputationsschaden für den Kanton vermeiden. Vor allem sollen die Medien aus dem Fall so weit wie möglich rausgehalten werden. Das Letzte, was wir jetzt brauchen, sind wilde Spekulationen.»

Monti fragte sich, wie das gehen sollte, war der Tote doch ein bekannter Politiker gewesen. Solche Fälle waren ein gefundenes Fressen für die Medien. Sie davon abzuhalten, eigene Mutmassungen anzustellen, war genauso unmöglich, wie einem Tiger einen Brocken Fleisch aus dem Mund zu reissen. Müller hatte zwar einen Doktortitel erlangt, aber manchmal schien ihm der Realitätssinn abhandengekommen zu sein.

«Lassen Sie das meine Aufgabe sein. Ich habe da so meine Methoden.»

Monti kannte die Methoden, die der Herr Staatsanwalt anzuwenden gedachte, er zweifelte jedoch an deren Erfolgsaussichten.

«Ziel soll es sein, den Fall rasch aufzuklären und zu den Akten zu legen», sagte Müller mit bestimmter Stimme.

Monti sah ihn zweifelnd an.

Müller fuhr unbeeindruckt fort: «Das kriegen wir hin. Wir dürfen kein Drama aus dem Fall machen. Berger war nicht gut drauf, als ich ihn die letzten Male gesehen habe. Er wirkte stark angeschlagen auf mich, aber ich kannte ihn nicht persönlich.»

«Wann war das?», fragte Monti.

«Vor vier Wochen, an einer Parteiversammlung. Er hat nicht gut ausgesehen: Augenringe, Hustenattacken und fettiges Haar. Und die Auseinandersetzung mit –»

«Die Politik ist ein Haifischbecken.»

«Er hatte sich ein heftiges Wortgefecht mit Häfliger geliefert, nachdem er sich zuvor kräftig Mut angetrunken hatte.»

«Politik und Alkohol sind die engsten Verwandten.»

«Bei Berger definitiv.»

«Was war der Grund für die hitzige Diskussion mit Regierungsrat Häfliger?»

«Sie waren sich hinsichtlich der Stossrichtung der Partei nicht mehr einig.»

Monti wusste, dass Häfliger, Berger und Müller der Freiheitlichen Partei angehörten, die für ihre gesellschaftsliberale und wirtschaftsfreundliche Haltung bekannt war. Wer an welchem Flügel innerhalb der Partei agierte, war ihm hingegen fremd.

«Inwiefern?»

«Berger wollte die Bankenregulierung verschärfen: vollständige Transparenz der Geldflüsse, Einführung einer Lohnobergrenze und vollständige Abschaffung des Bankgeheimnisses.»

«Damit hatte er in der Partei keine Begeisterungsstürme ausgelöst.»

Müller schüttelte den Kopf. «Nein, wir brauchen nicht noch mehr Regeln für unsere Banken. Der Bankbereich trägt bereits heute das engste Korsett in unserer Volkswirtschaft.»

«Aber ein paar Bankiers schaffen es, sich dessen trotzdem immer wieder zu entledigen.»

«Monti, Sie verstehen nichts von Politik, schwarze Schafe gibt es überall. Das kann man nicht verhindern. Sie haben auch eines in Ihrer Abteilung.»

«Das ist so», sagte Monti leise, als ihm bewusst wurde, dass auch er den angesprochenen Urech mit seinen Eskapaden gewähren liess, anstatt entschlossen gegen die Missstände einzuschreiten, wie er es im gleichen Atemzug von den Politikern forderte.

«Berger hat sich in den letzten Monaten wie ein Sozialist aufgeführt. Ich habe ihn kaum wiedererkannt.»

Monti mochte die politischen Ausführungen von Müller nicht mehr weiter anhören. Er schaute auf die Uhr mit der Absicht, Müller in seinem Redefluss zu unterbrechen.

«Monti, wir treffen uns morgen Vormittag um sieben Uhr hier zur Sachbearbeitersitzung. Ich habe das ganze Ermittlungsteam aufgeboten, Oberholzer kommt auch. Ich erwarte alle pünktlich zur Sitzung.»

Monti trug den Termin in seine Agenda ein, um nicht reden zu müssen. Er gehörte noch zu denen, die eine Papieragenda führten. Sieben Uhr am Morgen. Er war überrascht, dass sein Terminkalender überhaupt eine Zeile mit sieben Uhr hatte. Er wusste nicht, über was er sich mehr ärgern sollte: den frühen Arbeitsbeginn oder die Aussicht, wieder mit Müller zusammenarbeiten zu müssen.

Auf dem Rückweg zu seinem Büro versuchte Monti, Nicole zu erreichen, aber anstatt ihrer sanften Stimme hörte er wieder nur die automatische Ansage ihres Telefonbeantworters. Er steckte sein Handy in die Westentasche. Als Nächstes wollte er sein Team über den neuen Fall und das Treffen mit Staatsanwalt Müller informieren. Die Zusammenstellung des Ermittlungsteams fiel Monti leicht. Er zog es vor, wann immer möglich mit denselben Personen zu arbeiten. Das hatte zwei Vorteile: Erstens reduzierte das seinen Koordinationsaufwand, und zweitens wussten die Teammitglieder, wie er tickte.

Sein Kernteam umfasste drei Personen. Mit zweien davon lief

die Arbeit immer reibungslos, mit der dritten Person, Urech, hingegen waren Probleme eher die Regel als die Ausnahme.

Pünktlich um drei Uhr erschienen Frau Weber, Peter Urech und Daniela Lüscher, die Cyberspezialistin in seinem Team, wie man die Computerexperten heute nannte, die er von der Forensikabteilung abgeworben hatte. Ein Meisterstück, wie er sich selbst lobend einredete. Frau Weber verteilte Kopien der Aktennotiz von Staatsanwalt Müller, in der die Geschehnisse kurz zusammengefasst waren und Müller mit fetter Schrift auf die diskrete Handhabung des Falls hinwies.

«Regierungsrat Häfliger hat höchstpersönlich angeordnet, dass Müller sich des Falls annimmt», sagte Monti und fügte nach einer kurzen Pause an: «Und meine Wenigkeit.»

«Weshalb das denn? Gibt es nicht diese Anweisung, dass sich die Justizdirektion nicht ins operative Tagesgeschäft der Staatsanwaltschaft einmischt?», fragte Lüscher und setzte hinzu: «Häfliger, Müller und Berger sind respektive waren in derselben Partei. Müsste Müller nicht in Ausstand treten?»

«So viel zum Thema Unabhängigkeit und Interessenkonflikt», sagte Urech und lachte.

«Im nächsten März finden Regierungsratswahlen statt, da möchte Häfliger sicher nicht über einen tragischen Fall stürzen», sagte Lüscher, die ihre blonden Haare zu zwei Zöpfen geflochten hatte.

Monti war sich gewohnt, dass es politische und wirtschaftliche Verquickungen gab, obwohl die involvierten Leute dies meist vehement bestritten.

«Das ist ein heisses Eisen. Die Presse und die sozialen Medien werden sich in Kürze mit Spekulationen überschlagen. Bergers Geschäfte sollen nicht mehr so rundgelaufen sein», sagte Lüscher, die stets auf dem neuesten Stand der Gerüchteküche war.

«Einige spekulieren bereits über Selbstmord», ergänzte Urech.

«Dafür gibt es einfachere und weniger schmerzvolle Methoden. Zudem erhielt Berger diese Karte post mortem», sagte

Monti, klappte die Trauerkarte mit den Würfeln auf und hängte sie an die grosse weisse Pinnwand.

«Eine Trauerkarte?», fragte Frau Weber.

«Was bedeuten die Wörter ‹*Alea iacta est*›?», fragte Lüscher.

Monti schenkte sich ein Glas Wasser ein und sagte: «Das ist lateinisch und heisst: ‹Die Würfel sind gefallen.›»

«Berger ist gefallen», gab Urech von sich. «Jemand hat eine Entscheidung getroffen.»

«Julius Cäsar soll diese Worte benutzt haben, als er seine römische Truppe über den Fluss Rubikon, der die Grenze zwischen Gallien und Italien bildete, geschickt hatte, was den Bürgerkrieg auslöste», antwortete Monti, stolz, dass sein privates Geschichtsstudium, das eine seiner grössten Leidenschaften war, endlich auch für seinen Beruf nützlich war.

«Was hat das mit unserem Fall zu tun?», fragte Lüscher und nahm die vor ihr liegende Red-Bull-Dose in die Hand.

«Das werden wir herausfinden müssen», entgegnete Monti, während er sich an seinen Computer platzierte, seine Lesebrille aufsetzte und die drei lateinischen Wörter in die Suchmaschine eingab. Er schaute auf Wikipedia nach und zitierte: «‹Der Ausspruch bezieht sich einerseits auf die unwiderruflich eintretenden Rechtsfolgen einer begangenen Gesetzesübertretung – die Würfel sind in der Luft und nicht mehr in der Hand –, andererseits auf das Risiko des unklaren Ausgangs: Die Würfel können auf jede Seite fallen.›»

«Das ist eine Botschaft», sagte Lüscher.

«Vielleicht die eines Serienmörders», erwiderte Urech und schaute zu Monti hinüber, der die Nase rümpfte.

«Was wäre das Motiv?», fragte Lüscher.

Urech strich mit der rechten Hand über die Stirn. «Keine Ahnung. Hass auf die Freiheitliche Partei?»

Lüscher schaute Urech an und schüttelte den Kopf. «Dann müsste er ein Viertel des Parlaments auslöschen. Ich glaube nicht, dass wir es mit einem Serienmörder zu tun haben. Ein Serienmörder würde die Mitteilung öffentlich machen und nicht an die Adresse des Opfers schicken.»

«Das macht Sinn», sagte Monti.

«Schliessen wir Selbstmord aus?», fragte Lüscher.

Monti stand auf, lief ein paar Schritte und schaute die Kollegen an. «Halte ich für unwahrscheinlich. Warten wir ab, was der Gerichtsmediziner herausfindet.» Er erinnerte sich an eine Reihe von Selbstmorden von hohen Managern bei Industrieunternehmen, die letztes Jahr für Schlagzeilen in der Presse gesorgt hatten. Einer hatte sich erhängt, einer erschossen, aber keiner hatte sich vergiftet. Monti schaute sich um und sagte: «Wir müssen herausfinden, wer die Karte gesendet hat.»

«Wie willst du das anstellen?», fragte Lüscher.

«Der Poststempel auf dem Brief verrät uns das Quartier in Bern, in dem der Brief aufgegeben wurde.»

Urech kniff die Lippen zusammen und starrte Monti ungläubig an. «Wie hilft uns das weiter?»

«Wir müssen alle Überwachungskameras ausfindig machen in diesem Quartier. Vielleicht sieht man darauf die gelben Briefkästen.»

Lüscher kratzte sich am Hinterkopf. «Da suchst du eine Nadel im Heuhaufen.»

«Nicht ich, das ist eine Aufgabe für dich, Daniela.»

Sie nickte. «Mach dir keine grossen Hoffnungen. Bern ist nicht London. Die Berner haben nicht viele Überwachungskameras installiert.»

Monti verwies auf das Treffen am nächsten Morgen um sieben Uhr bei Müller, was bei seinen Kollegen – im Gegensatz zu ihm – keine Gefühlsregungen auslöste.

Lüscher schlug vor, eine Informationsmappe über Marc Berger zu erstellen und einen Auszug der geführten Telefongespräche beim Telekomanbieter zu verlangen. Lüscher wollte die internen Datenbanken konsultieren, um zu überprüfen, ob Berger in kriminalpolizeiliche Fälle verwickelt war. Monti war froh um das proaktive Vorgehen seiner Mitarbeiter. Er schätzte es einmal mehr, dass er einen hohen Frauenanteil in seinem Team hatte. Er vertrat die Ansicht, dass das weibliche Geschlecht einerseits andere Sichtweisen und Argumente einbrachte und sich andererseits die Umgangsformen im Team zum Positiven veränderten.

Lüscher ging in Richtung Cafeteria davon. Monti mied diese wie der Teufel das Weihwasser. Er fand den dort gebrühten Kaffee scheusslich und zog es vor, seine etwas ausgiebigeren Kaffeepausen im La Stanza zu verbringen. Zur Not hatte ihm Frau Weber eine Kapselkaffeemaschine gekauft und in seinem Schrank versteckt.

Er gesellte sich zu Urech für eine Raucherpause. Urech war der Dinosaurier im Team. Er stand ein paar Jahre vor seiner Pensionierung. Er war nicht nur der dienstälteste Polizist im ganzen Kanton, sondern auch eine eindrückliche Person bei der Kriminalpolizei. Er hatte eine Figur, die Monti an einen Sumō-Kämpfer erinnerte. Seine hundertzwanzig Kilogramm waren auf hundertneunzig Zentimeter verteilt. In der Zeit der allgegenwärtigen Political Correctness verkörperte er einen Gegenpol, der kein Blatt vor den Mund nahm und – auch unaufgefordert – immer seine Meinung zu allen möglichen Sachen kundtat. Sein Umgangston war selbst für die hartgesottensten Kollegen immer noch gewöhnungsbedürftig, weshalb die meisten die Zusammenarbeit mit Urech mieden. Monti bildete die Ausnahme. Urech war seit fünf Jahren geschieden. Seither war er im Dienst immer wieder durch Eskapaden und Verletzen von Dienstvorschriften aufgefallen. Sein zunehmender Alkoholkonsum war auch nicht förderlich für seine persönliche Situation. Er lebte seit der Scheidung alleine in einer Dreieinhalb-Zimmer-Wohnung in Schwamendingen. Weibliche Gäste schien er dort selten zu haben, das sah man. Die Wohnung war nie aufgeräumt, zumindest nicht wenn Monti auf Besuch dort war. Eine Geruchsmischung aus Schweiss und Öl kam jedem entgegen, der es wagte, einzutreten. Der Ölgeruch stammte vom alten Sturmgewehr 57, das seit Jahren unter seinem Bett lag. Der Schweissgeruch von seiner mangelnden Körperhygiene. Sein Erscheinungsbild liess zu wünschen übrig, oft war er ungekämmt oder nachlässig gekleidet.

Jetzt musste Monti sich dem unmittelbarsten und wichtigsten Problem zuwenden. Dem Telefonat mit Nicole.

Er schaute aus dem Fenster. Der Ausblick glich seinen Gedankengängen. Nichts als Nebel.

Wie sollte er das Nicole erklären?

Ihre Beziehung war an einem Tiefpunkt angelangt. Nicole war fast fünfzehn Jahre jünger als er, und allmählich kam der Altersunterschied zwischen ihnen zum Vorschein. Nicole war eine Frau, die gerne ausging, die Clubs und die Bars unsicher machte. Er hingegen widmete sich mit Vorliebe den kulinarischen Köstlichkeiten in den Restaurants und dem Schach, das er seit seiner Kindheit mit grosser Freude und ansprechendem Erfolg spielte, sowie dem Studium alter Geschichtsbücher. Sie verbrachten immer weniger Zeit zusammen. Die Polizeiarbeit vereinnahmte ihn. Sein verkorkstes Privatleben war der Preis dafür, da machte er sich nichts vor.

War es der Job, der auch schon sicherer war, wirklich wert, die Beziehung mit Nicole aufs Spiel zu setzen?

Er nahm sein Handy aus der Jackentasche und wählte ihre Nummer. Endlich kam er durch.

«Es ist etwas Aussergewöhnliches vorgefallen.»

Der Einstieg ins Gespräch und die richtige Wortwahl gelangen ihm wie so oft in letzter Zeit nicht.

«Was denn?», fragte Nicole.

Plötzlich fühlte sich sein Mund an, als wäre er mit Klebeband verschlossen. Wieder einmal würde er Nicole enttäuschen.

«Wir haben eine Leiche gefunden.»

«Schrecklich. Aber so aussergewöhnlich scheint mir das nicht zu sein in deinem Beruf.»

Sie hatte recht, als leitender Ermittler in der Ermittlungsabteilung Gewaltkriminalität gehörte Mord zum Stellenbeschrieb – es war quasi sein tägliches Brot.

«Und …» Er stotterte vor sich hin.

«Und was?» Ihre Stimme wurde merklich lauter und rauer.

«Ich kann heute nicht mit dir ins Tessin fahren.»

«Was? Sicher nicht! Ich habe das Rustico reserviert und bereits eine Anzahlung geleistet.»

«Der Fall hat eine hohe Dringlichkeit.» Seine private Beziehung eigentlich auch, dachte er, nachdem die Worte seinen Mund verlassen hatten.

«Nein, Fabio, tu mir das nicht an.»

«Es tut mir leid.»

Beide schwiegen. Er hörte ihre Atemzüge, wahrscheinlich kullerten Tränen über ihre Wangen. Sie wollten beide an ihrer Beziehung arbeiten, und der Ausflug ins sonnige Tessin sollte der erste Schritt in der Beziehungstherapie werden.

«Gibt es keinen anderen, der den Fall übernehmen kann?», fragte Nicole mit brüchiger, abgehackter Stimme.

«Die Kommandantin hat mir den Fall zugewiesen, und – du weisst ja – wir sind knapp an Personal.»

«Hat die Kommandantin kein Verständnis, dass auch du einmal Ferien brauchst?»

«Emotionen sind ihr fremd. Zudem kam der Befehl von oben. Ganz oben.»

«Vom Regierungsrat? Vom Sicherheitsdirektor?»

«Vom Justizdirektor.» Monti vermied es, zu erwähnen, dass dieser nur für die Staatsanwaltschaft, aber nicht für ihn als Polizisten zuständig war.

«Immer geht die Arbeit vor. Arbeit, Arbeit und noch mal Arbeit. Du kümmerst dich nur um deine Arbeit. Unsere Beziehung bleibt auf der Strecke. Ich habe genug. Ich ziehe aus.»

Und sie legte den Hörer auf. Er hörte nur noch drei Pieptöne.

4

Selten hatte er so schlecht geschlafen wie diese Nacht. Sein Magen rumorte, als ob er zwei rohe Bistecche alla fiorentina gegessen hätte, und sein Hirn wollte einfach nicht runterfahren. Jetzt heulte auch noch der Wecker eine Stunde früher als üblich. Er stand auf, ging zum Fenster und sah hinaus. Es regnete.

Vielleicht hat Nicole recht, überlegte Monti, während er einen Espresso trank. War er zu sehr auf seine Arbeit fokussiert? Wie war es so weit gekommen? Was war nur mit ihm los?

Er lief von der Höschgasse zum Bellevue, als er bemerkte, dass er keinen Regenschirm eingepackt hatte. Dort stieg er ins 8er-Tram ein, das ihn zum Helvetiaplatz führte.

Das Ermittlungsteam erschien pünktlich um sieben Uhr zum Rapport im Sitzungszimmer der Staatsanwaltschaft I. Es roch nach Kaffee und frischen Gipfeli, welche Urech zum Leidwesen von Staatsanwalt Müller besorgt hatte, da dadurch der Sitzungsbeginn verzögert wurde. Müller sah aus, als ob er gerade von einer Beerdigung käme, trug er zum schwarzen Anzug doch ein weisses Hemd und eine schwarze Krawatte. Er sass am oberen Ende des Tisches.

«Werte Kollegen, ich habe Ihnen gestern eine Aktennotiz zum Fall Berger geschickt. Ich gehe davon aus, dass Sie diese gelesen haben.»

Alle nickten. Müller hasste es, wenn man unvorbereitet zu den Sitzungen erschien. Monti erinnerte sich, wie Müller einmal sogar einen Ermittler aus dem Zimmer geworfen hatte, als dieser zugab, einen der umfangreichen gerichtsmedizinischen Berichte nicht vollständig gelesen zu haben.

«Regierungsrat Häfliger misst dem Fall höchste Priorität bei, und das Gleiche gilt für Sie alle. Herr Berger vertrat als Nationalrat den Kanton Zürich in Bern, und als Unternehmer mit seiner ‹Berger Industries› setzte er sich für den Werkplatz Zürich ein, weshalb er als politisch exponierte Person galt. Ich bitte Sie, den Fall mit der höchstmöglichen Diskretion zu behandeln. Es darf nichts nach aussen dringen. Absolut nichts.»

«In welchem Sektor ist die ‹Berger Industries› tätig?», fragte Monti.

«Die ‹Berger Industries› ist, soweit mir bekannt, ein Industrieunternehmen, das hauptsächlich Transformatoren für die Stromnetze herstellt», antwortete Müller und fuhr fort: «Das Unternehmen ist auch an der Schweizer Börse kotiert.»

Müller hatte keine neuen Erkenntnisse zum Fall zu berichten, dieses Feld überliess er Professor Dr. Oberholzer, der es sichtlich genoss, im Mittelpunkt zu stehen. Er erhob sich und stellte den grossen Flachbildschirm an, stellte die Verbindung zu seinem Notebook her und begann seine Präsentation.

«Wir haben in einer Nachtschicht die erste qualitative Analyse erstellt. Wir haben die Urinprobe und den Blutalkoholtest durchgeführt, um zu schauen, ob und, falls ja, welche Fremdsubstanzen sich im Leichnam befanden. Die quantitative Analyse, die Blutanalyse, schliessen wir bis Donnerstagabend ab. Wir werden auch eine Magenanalyse durchführen, um nicht absorbierte Substanzen ausfindig zu machen. Wie Sie wissen, bin ich kein Freund von voreiligen Schlüssen, aber die ersten Ergebnisse dürften Ihre Ermittlungsarbeiten substanziell vorwärtsbringen, weshalb ich –»

Müller fiel ihm ins Wort. «Haben Sie Spuren von Gewalteinwirkungen am Körper gefunden?»

Oberholzer musterte ihn kritisch, er war es sich nicht gewohnt und mochte es überhaupt nicht, unterbrochen zu werden.

«Nein, wir haben keine Flecken, keine Einstiche, keine Verfärbungen und auch keine anderen Hinweise auf eine Gewalttat gefunden. Einstiche könnten, ganz theoretisch, aber auch in der Schleimhaut durchgeführt worden sein. Dann würden wir sie nicht sehen. Das macht zum Beispiel der russische Geheimdienst so.»

Oberholzer deutete mit dem Laserpointer auf das Foto auf dem Bildschirm, das die nackte Leiche in der Mitte eines braungelben Sees von Erbrochenem und Fäkalien liegend zeigte.

«Der Magen und die Speiseröhre waren vollständig entleert. Aus der Analyse des Erbrochenen konnten wir Speisereste wie Pouletfleisch, Gemüsereste und Schokolade erkennen. Die Diarrhö führte zu einer Dehydration des Körpers, die wiederum starke Krämpfe in den Beinen nach sich zog.»

«War Alkohol im Spiel?», fragte Monti.

«Ja, der Mann hatte definitiv ein paar Gläser zu viel getrunken, hatte er doch einen Restalkoholspiegel von null Komma acht Promille, als wir die Blutprobe entnahmen.»

«Hat der Alkoholkonsum zum Tode geführt?», fragte Müller.

«Nein, das können wir ausschliessen. Die Menge an Alkohol war nicht für den Tod verantwortlich.»

«Herz-Kreislauf-Geschichten?», fragte Urech.

«Nein.»

«Was dann?», fragte Urech.

«Einen natürlichen Tod können wir bereits heute ausschliessen, da wir im Körper von Berger Spuren von Parathion respektive Paraoxon gefunden haben.»

Plötzlich war es ruhig im Sitzungszimmer. Sie guckten sich gegenseitig an.

Urech durchbrach die Stille. «Para…?»

«Parathion ist ein Organophosphat, ein Ester der Thiophosphorsäure», sagte Oberholzer.

«Unsere Chemielektionen liegen schon ein paar Jahre hinter uns, Herr Professor», sagte Monti und schaute Oberholzer fragend an.

«Parathion, auch unter dem Synonym E 605 bekannt, ist ein Insektizid, das zur Tötung, Vertreibung oder Hemmung von Insekten in der Landwirtschaft eingesetzt wird respektive wurde.»

Monti schaute verdutzt um sich. «E 605, das Gift?»

Ein Raunen ging durch das Sitzungszimmer.

«Ja, Parathion ist ein Wirkstoff, der in flüssigem Aggregatzustand innerhalb kürzester Zeit nach Einnahme seine Wirkung im menschlichen Körper entfaltet. Das Gift verhindert den Abbau von Acetylcholin, das einer der wichtigsten Neurotransmitter im Menschen ist, was dann zur –»

Urech unterbrach Oberholzer. «Ich verstehe nur Bahnhof.»

«Die Wirkung des Gifts setzt im Gegensatz zu Arsen rasch ein, so nach rund einer Stunde, würde ich schätzen, und entfaltet diese kontinuierlich. Die Lungenmuskulatur wird blockiert, kein Sauerstoff geht ins Hirn, die Atmung setzt aus, man erstickt oder stirbt an einem Herztod. Ist das verständlich genug für Sie, Herr Urech?»

Urech hob beide Daumen.

«Wie gelangte das Gift in Bergers Körper?», fragte Monti.

Oberholzer drehte den Kopf leicht zur Seite, hob beide Hände leicht an und sagte: «Das herauszufinden bleibt Ihnen überlassen.»

«Hat er das geschluckt, oder wurde es injiziert?», fragte Müller.

«Ich gehe davon aus, dass der Wirkstoff oral verabreicht wurde, da wir bei der Leiche keine Einstiche festgestellt haben.»

«Aus einer Flasche?» Monti kam die angefangene Wodkaflasche auf dem Nachttisch im Schlafzimmer in den Sinn.

«Das kann sein. Der Wirkstoff ist nach der Herstellung farblos und fast geruchlos, aber die in den Handel kommenden Flüssigkeiten werden aus Sicherheitsgründen seit geraumer Zeit gelbbraun gefärbt und mit einem stechend knoblauchartigen Geruch aromatisiert. Trotzdem sind Giftmorde bekannt, bei denen das Mittel in Bier oder Kaffee verabreicht wurde und die Opfer den knoblauchartigen Geruch nicht wahrgenommen haben.»

«Wo kann man dieses Mittel beschaffen?», fragte Monti.

«Eigentlich nirgends.»

«Was nun? Sie sagten etwas von Handel?», fragte Urech.

«Parathion wird als Pflanzenschutzmittel eingesetzt, kann jedoch seit ein paar Jahren in der Schweiz und der EU nicht mehr erworben werden.»

«Gibt es Ausnahmen für dieses Bezugsverbot?», fragte Monti.

«Das entzieht sich meiner Kenntnis. Ich bin kein Jurist, da müssten Sie bei der zuständigen eidgenössischen Zulassungsbehörde nachfragen.»

«Bauern oder Chemiker kommen sicherlich an das Zeug ran», sagte Urech.

«Zu welchem Zeitpunkt nahm er das Gift zu sich?», fragte Monti.

«Das wissen wir noch nicht exakt, die quantitative Analyse, die wir, wie schon gesagt, bis Donnerstagabend abschliessen werden, wird uns bessere Informationen dazu liefern. Es gab schon Fälle, wo der Tod innerhalb weniger Minuten eintrat, in anderen Fällen dauerte es viel länger. Eintritt des Todes war um circa drei Uhr am Dienstagmorgen, sicher nicht später», sagte Oberholzer.

«Ist es eine Frage der Menge?»

«Das ist einer von vielen Faktoren, der einen Einfluss auf die Dauer bis zum Eintritt des Todes hat. Die Konstitution der Person ist ein anderer wichtiger Faktor. Bei einem durchtrainierten, gesunden siebenunddreissigjährigen Mann dauerte es ungefähr neun Stunden, bis der Tod eintrat. Aber das sind nur Einzelfälle, eine robuste und verlässliche Einnahmezeit kann und will ich zum heutigen Zeitpunkt nicht abgeben. Ich möchte mit einem Fachspezialisten in Deutschland Rücksprache halten, bevor ich mich festlege. Im Gutachten werden Sie eine konkrete und zuverlässige Schätzung des Zeitpunktes von mir erhalten.»

Oberholzer war über die Kantonsgrenzen hinaus bekannt für seine Arbeitsmethoden. Er war ein angesehener Experte auf dem Gebiet der Forensischen Medizin. Das führte bisweilen dazu, dass seine Aussagen und Berichte gar nicht mehr hinterfragt wurden, schon gar nicht von Staatsanwälten und

Richtern. An Spekulationen beteiligte er sich prinzipiell nie, egal wie sehr Monti ihn auch dazu drängte.

Müller tippte mit seinen Fingern auf seinen Notizblock, als er sich von seinem Stuhl erhob und auf Oberholzer zuging. «Können Sie Selbstmord ausschliessen?», fragte er ihn.

«Nein, das kann ich mit den vorliegenden Erkenntnissen zum heutigen Zeitpunkt nicht.»

«Glaubt, was ihr wollt. Mein Riecher sagt mir, der Kerl wurde umgebracht», sagte Urech und kratzte sich an seinem schneeweissen Bart.

«Treffen Sie keine voreiligen Schlüsse, Herr Urech. Warten wir die Ergebnisse von Professor Oberholzer ab», sagte Müller, der Urech mit einem strafenden Blick bedachte, bevor er sich erhob, Monti anschaute und fortfuhr: «Gift als Todesursache. Das ist ein gefundenes Fressen für die Presse.»

Anschliessend trug Michael Hafner die Ergebnisse der Spurensicherung vor. Sein Vortrag war kürzer als derjenige von Oberholzer. Dies lag an der Tatsache, dass er nicht viel zu berichten hatte, da die Spurensicherung nichts Überraschendes an den Tag brachte, und dass er, im Gegensatz zu Oberholzer, das Rampenlicht nicht mochte.

«Gab es Fingerabdrücke oder andere Spuren auf der Trauerkarte oder dem Briefumschlag?», fragte Monti und drehte den Kopf zu Hafner hin, der zusammenzuckte, bevor er antwortete.

«Ja, es sind Fingerabdrücke darauf. Zwei verschiedene, um genau zu sein.»

«Ich gehe davon aus, dass ihr Profile davon erstellt und diese mit der Datenbank abgeglichen habt.»

«Natürlich, Fabio, wir überlassen nichts dem Zufall. Wir sind Profis.»

«Was haben die Profis herausgefunden?»

«Der Abgleich in der DNA-Datenbank hat keine Übereinstimmung gebracht. Das Einzige, was wir wissen, ist, dass der Brief in Bern aufgegeben worden ist. Den Poststempel haben wir überprüft, er ist echt. Ich gebe zu bedenken, dass die beiden Fingerabdrücke auch von den Postangestellten sein könnten.»

«Habt ihr die Fingerabdrücke mit denen von Berger verglichen?»

Hafner schwieg und schüttelte den Kopf.

Monti vermerkte, dass der Abgleich der Fingerabdrücke des Opfers mit jenen auf dem Couvert ausstehend war, und kritzelte ein dickes Fragezeichen dahinter in sein Notizbuch.

«Was hat die Analyse der Daten des Laptops und des Smartphones ergeben?», fragte Monti.

Hafner schaute auf das vor ihm liegende Blatt. «Nichts. Er hat nicht nach Giftmitteln oder nach Suizidmethoden gesucht», sagte Hafner.

Müller beendete die Sitzung wenig später.

Gift.

Trauerkarte.

Würfel.

Diese Kombination war Neuland für Monti.

5

«Die Sitzung hat nicht viel Neues an den Tag gebracht», konstatierte Urech.

«Wenigstens wissen wir jetzt, was die Würfel auf der Trauerkarte bedeuten», sagte Monti.

Urech horchte auf. «Was denn?»

«Hast du Professor Oberholzer nicht zugehört?»

«Doch. Im Gegensatz zu dir bin ich um diese Zeit immer hellwach. Oberholzer hat gar nichts zu den Würfeln gesagt.»

«Nein, aber zum verwendeten Gift.»

«Parathion, das Insektizid aus der Landwirtschaft.»

Monti blieb stehen, wartete, bis Urech sich zu ihm umdrehte, und sagte: «Die Würfel zeigen den Namen des Giftes.»

«Wie kommst du darauf?», fragte Monti mit überraschter Miene.

«Oberholzer erwähnte, dass das Gift auch unter dem Kürzel E 605 bekannt sei. Der ausgefüllte Kreis auf dem Farbwürfel steht für die Null, und mit den beiden anderen Ziffern Sechs und Fünf erhalten wir die Zahl Sechshundertfünf.»

«Dein Adlerauge sieht aber auch alles.»

Sie setzten ihren Marsch zum Hauptsitz der Kriminalpolizei fort, bogen in die Zeughausstrasse ab, und Monti ergänzte: «Der Absender der Karte kannte somit das verabreichte Gift.»

«Der Absender ist der Mörder», sagte Urech mit lauter Stimme wie ein Kind, das ein Geheimnis herausgefunden hat.

«Einen Schritt nach dem anderen.»

Monti war zwar ein Mann, der gerne seiner Intuition vertraute, aber die Erfahrung hatte ihn gelehrt, dass es gefährlich war, voreilige Schlüsse zu ziehen.

Kurz bevor sie die Kasernenstrasse erreichten, setzte Regen ein und durchnässte sie, da auch Urech ohne Regenschirm unterwegs war.

«Typisch April – das Wetter macht, was es will», sagte Urech mit gepresster Stimme, als sie das Polizeigebäude betraten. Der kurze Sprint hatte ihn in Atemnot versetzt.

Monti betrat sein Büro und legte seinen nassen Mantel zum Trocknen über die Lehne des Stuhles am Besprechungstisch, als es an die Tür klopfte.

«Herein.»

«Herr Monti, können Sie noch die Personalbeurteilungen der Abteilungsmitarbeiter unterschreiben?» Frau Weber legte einen kleinen Stapel Dokumente vor ihm auf den Tisch.

«Haben Sie es gleich gemacht wie letztes Jahr?»

Frau Weber schaute ihn an und nickte. «Gleich wie jedes Jahr.»

Monti zwinkerte ihr zu. «Bestens.»

Er setzte sich, zog die oberste Schublade heraus, nahm den schwarzen Füllfederhalter, den mit der goldenen Spitze und der Feder aus Titan, und unterzeichnete die Dokumente, die Frau Weber umgehend wieder an sich nahm.

«Herr Monti, Sie gehen doch heute noch zu Frau Verena Berger?»

«Ja, wieso?»

Sie lief nun um den Tisch auf ihn zu und sagte mit unschuldiger Miene: «Ich habe mir erlaubt, etwas zu recherchieren, da mir der Name bekannt vorkam.»

«Was hat Ihre Suche ergeben?»

Frau Weber legte einen Wikipedia-Ausdruck auf seinen Tisch. «Frau Berger war in den neunziger Jahren eine erfolgreiche, über die Grenzen hinaus bekannte Schauspielerin.»

«Das muss mir entgangen sein. Jetzt sagen Sie bloss nicht, dass die Frau einen Oscar gewonnen hat.»

«Nein, hat sie nicht, aber sie spielte die Hauptrollen in zahlreichen Filmen und Theaterstücken im deutschsprachigen Raum.»

Sie überreichte ihm ein zweites Dokument mit einer langen Auflistung von Filmen und Theaterstücken, die ihm alle unbekannt waren.

«Eine erfolgreiche Familie: die Frau als bekannte Schauspielerin und der Mann als Unternehmer», sagte Monti und schaute Frau Weber an.

«Genützt hat es nichts. Zumindest nicht ihm.»

«Erfolg schützt nicht vor Tod, da haben Sie recht, Frau Weber.»

Frau Weber überliess ihm die Ausdrucke und verliess sein Büro so schnell, wie sie gekommen war. Als er sich den herumliegenden Akten widmen wollte, kam sie noch einmal herein. Sie legte ihm einen Ausdruck von Google Maps auf den Tisch und teilte ihm mit, dass die Witwe nicht in Zürich, sondern in Küsnacht lebte. Das überraschte ihn nicht. Die Wohnung im Hottinger Quartier sah nicht aus, als ob Berger diese mit einer Frau geteilt hatte. Er fühlte sich an seine eigene Beziehungssituation erinnert: ein einsames Singleleben.

Monti wollte sich ein persönliches Bild von der Familiensituation und dem Umfeld von Marc Berger verschaffen, waren doch Beziehungsdelikte die häufigste Ursache für Morde, was ihn die Statistik und seine eigene Erfahrung lehrten. Die Ehefrau war immer die erste potenzielle Verdächtige, weshalb die Gespräche so kurz nach dem Tod des Ehemanns immer viel Fingerspitzengefühl verlangten.

Monti lief zum Hauptbahnhof, nahm die Treppe hinunter zu den Gleisen 43/44, wo er in die S16 einstieg. Verena Berger wohnte im Goldbachquartier in Küsnacht am Zürichsee. Als Monti vor der Villa ankam, stellte er enttäuscht fest, dass diese gar nicht so gross war, wie er sie sich anhand des Google-Maps-Ausdrucks vorgestellt hatte. Er sah das Messingschild der Familie Berger und klingelte. Eine Haushälterin öffnete die Tür und führte ihn ins Wohnzimmer, wo sie ihm Mantel und Schal abnahm. Sein Sakko behielt er an. Im Hintergrund hörte er ein klassisches Cellokonzert, aus den kleinen, in der Decke eingebauten Lautsprechern, die fürs Auge fast unsichtbar waren. Vielleicht ein Konzert von Bach, aber sicher war er sich nicht. Ein prächtiger Kristallkronleuchter ragte von der Decke in der Mitte des Raumes, an den Wänden hingen impressionistische Bilder, die von Claude Monet stammen mussten. Er fragte sich, ob sie echt waren. Die Witwe schien den gleichen Kunstgeschmack zu haben wie ihr verstorbener Mann. Die Designermöbel und diverse darauf abgestimmte Accessoires zeugten vom standesgemässen Geschmack.

Monti war in Gedanken versunken, als plötzlich Verena Berger vor ihm stand. Die Frau sah jünger aus, als sie war; fünfundfünfzig, glaubte Monti sich zu erinnern. Sie war mittelgross, hatte kurze kastanienbraune Haare, die leicht gewellt zur Seite gekämmt waren, und braune Augen. Einige wenige Falten zierten das Gesicht, aus dem die kräftig rot geschminkten Lippen hervorstachen. Der schwarze Hosenanzug und die weisse Bluse betonten ihre schlanke Figur. Als sie ihm gegenüberstand, kam ihm ihr Gesicht bekannt vor. Vielleicht hatte er doch den einen oder anderen ihrer Filme gesehen.

«Monti von der Kriminalpolizei Zürich», stellte er sich vor und zeigte seinen Dienstausweis.

«Guten Tag, Herr Monti. Nehmen Sie Platz», sagte Verena Berger freundlich und reichte ihm die Hand. Ihr Händedruck war sanft. Er roch ihr Parfüm, eine Kombination von Jasmin und Vanille. Die Haushälterin fragte die beiden nach ihren Getränkewünschen. Verena Berger bestellte einen Grüntee, Monti einen Espresso.

«Zuerst möchte ich Ihnen mein herzliches Beileid ausdrücken.»

«Herzlichen Dank. Ich kann es immer noch nicht fassen.» Verena Berger atmete tief durch. Sie sah ihn kurz an und schüttelte den Kopf. Sie wollte etwas sagen, brachte aber für einen Moment kein Wort heraus. Ihre Hände zitterten.

«Frau Berger, wir gehen davon aus, dass Ihr Mann eines unnatürlichen Todes gestorben ist.»

«Das habe ich mir gedacht, als Sie mich sprechen wollten.»

«Der Staatsanwalt hat eine Autopsie angeordnet.» Monti sah ihr in die Augen.

Sie verzog die Lippen, nickte kurz und richtete den Blick auf den Boden. «Was ist passiert?»

Er blieb stumm.

Verena Berger drehte den Kopf zur Seite, bevor sie ihn fragte: «Wurde Marc ermordet?»

«Das ist Gegenstand der Untersuchung.» Monti war selbst überrascht, dass er sich anhörte wie ein Anwalt, der nichts preisgeben wollte.

Verena Berger schwieg. Sie schaute sich im Raum um. Sie schien in ihren Gedanken versunken und verloren zu sein. Ihr Gesicht war blass geworden, und ihre Augen wurden feucht.

Die Haushälterin kam mit den Getränken und stellte eine Auswahl an Gebäcken auf den Tisch, denen Monti nicht lange widerstehen konnte. Verena Berger liess ihren Tee stehen und ging langsamen Schrittes in die Ecke des Speisesaals, wo ein hölzerner Barwagen stand. Sie nahm ein Glas und schenkte sich einen Brandy ein.

«Möchten Sie auch einen, Herr Monti?»

Monti lehnte ab, er war dem Alkohol nicht abgeneigt – ganz im Gegenteil –, aber nicht um diese Tageszeit und nicht im Dienst, aber vor allem konnte er Brandy nicht ausstehen.

Verena Berger setzte sich und hielt ihr Brandyglas mit beiden Händen fest, als ob sie sie damit aufwärmen wollte.

«Ich muss Ihnen ein paar Fragen zu Ihrem Mann stellen.»

«Wenn es sein muss», sagte sie leise, hob ihren Kopf und schaute ihn nachdenklich an.

Der Frau gehen Tausende von Gedanken durch den Kopf, dachte Monti. Er kramte in der Innentasche seiner Jacke, holte sein schwarzes ledernes Moleskine-Notizbuch und einen Kugelschreiber hervor.

«Ist Ihnen etwas aufgefallen an Ihrem Mann in den letzten Tagen vor seinem Tod?», begann er.

«Das ist schwierig zu beantworten.»

«Inwiefern?»

Sie blickte ihn an, presste die Lippen zusammen. «Sie müssen wissen, dass wir seit letztem Dezember getrennt leben. Er lebte in Zürich und ich hier in Küsnacht.» Verena Berger schwenkte das Brandyglas und nahm einen Schluck. Das Gespräch verlief in eine Richtung, die ihr sichtlich unangenehm war.

«Wie war Ihre Beziehung zu Ihrem Mann?»

«Wir waren über dreissig Jahre glücklich verheiratet.»

Sie legte eine Pause ein. Sie dachte nach, wie sie die nächsten Worte wählen sollte. «Die letzten Jahre haben wir uns auseinandergelebt. Ich glaube, diese Phase begann, als Luca auszog.» Ihre Aussage hatte einen melancholischen Unterton.

«Luca ist Ihr Sohn?»

Sie nickte.

«Wann ist er ausgezogen?»

«Vor zwei Jahren ging er nach Basel, um an der Schauspielschule zu studieren.»

«Wie war das Verhältnis zwischen Luca und seinem Vater?»

Sie überlegte kurz, dann seufzte sie. «Sie haben sich leider immer öfter gestritten. Das begann schon, bevor Luca auszog.»

«Weshalb?»

«Marc sah in Luca seinen Nachfolger in der Firma. Luca wollte das jedoch nicht, er zeigte kein Interesse an der Firma. Er wollte mehr in Richtung Kunst und Theater gehen.»

«Er wollte der Karriere der Mutter folgen.»

«Ja, obwohl das heute noch schwieriger und riskanter ist als zu meiner Zeit.»

Monti schaute sie verwundert an. «Sind Sie nicht mehr aktiv?»

«Nicht mehr wirklich. Mit fünfzig Jahren gehört man zum alten Eisen. Ab und zu erhalte ich eine kleine Nebenrolle, aber ich kann mich nicht beschweren. Ich habe eine wunderschöne Karriere erleben dürfen. Am Anfang war es schwierig, aber nach den ersten Erfolgen kamen die Angebote einfach so auf mich zu. Ich hatte Glück. Einfach nur Glück.»

«Wie hat Luca das angespannte Verhältnis zu seinem Vater aufgenommen?»

«Er beharrte auf seiner Position. Er kann stur sein, wie seine Mutter.» Ein Lächeln huschte über ihr Gesicht.

Als Monti Verena Berger betrachtete, hatte er das Gefühl, dass sie seine Wertschätzung für andere Meinungen teilte.

«Kinder haben ihre eigenen Vorstellungen vom Leben», sagte er und sprach, als ob er davon eine Ahnung hätte. Dann zuckte er mit den Schultern. Er war froh, dass sie ihn nicht fragte, ob er Kinder habe.

Sie sah zu Monti und fuhr fort: «Marc hat das leider nicht verstanden.»

«Wie hat Ihr Mann reagiert, als er realisierte, dass Luca sich nicht für das eigene Unternehmen interessierte?»

«Er war nicht mehr derselbe. Er war konsterniert, frustriert und enttäuscht. Und schliesslich drehte er Luca den Geldhahn zu.»

Das überraschte Monti sichtlich. Den eigenen Kindern den Geldhahn zuzudrehen überstieg sein Vorstellungsvermögen, vor allem, wenn man selber mehr als genug zum Leben hatte, was bei Marc Berger sicherlich der Fall gewesen war.

«Wissen Sie, wo sich Luca am Abend des Todes Ihres Ehemanns aufhielt?»

Sie schaute ihn verblüfft an. «Nein.»

Monti machte eine Notiz in sein Buch. «Haben Sie noch weitere Kinder?»

«Nein.»

Monti warf einen Blick auf die aufgeschlagenen Seiten im Notizbuch, die inzwischen mehr einem Schlachtfeld glichen als einer strukturierten Aufzeichnung. Er unterstrich die Wörter «Geldhahn zugedreht». Neben Beziehungsstreitigkeiten waren Geldprobleme häufige Mordmotive. Hier schienen beide Motive zuzutreffen.

Monti legte eine Pause ein. Er suchte die richtigen Worte, fand sie aber nicht.

«Wie hat sich dieses Auseinanderleben im Alltag geäussert?»

«Wir haben fast nichts mehr gemeinsam unternommen. Marc hat sich nur noch seiner Arbeit verschrieben, und am Schluss ist er ausgezogen. Von einem auf den anderen Tag.»

«Wann war das?»

«Kurz vor Weihnachten.»

«Hat er die Scheidung eingereicht?»

«Erst vor einem Monat hat er mir mitgeteilt, dass er sich scheiden lassen möchte.»

«Gab es einen Ehevertrag zwischen Ihnen?»

«Nein.»

Monti überlegte, wie er die nächste Frage möglichst diskret formulieren sollte, was ihm dann nicht gelang. «Hatte er eine Geliebte?»

Die braunen Augen wichen seinem Blick aus. Sie seufzte, drehte den Kopf zum Fenster und blickte auf den Zürichsee hinaus. Der Brandy hatte ihrem Gesicht wieder etwas Farbe gegeben, ihre Wangen leuchteten rot.

«Ich weiss es nicht.»

Sie wischte sich eine Träne aus den Augen. Ihre Stimme wirkte nun etwas hölzern, erschöpft und schwerfällig.

Monti entschied, das Thema zu wechseln. «Hatte Ihr Mann Feinde?»

«Nicht dass ich wüsste, aber die Politik und das Geschäftsleben sind nicht der Nährboden für lang anhaltende Freundschaften. Wenn Sie wissen, was ich meine.»

«Fühlte er sich gestresst oder unter Druck?»

Verena Berger fuhr mit der Hand über den Mund. «Die letzten Jahre waren nicht einfach für ihn. Das Geschäft lief nicht mehr so gut wie früher, und eine Bank übte Druck auf ihn aus. Das war auch der Grund, weshalb er sich aus der Politik zurückziehen wollte.»

Monti wurde hellhörig. «Können Sie mir die geschäftlichen Schwierigkeiten erläutern?»

Sie schüttelte den Kopf. «Nicht wirklich. Ich habe mich nie in die geschäftlichen Sachen von Marc eingemischt, ich verstehe nichts von Wirtschaft.»

Monti insistierte. «Hat Ihr Mann etwas erwähnt?»

«Nicht viel. Marc sprach nicht gerne über seine Probleme.»

Das schien eine schlechte Angewohnheit zu sein, die vielen Männern eigen war. Der ganze Frust staute sich in einer Wolke auf, die sich danach in einem heftigen Gewitter entleerte. Das kam Monti bekannt vor, war er doch selbst auch so, wie er sich eingestehen musste.

«Was hat er erwähnt?»

«Ich habe nur mitbekommen, dass die Bank drohte, einen Kredit der Firma nicht mehr zu verlängern, was Marc ziemlich wütend machte.»

«Ist das öfter vorgekommen?»

Sie sah ihn fragend an. «Dass er wütend war oder dass die Bank den Kredit nicht verlängerte?»

«Das Erste.»

«Ja, er war sehr impulsiv.»

«Wissen Sie, wo sich Ihr Mann am vergangenen Montag aufhielt?»

«Wo er sich tagsüber aufhielt, weiss ich nicht. Am Abend waren wir zusammen.»

Monti zuckte zusammen. Weshalb war das getrennte Ehepaar zusammen gewesen? «Hier in Küsnacht?»

«Nein. Wir hielten unsere Gala ab.»

«Gala?»

«Mein Mann und ich veranstalten jedes Jahr eine Benefizveranstaltung für bedürftige Kinder in Afrika.»

Sie sprach in der Gegenwartsform, als ob ihr Mann auch an der nächsten Ausgabe der Gala teilnehmen würde.

«Wo fand die Gala statt?»

«Im Hotel Savoy am Paradeplatz.»

Monti notierte es und fragte, ohne vom Notizbuch aufzublicken: «Um welche Uhrzeit?»

«Der Anlass startete um sechs Uhr am Abend und endete etwas nach Mitternacht.» Sie stand auf und holte die Einladungskarte der Gala, die sie Monti überreichte. Sie erläuterte ihm den Ablauf des Abends.

«Haben Sie Ihrem Mann etwas angemerkt an diesem Abend?»

«Ja, er fühlte sich nicht wohl, er war kreidebleich und verliess die Gala frühzeitig.»

«Wann?»

«Das muss so gegen neun Uhr gewesen sein, kurz nach dem Hauptgang.»

«Litt er unter gesundheitlichen Problemen?»

«Nein, bis auf einen etwas hohen Blutdruck, wogegen er Medikamente nahm, war er gesund.»

«Was trank er an diesem Abend?»

«Er hat mit mir mit einem Champagnerglas angestossen, und später habe ich ihn noch mit einem Weinglas herumlaufen sehen. Ob er sonst noch etwas getrunken hatte, weiss ich nicht.»

«Rotwein?»

«Nein. Rotwein konnte er nicht ausstehen, er trank den Riesling, das war sein Lieblingswein.»

Monti schaute in sein Notizbuch. Seine Schrift war so unleserlich, dass er später selber Mühe haben würde, das Ganze zu entziffern. Glücklicherweise verfügte er über ein gutes Gedächtnis, was die schlechte Handschrift kompensierte.

Er erhob sich vom Stuhl und streckte seine Hand aus. «Ich danke Ihnen. Das war sehr hilfreich.»

Verena Berger fragte mit gedämpfter Stimme: «Wer hat Marc umgebracht? Haben Sie bereits einen Verdächtigen?»

«Mord ist eine Möglichkeit, aber es könnte sich auch um –»

«Selbstmord. Vergessen Sie das, Herr Monti», sagte Verena Berger. Ihre Stimme war nun lauter und bestimmter. Sie schwenkte das Brandyglas und trank den letzten Schluck. «Marc hätte nie Selbstmord begangen. Nie. Niemals.»

«Was macht Sie so sicher?»

«Er war eine Kämpfernatur, die nie aufgab. Davonrennen vor Problemen war keine Option für ihn.» Verena Berger schaute Monti direkt in die Augen.

Monti nahm ein letztes Stück Gebäck, bedankte sich und überreichte ihr seine Visitenkarte. Beim Ausgang erwartete ihn bereits die Haushälterin, die ihm Mantel und Schal überreichte. Schliesslich fiel ihm ein, dass er etwas Wichtiges vergessen hatte, und er ging noch einmal zurück zu Verena Berger. Er bat sie, ihm die Gästeliste der Gala auszudrucken, was sie umgehend tat.

Die Familienverhältnisse bei den Bergers scheinen schwierig zu sein, dachte er sich auf der Rückfahrt in der S-Bahn. Das viele Geld hatte nicht das ersehnte Glück gebracht. Die Ehepartner hatten sich auseinandergelebt. Marc Berger war aktiv in der Wirtschaft und Politik, sie hatten zu wenig Zeit miteinander verbracht, zu wenig Sorge füreinander und für ihre Beziehung getragen. Verena Berger war von der Hauptrolle als angesehene Schauspielerin in die Nebenrolle einer Ehefrau einer bekannten Persönlichkeit gerutscht. Eine schwierige Situation für die meisten Menschen.

Das erschien ihm wie ein Alarmsignal für seine eigene Beziehung mit Nicole. Ihm fiel ihr Vorwurf ein, er interessiere sich nur für seinen Job. Er hatte als leitender Ermittler keine geregelten Arbeitszeiten. Alle Jahre wieder kam das Thema Heiraten auf die Agenda, dem Monti bisweilen mehr oder weniger geschickt hatte ausweichen können. Nicole hatte ihr Arbeitspensum beim Fernsehen stetig erhöht über die letzten Jahre, um ihre Karriere richtig zu lancieren, eigenständig und unabhängig zu sein und möglicherweise – und in weiser Voraussicht – auch um sich von den Beziehungsproblemen abzulenken.

Er erinnerte sich an eine Aussage eines römischen Philosophen: «Leichte Sorgen lassen sich aussprechen, schwere machen stumm.»

6

Sie erschien ihm verdächtig. Ganz alleine war sie, zwar mit einem schönen Anwesen am Zürichsee, erkannte Monti die Situation von Verena Berger am nächsten Morgen. Aber war das Motiv genug: Einsamkeit? Oder Eifersucht? Geldsorgen konnte er sich nicht vorstellen. Ohne Ehevertrag konnte die Frau der Scheidung finanziell gelassen entgegensehen.

Das unbeständige Wetter, das in den letzten Tagen vorgeherrscht und zu Wochenbeginn sogar Schneeschauer bis in die Niederungen gebracht hatte, hatte sich nun stabilisiert. Es war aber immer noch kalt und nass, weshalb sich Monti entschloss, auch heute den dunkelblauen Wollmantel und den Schal mit den hellgrauen Mustern, den ihm Nicole zu Weihnachten geschenkt hatte, mitzunehmen, als er aus der Wohnung trat.

Er kehrte an diesem Donnerstagmorgen ins La Stanza ein. Es war für ihn zum Ritual geworden, vor der Arbeit seine Koffeinreserven im kleinen Café am Bleicherweg zu füllen. Nicht nur der Name, sondern auch das Innere des Lokals waren authentisch italienisch. Die Leute standen mehrheitlich am Bartresen, tranken ihren Kaffee und lasen die Zeitung. Einige sassen auf den alten, etwas abgewetzten, grün lackierten Metallstühlen mit Lehnen aus Holzlatten an den Fensterfronten. Die hellbraunen und weissen Natursteinplatten, die in einer Mosaikform angeordnet und stark abgenutzt waren, zeugten vom regen Betrieb im Lokal. Das dumpfe Licht, die hohe Decke und die braunen Fenstersimse verliehen dem Lokal seine charakteristische Atmosphäre. Das Servicepersonal bestand immer aus zwei Personen, in der Regel einer Frau und einem Mann. Das war vielleicht das einzige nicht Authentische, denn in Italien war das Personal ausschliesslich männlich, so hatte er es zumindest in Erinnerung. Die Kunden bestellten ihre Getränke an der Bar, holten frische Cornetti aus der Vitrine und hielten einen kurzen Schwatz mit dem Kellner.

Ohne zu fragen, brachte ihm Giuseppe, Montis Lieblingskellner, seinen Espresso, der in einer kleinen braunen, aus Steingut hergestellten Tasse mit dickem weissen Rand und mit einem Glas Wasser sowie einem Zuckerbeutel, der mit dem Schriftzug des Kaffeelokals versehen war, serviert wurde.

«Wie geht es Ihnen, Commissario?»

«Gut, und Ihnen?», sagte Monti, der sich auf einen Barhocker setzte.

«Etwas stressig. Ich habe noch ein paar Prüfungen an der Uni vor mir, und meine Vorbereitungen waren nicht ideal.»

«Dann können Sie nicht dem Studentenleben frönen?» Monti stand auf, um sich ein Cornetto zu holen.

«Das ist die Kehrseite der Medaille, aber das gehört halt auch zum Studentenleben.»

«Das geht auch wieder vorbei.»

«Ich darf mich nicht beklagen, muss ich doch nicht Schwerverbrecher hinter Gitter bringen wie Sie.»

«Ja, Mord und Totschlag gehören zu meinem Beruf – steht sogar im Stellenbeschrieb.»

Das La Stanza war bekannt für seine multikulturelle Kundschaft, was Monti gefiel. Es war beliebt bei Studenten, Künstlern bis hin zu Unternehmensführern. Selbst ein paar Bankiers vom nahen Paradeplatz nahmen die wenigen Schritte auf sich und kamen regelmässig vorbei für ihre Kaffeepausen. Monti setzte die Tasse an seine Nase, roch kurz und nahm einen kleinen Schluck. Der Kaffee, der aus frischen Arabicabohnen gewonnen und in einer altehrwürdigen Siebträgermaschine zubereitet wurde, schmeckte vorzüglich, bitter-süsslich mit Honiggeschmack.

Im Sommer setzte sich Monti gerne im Aussenbereich hin, falls er dort einen der wenigen kleinen runden Tische ergattern und eine Zigarette rauchen konnte. Ein Laster, von dem er sich seit Jahren befreien wollte, was er aber einfach nicht fertigbrachte.

Es kamen hier nostalgische Gefühle bei ihm auf, so auch heute. Er erinnerte sich nur allzu gerne an die schöne Zeit in der Toskana, die er jeweils in seinen Sommerferien bei den Grosseltern verbracht hatte. Er durfte seinen Nonno in das lokale Kaffeehaus begleiten und, bereits in jungen Jahren, einen Caffè geniessen, später sogar einen Corretto. Etwas, das seine Eltern erst später herausfanden. Sein Vater war Ende der fünfziger Jahre als Gastarbeiter ins Tessin eingewandert, wo er seine spätere Frau kennen und lieben lernte. Montis Jugendzeit in der Schweiz verlief nicht immer einfach, führte doch die zunehmende Zuwanderung in die Schweiz zu einer Angst vor fremden Kulturen. Einige Male wurde er als «Tschingg» gehänselt, obwohl er in der deutschsprachigen Schweiz geboren war, eine Schweizer Mutter hatte und seit Geburt den Schweizer Pass besass. Die Familiensprache zu Hause war Italienisch. Ihm war bewusst, dass ihm trotz seines perfekten Deutschs bis in die Gegenwart in Gesprächen mit Deutschschweizern gelegentlich wieder Wörter in seiner Muttersprache herausrutschten. Der italienische Name war damals, im Gegensatz zu heute, ein nicht zu unterschätzendes Handicap.

Nachdem er seinen Espresso getrunken hatte, ging er hinaus, wo er lauter leere Plätze vorfand, was angesichts der beissenden Kälte und der die Knochen durchdringenden Feuchtigkeit nicht überraschte. Er hatte gerade eine Davidoff aus der Packung genommen, als sein Handy piepste. Er legte die Zigarette vorsichtig auf einen der freien Tische, beschwerte sie mit dem Feuerzeug und holte sein Telefon aus dem Sakko.

Eine SMS von Nicole. Nüchtern, ohne ihre sonst so grosszügig verwendeten Emojis.

Sie forderte seinen Rückruf.

Er steckte seine Zigarette zurück in die Schachtel, die er in der Seitentasche seines Sakkos verschwinden liess, und rief Nicole umgehend an. Das Telefonat war kurz und schmerzlos. Sie forderte eine Aussprache, sie habe genug von dieser Art der Beziehung, es brauche einen Kurswechsel. Sie verabredeten sich für Samstag im Café Odeon am Bellevue. Nach dem Gespräch schaute Monti auf den Schützengraben hinunter, wo gerade ein Mann im Ruderboot vorbeifuhr. Monti brauchte nun auch Kraft und Geschick, um die Beziehung wieder in die richtige Richtung zu lenken. Er musste sich eingestehen, dass sie ihm fehlte. Keinen Lärm vom Saftmixer hörte er, keine Sudokus lagen auf dem Sofa, keine Frauenschuhe versperrten den Flur, kein iPad lag auf dem Küchentisch, kein Make-up-Koffer stand auf dem Lavabo, und selbst das Kinoheftchen lag nicht mehr auf dem Salontisch. Das Leben war einfach anders ohne sie.

Als er etwas später als üblich in seinem Büro eintraf, lief er zum Fenster, das auf die Kasernenstrasse gerichtet war. Er blickte hinaus auf die Sihl, die mächtig braunes Wasser führte und sogar einige Baumstämme mit sich trug.

Sein Telefon klingelte, und er ging zu seinem Bürotisch, um den Anruf entgegenzunehmen.

«Herr Monti, Frau Büchel von der ‹Berger Industries› ruft an», sagte Frau Weber.

«Stellen Sie sie durch.»

Ein kurzes Knacken in der Leitung, und die Verbindung war hergestellt.

«Frau Büchel, besten Dank für Ihren Rückruf. Ich muss Ihnen ein paar Fragen zum Tod von Herrn Berger stellen.»

«Kein Problem.»

«Gemäss meinen Informationen waren Sie die Sekretärin von Herrn Marc Berger?»

«Ja, ich war seit über fünf Jahren seine persönliche *Assistentin.*» Frau Büchel betonte das Wort «Assistentin», das Wort «Sekretärin» schien die Dame nicht zu mögen.

«Dann können Sie mir sicher sagen, wo sich Herr Berger am letzten Montag aufhielt?»

«Einen Moment. Ich muss nachschauen.»

Er hörte, wie sie den Hörer auf den Tisch legte und heftig und schnell auf der Tastatur tippte.

«Am Vormittag war er hier in Zug, danach hatte er ein Mittagessen mit Regierungsrat Häfliger in der Kronenhalle in Zürich, anschliessend einen Termin bei der Tellbank und danach einen privaten Termin beim Notar in Zürich, bevor er am Abend an die Benefizgala seiner Stiftung im Hotel Savoy am Paradeplatz ging.»

Monti nahm ihre Kontaktdaten auf, bedankte sich, kündigte seinen Besuch für nächsten Montag an und forderte sie auf, die Kadermitarbeiter zu informieren und sich für eine Befragung zur Verfügung zu halten.

Nachdem er die eingegangenen E-Mails durchgegangen war, stand er auf und machte sich auf den Weg zu Müller, der ihm eine SMS geschickt hatte, was ihn stutzig gemacht hatte. Müller war nicht der Typ, der Kurzmitteilungen an die Ermittler schickte. Er habe noch etwas für ihn, stand im Text, und er solle um zehn Uhr zu ihm kommen. Offensichtlich wollte er die Information nicht übers Telefon oder via E-Mail teilen. Keine zehn Minuten später stand er am Empfang bei der Staatsanwaltschaft I.

«Herr Müller kommt gleich. Möchten Sie in der Zwischenzeit einen Espresso?», fragte Frau Hugentobler, die seine Vorliebe für den kleinen Kaffee längst kannte.

«Ja, den kann ich gut gebrauchen», antwortete Monti und lächelte.

Frau Hugentobler wies Monti in eines der drei Sitzungszimmer und brachte ihm wenig später den Espresso. Er hörte eine bekannte Stimme aus dem angrenzenden Zimmer, woraufhin er sein Ohr an die Wand legte.

Es war Regierungsrat Reto Häfliger.

«Wir müssen mit äusserster Diskretion vorgehen», sagte Häfliger, der nun leiser sprach. Monti rückte noch näher an die Wand.

«Mach dir keine Sorgen. Wir haben alles im Griff», erwiderte Müller.

Monti hörte, wie die Stühle geschoben wurden, die beiden wohl aufstanden, sich zur Tür bewegten und sich voneinander verabschiedeten.

Müller riss die Tür zum Sitzungszimmer auf, in dem Monti

nun auf dem Stuhl sass und auf sein Handy blickte. «Kommen Sie, wir gehen in mein Büro.»

Monti nickte Müller zu und stand auf. Als er den Gang betrat, sah er Häfliger, der sich mit Frau Hugentobler unterhielt, die ihn zum Ausgang begleitete, als dieser sich umdrehte und zu Monti lief. «Herr Monti, wie schön, Sie wieder einmal zu sehen.»

«Guten Tag, Herr Häfliger. Was machen Sie denn hier?», sagte Monti und tat so, als wäre er überrascht über dessen Präsenz.

«Es war mir ein grosses Anliegen, dass Sie zusammen mit Hans den Fall betreuen.»

«Wie komme ich zu dieser Ehre?»

«Wir brauchen den besten Mann für diese Aufgabe.»

Es klingt fast so, als hätte Häfliger über sich selber gesprochen, dachte Monti und liess den Satz so stehen.

«Wie kommen die Ermittlungen voran?», fragte Häfliger.

«Wir kennen nun die genaue Todesursache. Er starb an einer Überdosis Parathion», antwortete Monti.

«Ja, das habe ich mitbekommen. Tragisch.» Häfliger verdrehte die Augen und fragte: «Spritzt man das Gift, trinkt man es, oder wie nimmt man das verdammte Zeug auf?»

«Eine Spritze können wir ausschliessen. Er hatte keine Einstiche an seinem Körper. Das Gift wird oral verabreicht», antwortete Müller.

«Hat er sich ...?» Häfliger legte eine kurze Pause ein und setzte sich.

«... umgebracht, meinst du?», ergänzte Müller.

«Ist das möglich?», fragte Häfliger.

«Das können wir zurzeit nicht ausschliessen», sagte Müller und schaute Monti an, der keine Regung zeigte.

Häfliger schüttelte den Kopf. «Marc hat sich in letzter Zeit gegen alle aufgelehnt. Er hatte sich verändert. Er hat das liberale Gedankengut verloren. Sein Einsatz für die Fair-Banking-Initiative war der Gipfel seines Irrweges.»

«Ich verstand seine Kehrtwende nicht. Das passte nicht zu

seinem Charakter. Das war doch Verrat an der Partei», sagte Müller und blickte Häfliger fragend an.

«Er trug private und geschäftliche Probleme mit sich.»

«Was willst du damit andeuten?»

Die beiden schienen zu vergessen, dass Monti auch im Raum war.

«Sein Alkohol- und Zigarettenkonsum war in letzter Zeit merklich angestiegen», sagte Häfliger und verzog den Mund.

«Aber wegen ein paar kleiner privater und geschäftlicher Probleme bringt man sich doch nicht um», sagte Müller.

Häfliger schaute sich um und sagte mit leiser Stimme: «Viele kleine Probleme ergaben vielleicht ein grosses, und das ist ihm über den Kopf gewachsen.»

Die Blicke von Häfliger und Monti trafen sich.

Häfliger fuhr fort: «Er wollte mit mir über die Probleme reden. Wir hatten uns für Dienstagmorgen zum Frühstück im Hotel Storchen verabredet», sagte Häfliger.

«Aber so weit kam es nicht.»

«Nein, ich habe eine Viertelstunde gewartet und ihn unzählige Male angerufen, aber er nahm sein Telefon nicht ab.»

Monti sah die Ratlosigkeit in Häfligers Gesicht. Häfliger war selten wortlos. Heute war er es, zumindest für ein paar Sekunden.

«Was sagen wir den Medien, Hans?», fragte er und blickte Müller an.

«Wir haben zu wenige Informationen zum Fall. Ich würde vorschlagen, wir warten noch mit einer Medienmitteilung.»

«Ich habe ständig Anrufe von der Presse. Sie wollen wissen, was passiert ist. Ich möchte aktiv informieren, bevor die Journalisten wieder wilde Spekulationen in Umlauf setzen.»

Häfliger und Müller waren wie eineiige Zwillinge, fand Monti. Sie waren in derselben Partei, hatten ähnliche Weltanschauungen und kannten einander seit über zehn Jahren. Häfliger war gut vernetzt mit den Medien. Er fütterte die Medienschaffenden mit Informationen. Es war ein Geben und Nehmen. Sich verschanzen wie ein Igel kam bei der Presse ganz schlecht an, vor allem wenn die Regierungsratswahlen in einem Jahr anstanden. Häfliger war ein *animal politique*, das es liebte, im Mittelpunkt zu stehen, vor allem wenn es sich um Festivitäten handelte wie die Einweihung einer neuen Turnhalle, eine 1.-August-Feier oder das Sechseläuten. Reden, unterhalten, diskutieren – und letztlich auch: sich inszenieren. Das beherrschte er wie kaum ein Zweiter seiner Zunft. In Krisensituationen verbreitete sein ständiges Einmischen vor allem eines: Hektik und Stress bei seinen Mitarbeitern.

«Das Einzige, was wir wissen, ist, dass er am Gift gestorben ist», fuhr Müller fort.

Häfliger schaute an die Decke, griff sich an seine Nase und dachte über die nächsten Schritte nach. «Was meinen Sie, Monti?»

«Wir wissen zu wenig. Geben Sie uns etwas Zeit», antwortete Monti.

«Wir setzen unseren Ruf aufs Spiel. Und Ihren, Herr Monti.»

«Wir werden den Fall aufklären.»

«Dann will ich Sie nicht länger stören.»

Häfliger verabschiedete sich von Müller und Monti.

Müller führte Monti in sein Büro und schloss die Tür. Müller nahm ein Glas Wasser, genehmigte sich einen kräftigen Schluck, richtete seine Krawatte und liess sich in den Stuhl fallen. Monti nahm sein Notizbuch demonstrativ hervor, wollte nun wissen, weshalb ihn Müller zu sich bestellt hatte.

«Berger stand kurz vor dem Rauswurf aus der Partei», sagte Müller und fügte gleich an: «Aber das muss unter uns bleiben.»

Monti nickte. «Weshalb wollte die Parteileitung einen ihrer Nationalräte aus der Partei werfen?», fragte er, dem das sonderbar vorkam.

«Er kam zunehmend von der Linie der Partei ab.»

«Nur weil er einmal eine andere Meinung hatte?»

«Nein, es war kein Einzelfall. Er hatte sich mit mehreren Parteimitgliedern überworfen. Er hat seinen Rausschmiss förmlich provoziert.»

Müller nannte ihm eine Liste von weiteren Zwischenfällen, die über kurz oder lang zum Rauswurf von Berger geführt hätten. Berger hatte einen Antrag auf Absetzung des Finanzchefs der Partei gestellt, da dieser im Fundraising zu wenig Geld in die Kasse gespült habe. Als Parlamentarier hatte er eine Motion beim Bundesrat eingereicht, die eine Lohnobergrenze von einer halben Million Franken für börsenkotierte Unternehmen vorgesehen hatte, was den freiheitlichen Richtlinien der Partei widersprach. An einer Parteiversammlung hatte er den Chef der Zürcher Sektion, der als Generalsekretär im Departement von Häfliger diente, als Idioten und Technokraten beschimpft.

Überrascht war Monti eigentlich nicht, Bergers Leben war aus den Fugen geraten. Alles schien schiefzulaufen für ihn. Viele Menschen gingen in Situationen, wo sie unter Druck gerieten, zum wilden – und oft unkontrollierten – Gegenangriff über.

Am späteren Nachmittag erregte eine E-Mail Montis Aufmerksamkeit. Müller hatte das medizinische Gutachten und den toxikologischen Bericht vom IRM weitergeleitet.

Dr. Oberholzer hatte die Obduktion abgeschlossen und sein Gutachten zuhanden der Staatsanwaltschaft erstellt. Monti öffnete es und überflog Seite um Seite. Berger litt bis auf den hohen Blutdruck, den die Witwe erwähnt hatte, unter keinen Vorerkrankungen, wie Oberholzer in Absprache mit dem Hausarzt von Marc Berger im Bericht erwähnte. Die wichtigste Information, die der Bericht aufweisen sollte, schien zu fehlen. Unmöglich. Das konnte nicht sein. Nicht bei Oberholzer. Monti startete noch einmal von vorne, blätterte nun langsamer. Endlich gelangte er zur Stelle seines Interesses. Der Schlussbericht des Gerichtsmediziners beinhaltete eine zeitliche Schätzung, wann das Insektizid eingenommen worden war. Oberholzer gab ein Intervall zwischen sieben und acht Uhr am Abend an. Die eingenommene Menge konnte er nicht bestimmen, er gab lediglich die Konzentration im Blut an. Er erwähnte aber, dass eine Menge von dreihundert Milligramm für einen Erwachsenen mit der Statur von Berger ausreichen würde, um den Tod herbeizuführen. Selbstmord schloss er explizit nicht aus, hatte er doch auch nach der gründlichen Obduktion keine Einstiche, Wunden oder Schürfungen am Körper der Leiche gefunden.

Stress. Einsamkeit. Erschöpfung. Wieder erinnerte er sich an die Suizide der ranghohen Manager aus der Wirtschaft. Montis Kopf brummte. Viele Fragen drehten sich in seinem Gehirn.

War Berger der Nächste in dieser Reihe?

Hatte er sich die Trauerkarte selber geschickt?

Was hatte Häfliger mit der ganzen Sache zu tun?

7

Er musste sich verändern. Aber wie? Und war er dazu überhaupt in der Lage? Wie fühlte sich Nicole?

Ein lauter Knall riss ihn aus seinen Gedanken. Er stand auf aus seinem Bett, ging ans Fenster und zog die Vorhänge auf. Ein Tram hatte ein Auto frontal gerammt. Totalschaden. Und das um sechs Uhr morgens.

Er konnte nicht mehr einschlafen und zog es vor, nach einer längeren Dusche, früher als gewohnt, aus dem Haus zu gehen. Die Tramlinie war wegen des Unfalls bis ins Bellevue gesperrt, weshalb er sich entschied, den Weg ins La Stanza zu Fuss zu machen. Er hatte seinen Mantel vergessen, nur mit dem dunkelblauen Anzug und einem weissen Hemd bekleidet, spürte er die Kälte des Frühlingsmorgens auf seiner Haut. Umkehren wollte er nicht, er erhöhte das Schritttempo, in der Hoffnung, dass ihn das wärmte.

Das La Stanza war gut besetzt, als er gegen halb acht eintrat, kein einziger Tisch war mehr frei. Der Raum war erfüllt vom Duft nach gerösteten Kaffeebohnen und frischen Cornetti. Er gesellte sich an die Bar, wo Giuseppe ihn freundlich begrüsste und ihm umgehend seinen Espresso auf den Tresen stellte.

Monti ging zum Zeitungsständer und holte sich das «Zürcher Volksblatt». Er war kein grosser Zeitungsleser, aber am Morgen liebte er es, die Zeitung kurz durchzublättern. Es gab ihm ein Gefühl, über die wichtigsten Dinge informiert zu sein. Im lokalen Teil stolperte er über eine kurze Meldung:

sfc. Die Kantonspolizei Zürich hat Ermittlungen zum Tod von Unternehmer und Nationalrat Marc Berger aufgenommen. Sie geht zum heutigen Zeitpunkt von einem unnatürlichen Tod aus, da sie Giftspuren im Körper von Berger gefunden hat.

Monti runzelte die Stirn. Die Polizei hatte in den letzten Jahren die Kommunikationspolitik komplett umgekrempelt. Früher ging man auf Tauchstation, bis man den Sachverhalt vollständig und eindeutig geklärt hatte. Heute machte sie das Gegenteil. Sie informierte aktiver als je zuvor, sie publizierte sogar den Geschäftsbericht wie ein börsenkotierter Konzern und gab Statusmeldungen zu Mordfällen ab. Die Einführung eines Twitter-Kontos bei der Kantonspolizei vor drei Jahren hatte bei ihm nur Kopfschütteln ausgelöst. Der Kanton sparte überall bei der Polizei: bei der Ausbildung, bei Neuanstellungen und bei der Beschaffung von Einsatzfahrzeugen. Die einzige Ausnahme bildete die Kommunikationsabteilung. Wenn das so weiterging, hatte diese bald mehr Mitarbeiter als die Kriminalpolizei. Er nahm sein Handy hervor und wählte Lüschers Nummer.

«Daniela, wer hat die Presse informiert?»

«Das muss Müller oder Häfliger gewesen sein.»

Geduld war sicherlich nicht die Stärke von Müller, aber dass er jetzt bereits die Medien in eine Richtung lenken wollte, glaubte Monti nicht. Für Häfliger hätte er nicht seine Hand ins Feuer gelegt.

Sein Büro war am Vorabend gereinigt worden, es roch nach Desinfektionsmittel. Frau Weber füllte mit einer Giesskanne Wasser in die Vase mit den Rosen und verwies auf den Schlussbericht der Spurensicherung, den sie ihm auf den Schreibtisch gelegt hatte. Die Frau war die Zuverlässigkeit in Person, sie war proaktiv, nahm ihm viele Arbeiten ab, bevor er sie darum beten konnte, als ob sie seine Gedanken gelesen hätte. Frau Weber war in ihrer ganzen beruflichen Laufbahn bei der Kriminalpolizei keinen einzigen Tag krank gewesen, selbst Arzttermine nahm sie nur in ihrer Freizeit wahr. Sie hielt ihm den Rücken frei. Jegliche administrative Tätigkeit nahm sie ihm ab, oft sogar unaufgefordert und noch häufiger so, dass er es erst im Nachhinein bemerkte.

Monti überflog den Bericht kurz. Der neuerliche Abgleich

der gefundenen Fingerabdrücke auf der Trauerkarte in der DNA-Datenbank brachte nichts Überraschendes zutage. Die Abdrücke stammten nicht von Berger. Die Fingerabdrücke in der Wohnung stammten alle von Berger und der Putzfrau, diejenigen auf den Zigarettenstummeln von Berger. Kein Blut, kein zerbrochenes Glas, keine Einbruchspuren.

Nichts.

Er überflog die Fotos der Spurensicherung, aber auch dort konnte er nichts Verdächtiges oder Ungewöhnliches erkennen.

Plötzlich erinnerte er sich wieder, was er eigentlich vorhatte. Er ging ins Nebenzimmer.

«Frau Weber, können Sie mir einen Termin beim Hoteldirektor des Savoys arrangieren?»

«Wann?»

«Am besten noch heute.»

«Um welche Zeit?»

«Nach dem Mittagessen.»

Keine fünf Minuten später meldete sich Frau Weber mit der Terminbestätigung für fünfzehn Uhr. Monti trug den Termin in seine lederne Agenda ein.

Monti ging in den zweiten Stock hinunter, wo sich das Büro von Daniela Lüscher befand, und klopfte an die Tür. Er wartete die Antwort nicht ab und ging hinein. Lüscher sass versunken hinter den drei grossen Bildschirmen, die auf ihrem Pult standen. Sie war das Ebenbild der Panzerknacker in der heutigen digitalen Welt. Sie wechselte vor Jahren in die Forensik, nachdem sie zuvor auf der anderen Seite des Gesetzes ihr Unwesen getrieben hatte, vermutete Monti. Sie hatte ihm am letzten Weihnachtsessen, nach ein paar Gläsern Wein, erzählt, dass sie sich früher einmal in die Server der Bundesverwaltung eingehackt und dort höchst vertrauliche, belastende Daten ihres damaligen Auftraggebers gelöscht hatte. Ihre Methoden waren meist erfolgreich, aber nicht unumstritten, da sie sich oft im rechtlichen Graubereich bewegten. Zum Glück hinkte die Gesetzeslage im IT-Bereich der Realität hinterher. Monti hinterfragte diese Methoden nie, im Wissen darum, dass ihm die Antworten nicht gefallen würden. Er hielt es mit Goethe: «Was ich nicht weiss, macht mich nicht heiss.»

Monti lief zu Lüscher, die erst von ihren Bildschirmen aufschaute, als er kurz vor ihr stand. Sie trug dick aufgetragenen violetten Lippenstift und einen hellgrauen Rollkragenpullover. Die offenen Haare fielen ihr über die Schulter.

«Das POLIS hat keine Einträge über Marc Berger. Der Mann hatte eine reine Weste, zumindest seit 1999, als das interne Polizeiinformationssystem im Kanton Zürich in Betrieb genommen wurde», sagte Lüscher und überreichte ihm ein Dossier über den toten Unternehmer.

Monti bedankte sich und fragte: «Hast du schon etwas über die Trauerkarte herausgefunden?»

Lüscher wühlte im Blätterwald, der auf ihrem Pult lag, und zog schliesslich einen Stadtplan hervor. «Die Karte wurde im Berner Stadtteil V, Breitenrain-Lorraine, aufgegeben.» Sie zeigte auf die Mitte des Plans.

Monti nickte anerkennend. «Gut. Können wir den Einwurf der Karte genauer lokalisieren?»

«Nein, das wird unmöglich. Die Poststempel korrespondieren nicht mit der Nummerierung der Briefkästen, das habe ich bei der Post abgeklärt.»

«Das wäre auch zu einfach gewesen. Gibt es Überwachungskameras in diesem Quartier?» Monti wusste, dass das Überwachen von öffentlichem Raum in der Schweiz eher die Ausnahme als die Regel war.

«Der Stadtteil V umfasst fünf Quartiere. Ich bin auf fünf Kameras gestossen, drei davon gehören privaten Anbietern, die aber nur Aufnahmen von ihren Eingängen hatten. Und alle haben die Aufnahmen bereits gelöscht, was sie gemäss Gesetz innerhalb von achtundvierzig Stunden machen müssen.»

Monti seufzte und verzog den Mund zu einer Grimasse. Der aus seiner Sicht ausufernde Datenschutz erschwerte oft die Ermittlungen bei der Polizei.

«Und die staatlichen Kameras?»

«Fehlanzeige. Die habe ich mir angeschaut. Sie zeigen nur die Eingangsbereiche. Auf denen sieht man keinen einzigen Briefkasten.»

Die beiden schauten sich an, bevor Monti das Thema wechselte. «Hast du die Unterlagen vom Gerichtsmediziner und von der Spurensicherung schon studiert?»

«Der Bericht von Oberholzer ist das einzig Konkrete, was wir haben. Der Bericht von der Spurensicherung ist das Papier nicht wert», sagte Lüscher und nahm einen Schluck aus der Red-Bull-Dose.

Monti lehnte sich an die Tischkante und hob den rechten Zeigefinger. «Er hilft uns trotzdem weiter. Die Wohnung war sauber.»

«Die Fäkalien im Badezimmer und die Leiche hast du wohl vergessen», sagte Lüscher und rümpfte die Nase.

«Leider nein.» Das Bild hatte sich in Montis Gedächtnis gebrannt. «Aber wenigstens wissen wir, falls es sich tatsächlich um Mord handelt, dass der Täter nicht in der Wohnung war. Die Wohnung kann als Tatort ausgeschlossen werden.»

Die Putzfrau schloss Monti als Tatverdächtige aus. Sie hatte kein Motiv, und ihr Verhalten nach dem Mord gab ihm keinen Anlass, daran zu zweifeln.

Lüscher fragte: «Wie bist du zu dieser Feststellung gelangt?»

«Ausschlussmethode.»

Sie verdrehte die Augen. «Ausschlussmethode?»

Monti stiess sich vom Tisch weg und sagte: «Das Gift wurde zwischen sieben und acht Uhr am Montagabend verabreicht, und zu diesem Zeitpunkt war Berger nicht zu Hause, sondern im Hotel Savoy.»

«Getötet an der eigenen Wohltätigkeitsveranstaltung.»

«Hast du die Gästeliste der Gala erhalten?», fragte Monti.

«Frau Weber hat sie mir vorbeigebracht.» Lüscher nahm ein Dokument von einem der Stapel auf ihrem Tisch. «Die Liste umfasst genau hundert Personen. Einige prominente Gäste waren dort.»

«Was erwartest du? Es war eine Benefizgala, da wird nicht das Fussvolk eingeladen.»

«Es fehlten nur Nicole und du, und die Promi-Liste wäre komplett gewesen», sagte Lüscher.

Monti rümpfte die Nase.

Nicole war in den letzten Jahren zum Aushängeschild des lokalen privaten Fernsehsenders geworden, nachdem sie zuvor drei Jahre mit grossem Erfolg bei Radio Zürich eine Morgenshow moderiert hatte. Sie genoss bei seinen Dienstkollegen Kultstatus, an deren Sprüche er sich mittlerweile gewöhnt hatte. Waren sie doch auch ein Ausdruck einer gewissen Anerkennung für die journalistische Leistung oder, was bei den meisten Kollegen der wahrscheinlichere Fall war, zumindest für das gute Aussehen von Nicole. Es erfüllte ihn auf jeden Fall mit Stolz.

«Häfliger war auch an der Gala», sagte Lüscher und blickte zu Monti, der nur nickte.

Häfliger. Schon wieder. Der schien ihn zu verfolgen. Der Name ging ihm nicht mehr aus dem Kopf.

«Wir müssen mit den Gästen der Gala sprechen», sagte Monti und trommelte mit den Fingern auf einen der Monitore.

«Meinst du, mit allen hundert Personen?»

«Ja, da kommen wir nicht drum herum. Ich übernehme die Personen, die am Tisch mit Berger sassen. Das sind sicherlich seine nahestehenden Bekannten und Familienmitglieder. Peter und du, ihr arbeitet den Rest der Liste ab. Tisch für Tisch.»

«Ich habe keinen Sitzplan erhalten», sagte Lüscher.

«Geh zu Frau Weber. Sie besorgt ihn dann bei Frau Berger. Kannst du unsere Datenbanken nach ähnlichen Todesfällen von Vergiftungen abfragen und uns einen Überblick über das Gift E 605 geben?»

Lüscher nickte.

Eine Viertelstunde später traf sich das Ermittlungsteam im Büro von Monti. Er hatte seinen grossen Besprechungstisch vom Aktenberg, der eine Art Vulkan bildete, befreit respektive befreien lassen. Der Berg lagerte nun im Schrank bei Frau Weber. Monti schaute in sein schwarzes Notizbuch. Viele offene Fragen, auf die es nun Antworten zu finden galt. Er verspürte eine Mischung aus Anspannung, Nervosität und Neugier.

Er ging an die Pinnwand hinter dem Tisch und wollte etwas sagen, als ihm Lüscher zuvorkam.

«Bevor wir zu weit suchen, müssen wir Selbstmord ausschliessen.»

Urech kniff die Augen und die Augenbrauen zusammen. «Du hast doch nicht alle Tassen im Schrank. Wir haben es mit einem Mordfall zu tun.»

«Denken und glauben, das reicht nicht. Solange wir keinen Beweis haben, dass es nicht Selbstmord war –», warf Lüscher ein.

Urech fiel ihr ins Wort. «Du glaubst doch nicht wirklich, dass er sich selber um die Ecke gebracht hat?»

«Warum nicht? Seine Geschäfte liefen nicht mehr gut, und seine Frau hat ihn verlassen. Das ist eine schlechte Konstellation.»

«Und die Trauerkarte hat er an sich selbst geschickt?»

«Wieso nicht?», erwiderte Lüscher.

«Solche Alphatiere bringen sich nicht einfach so um.»

«Liest du keine Zeitungen? Es ist noch nicht lange her, da haben zwei bekannte Manager von börsenkotierten Unternehmen Suizid begangen.»

Monti blieb die ganze Zeit ruhig und verfolgte das Streitgespräch. Lüscher gefiel ihm, sie konterte Urech.

Urech starrte sie an. «Kleiner Unterschied, meine Liebe. Berger war kein Manager. Berger war ein Unternehmer.»

Monti stand auf und fuhr mit seiner rechten Hand über sein Kinn. «Wir können Selbstmord, so unwahrscheinlich er sein mag, zum heutigen Zeitpunkt nicht ausschliessen.»

Lüscher schaute Monti an und fragte: «Vielleicht war es ein Unfall?»

Urech schüttelte den Kopf. «Du spinnst.»

Monti unterbrach die Diskussion, die nun zu entgleiten drohte und ihm nicht zielführend erschien. «Spekulationen helfen uns nicht weiter. Wir müssen im familiären und geschäftlichen Umkreis von Marc Berger nach möglichen Konflikten suchen. Hatte er Feinde? War er in krumme Sachen involviert? Wie war seine Stellung in der Partei?»

«Er war ein Oligarch. Der war ganz bestimmt nicht sauber. So weit nach oben bringt man es nicht als Saubermann», sagte Urech.

«Daniela, kannst du mir ein Unternehmensprofil über die ‹Berger Industries› erstellen?»

Lüscher nickte.

Monti schaute auf die Uhr und stand auf. «Peter und ich werden uns heute das Savoy anschauen und den Hoteldirektor befragen.»

Als sie bereits auf dem Weg aus dem Zimmer waren, drehte sich Lüscher zu Monti um und fragte ihn: «Sollten wir nicht auch Häfliger befragen?»

Schweigen. Monti hatte diese Frage bisher unbewusst verdrängt. Er blickte zu Lüscher und sagte: «Da kommen wir nicht drum herum.»

Monti ging nach draussen und zündete sich eine Davidoff an. Das Rauchen half ihm nicht, seine Gedanken zu ordnen, es war lediglich eine ungesunde Angewohnheit, die er nicht mehr loswurde. Nachdem er noch eine zweite Zigarette geraucht hatte, nahm er den Haupteingang, grüsste den Pförtner und ging zurück in sein Büro. Das dumpfe Licht im Raum akzentuierte die angespannte Stimmung. Er blickte auf seinen Computer, die Mailbox war überfüllt mit ungelesenen Mails. Ein kräftiges Klopfen an seiner Tür riss ihn aus seinen Gedanken.

«Herein.»

Es war Urech, der mit gesenktem Haupt und ausser Atem in sein Büro eintrat. Hatte er tatsächlich die Treppen benützt?, fragte sich Monti.

«Ich lade dich zum Mittagessen ein und reserviere einen Tisch beim Italiener im Niederdorf. Um halb eins?»

Monti schaute ihn verwundert an und sagte: «Das passt. Danach gehen wir zum Savoy.»

Urech nickte bedächtig wie ein Pfarrer und sagte mit leiser Stimme: «Ich habe noch einen Arzttermin vorher. Wir treffen uns direkt im Restaurant.»

«Peter …»

Urech verliess das Zimmer so schnell wieder, wie er gekommen war. Monti blickte ihm nach. Eine Einladung von Urech zum Mittagessen zu erhalten erschien ihm etwas merkwürdig. Gab es schlechte Nachrichten? War er krank? Monti hätte ihn nach dem wahren Grund für das Mittagessen fragen sollen.

Im Hauptgebäude der Kriminalpolizei herrschte um Punkt zwölf immer eine unglaubliche Ruhe. Die meisten Polizisten gingen zu dieser Zeit in die Kantine. Monti zog es vor, auswärts in guten italienischen und französischen Restaurants zu speisen.

Er überquerte die Kasernenstrasse beim Zebrastreifen auf Höhe der Polizeischule und lief die wenigen Meter zur Tramhaltestelle Sihlpost, wo er ins 3er-Tram einstieg, das ihn zum Central führte. Er lief am Starbucks und an der Polybahn vorbei und bog in die Niederdorfstrasse ein. Immer wenn er das autofreie Dörfli betrat und den Kopfsteinpflasterbelag unter seinen Füssen spürte, fühlte er sich wie in den Ferien. Die vielfältige Auswahl an Restaurants, Bars, Nachtclubs, Läden sowie die vielen kleinen Gassen hatten bis heute nichts von ihrer Anziehungskraft auf ihn verloren.

Als er das Restaurant La Saporita betrat, winkte ihm Urech zu, der am hintersten Tisch in der Ecke sass. Monti ging auf ihn zu und setzte sich zu ihm. Eine halb leere Stange Bier stand auf dem Tisch vor Urech.

Ein Kellner kam an den Tisch.

«Was darf ich Ihnen zu trinken bringen?»

«Ein Glas vom Chianti Classico», sagte Monti und schaute den Kellner an, korrigierte sich. «Bringen Sie zwei Gläser.»

Monti glaubte an das lateinische Sprichwort: *In vino veritas.*

Nach dem Genuss von ein paar Gläsern Wein sank die Hemmschwelle, und die Menschen sprachen freier. Die Wahrheit kam dann meist ziemlich schnell ans Tageslicht.

Urech brauchte den Wein nicht als Katalysator. Er kam sofort auf sein Anliegen zu sprechen, dessentwegen er das Gespräch einberufen hatte. Er hatte bei der Einvernahme eines Drogenhändlers wieder einmal die rote Linie des Erlaubten überschritten. Gerade als er zum Höhepunkt seiner Erzählung schreiten wollte, kam der Kellner, um die Bestellung aufzunehmen. Monti nahm die Menükarte, die er nicht angeschaut hatte, da er sie längst auswendig kannte, und reichte sie dem Kellner.

«*Allora, signori.* Haben Sie etwas gefunden?»

«Ich hätte gerne die Filetti di sogliola alla griglia. Kann ich dazu Risotto statt Gemüse haben?»

«Aber sicher.»

«Ich nehme das T-Bone-Steak mit Pommes frites.» Urech nahm wie immer sein Lieblingsgericht.

Bistecca alla fiorentina heisst das, dachte sich Monti, verzichtete aber darauf, seinen Kollegen zu korrigieren.

«Wie wollen Sie Ihr Steak gebraten haben?», fragte der Kellner.

«Blutig.»

Als kleine Vorspeise bestellten sie Bruschette, zu den zwei Gläsern Chianti kam eine Flasche dazu.

Urech setzte seine Erzählung fort. Der Kellner brachte die Bruschette, und Monti nahm ein Brötchen in die Hand. Er inhalierte förmlich den Duft des Knoblauchs und des frischen Basilikums. Er fühlte sich für einen Moment wie in den Ferien, bevor ihn Urech wieder zurück in die Realität holte.

Schüchterte Urech die Befragten gewöhnlich bereits mit seinem Körpergewicht und seiner Postur genügend ein, um Geständnisse zu beschleunigen, so hatte er dieses Mal eine neue, bedenkliche Befragungsmethode angewendet.

«Ich habe den Typen am Kragen gepackt und in die Luft gehalten.»

«*Dio santo!* Was hast du mit ihm gemacht?»

«Ich habe ihn am Hemdkragen gepackt.»

Urech riss beide Hände nach oben und simulierte den Vorfall.

Monti war es gewohnt, die Eskapaden von Urech auszubaden. Als Vorgesetzter von Urech wies er diesen zwar regelmässig und mehrfach zurecht, aber einen durchschlagenden Erfolg hatte er damit bis heute nicht erreicht.

«Peter, kannst du dich in Zukunft wieder an die gängigen Methoden der Einvernehmung halten?»

«Ja, ich versuche es. Aber der Typ war einfach nicht kooperativ.»

«Peter, du bist Polizist und nicht Türsteher. Du kannst doch nicht jedem an den Kragen gehen, der nicht gleich kooperativ ist.»

Urech lief rot im Gesicht an. Monti konnte nicht beurteilen, ob dies vom Alkohol oder von seiner Zurechtweisung herrührte. Wohl eher von Ersterem. Urech war ein Polizist der alten Schule, der nicht mit der Zeit ging, sondern sich nach den guten alten Zeiten sehnte, wo die Polizisten nach eigenem Gutdünken ihre Vernehmungsmethoden durchsetzten und nicht jedes Gespräch protokolliert werden musste. *Substance over form* nannten das die Amerikaner.

«Wir können diese Typen doch nicht immer mit Samthandschuhen anfassen.»

Urech war spezialisiert darauf, seine Eskapaden zu bagatellisieren. Einsichtig oder reuig zeigte er sich selten. Fehlende Selbstreflexion wird das in der Personalbeurteilung genannt, dachte Monti und sagte: «Nein, aber dein Boxerstil bringt uns auch nicht weiter.»

«Von wegen. Der Typ hat gesungen wie ein Rohrspatz.»

«Sein Anwalt wird sich sicherlich auch noch bei uns melden.»

Urech zuckte kurz zusammen. An diese Konsequenz schien

er nicht gedacht zu haben. Sie sahen sich kurz an, dann senkte Urech den Blick auf den Boden und nahm einen letzten Schluck aus seinem Weinglas.

«Das wird nicht wieder vorkommen, Fabio. Versprochen.»

Die Hoffnung starb zuletzt.

Monti beliess es bei der Ermahnung. Nur durfte die Polizeikommandantin nichts davon erfahren. Jegliches weitere Wort war verschwendete Energie, weshalb er sich entschloss, das Ganze ruhen zu lassen und sich dem Dessert zu widmen. Nachdem sie beide eine vorzügliche Panna cotta verspeist hatten, verliessen sie das Restaurant um kurz nach halb drei Uhr.

Sie liefen zum Central, wo sie ins 4er-Tram einstiegen, das sie zum Helmhaus führte. Monti zündete sich eine Zigarette an, währenddessen sich Urech zu Montis Verblüffung am Kiosk mit einem Schokoladenriegel eindeckte. Wie konnte dieser nach einem guten und üppigen Mittagessen bereits wieder Süssigkeiten verzehren? Sie liefen gemütlich dem Limmatquai entlang, gingen über die Münsterbrücke, bis sie das Hotel Savoy Baur en Ville erreichten, das an der Poststrasse beim Paradeplatz lag. Das Haus verfügte nicht nur über eine der besten Lagen in der Zürcher Altstadt, auch die Innenausstattung war nicht von schlechten Eltern. Alles aus Gold und Marmor, so weit das Auge reichte. Am Eingang standen zwei Portiers, die den Gästen ihre Koffer abnahmen und sie zur Rezeption begleiteten. Das Hotel war das älteste Grandhotel von Zürich, so hatte es Monti zumindest der Homepage des Hotels entnommen.

Er meldete sie an der Rezeption an. Zwei Minuten später erschien Herr Fasoli, der sie freundlich begrüsste. Er führte sie über die Wendeltreppe, die mit goldenen Handläufen am polierten Edelstahlgeländer ausgestattet war, hinauf in den ersten Stock zu den Konferenzsälen.

Sie standen nun im Foyer, das über ein Cheminée, bequeme Polstersessel und kleine runde Tische verfügte. Er schritt zur Fensterfront, wo er von hoch hinab die Passanten und die sich kreuzenden Trams auf dem Paradeplatz sah. Er lief zurück und sah sich im Spiegel der hölzernen Doppeltür, die den Eingang zum Festsaal markierte. Dieser war mit seinen hundertsechzig Quadratmetern der grösste Raum für Feierlichkeiten, wie Fasoli ihnen erklärte. Dort hatte auch die Gala der Bergers am Montagabend stattgefunden.

Fasoli öffnete die Tür. Die Kristallkronleuchter an der hohen Decke und die Säulen den Wänden entlang, die am oberen Ende ein goldenes Kapitell mit einer weiblichen Figur enthielten, fielen Monti sofort ins Auge. Die Holzstühle mit hellbraunem Lederüberzug und der Teppich, der mit zahlreichen Schlaufen, Kreisen und Blättern etwas überladen erschien, gaben dem Raum einen Hauch Gemütlichkeit und verkörperten die Tradition des Hauses, wie Fasoli anfügte. Urech zog die Nase hoch. Es roch nach Desinfektionsmittel.

«Die Putzequipe hat in den letzten Tagen den Saal gereinigt und den Teppich gestern gebohnert», sagte Fasoli.

Monti schaute sich um und stellte fest, dass es keinen anderen Eingang oder Lift zum Saal gab. Die Getränke und das Essen mussten über den Haupteingang hereingebracht werden.

«Wir müssen Ihnen ein paar Fragen zum Ablauf des Galaabends stellen», begann Monti das Gespräch mit Fasoli, während Urech den Saal inspizierte und Fotos mit seinem Handy knipste. Fasoli, der selber am Anlass auch kurz vorbeigeschaut hatte, um die Gastgeber persönlich zu begrüssen, rekonstruierte die Anordnung der Tische und die Sitzordnung. «Die Tische waren sternförmig aufgestellt. An jedem Tisch können acht Personen sitzen, aber am Tisch des Verstorbenen waren es nur sechs.»

«Wo sass Berger?», fragte Monti.

Fasoli schielte auf ein Blatt, das neben ihm auf dem Tisch lag, und zeigte auf den Sitzplan. «Er sass hier, neben seiner Ehefrau und Herrn Dr. Häfliger.»

«Häfliger? Häfliger sass direkt neben Berger?», fragte Monti nach.

«Ja, Dr. Häfliger, der Regierungsrat.» Fasoli reichte Monti den Sitzplan und zeigte mit seinem rechten Zeigefinger darauf.

Monti studierte die Liste. Verena Berger, Häfliger und seine Frau, Paul Keller und Claudia Mäder hatten mit Marc Berger am Tisch gesessen.

«Wer sind Paul Keller und Claudia Mäder?»

«Keller ist Banker, soviel ich weiss. Und Claudia Mäder möglicherweise seine Partnerin. Ich kenne sie nicht.»

«Gab es ungewöhnliche Vorfälle während des Abends?»

«Nein, alles lief nach Plan.»

«Wie lief der Abend ab?»

«Die Gala startete um sechs Uhr am Abend mit der Rede der Schirmherrin Frau Berger, danach spielte das Zürcher Kammerorchester einige klassische Stücke, bevor wir das Essen servierten.»

«Wann begann der Service?»

«So gegen sieben Uhr muss das gewesen sein.»

Monti bat Fasoli, den Tisch genau so zu decken wie am Galaabend. Fasoli nahm sein Mobiltelefon und delegierte die Bitte an den Oberkellner, der den Tisch herrichtete. Der Tisch war nun mit dreifachem Besteck, zwei Weingläsern, einem Mineralwasserglas und einer gefalteten Serviette belegt. In der Mitte standen eine Holzmühle mit Salz und Pfeffer sowie eine Flasche grüner Tabasco. Monti bat den Oberkellner noch, die verwendeten Teller zu holen, die Urech und er kurz inspizierten, obwohl er selber nicht wusste, wonach er suchte. Sie entliessen den Kellner und setzten sich an den Tisch.

«Wie sah der Menüplan aus?», fragte er Fasoli.

Fasoli legte die Menükarte auf den Tisch, auf der oben rechts das Logo der Stiftung prangte, etwas zu gross für Montis Geschmack.

Monti und Urech warfen einen Blick auf die Karte, bevor Monti sie in seine Jackentasche steckte.

Vorspeise
Brokkoli-Curry-Kokosmilchsuppe

Hauptgang
Coq au Vin

Dessert
Tortino dal cuore tenero e fondente

Weine
Alsace Grand Cru Brand Riesling
Château Rouget Pomerol

Die Aussagen über den Ablauf deckten sich mit denjenigen, die er von Verena Berger erhalten hatte.

«Wie häufig führen Sie Anlässe wie die Gala der Familie Berger in Ihrem Haus durch?»

«So grosse Anlässe führen wir zwei- bis dreimal pro Monat durch, kleinere Gruppen haben wir fast täglich bei uns.»

Urech kam auf sie zu und steckte sein Handy in die Hosentasche.

Monti fragte, wo sich der kleine Innenhof befand, der von Berger zum Rauchen benutzt worden war. Einen richtigen Innenhof gebe es nicht. Die Raucher gingen durch die Bar im Parterre nach draussen. Dort gebe es einen kleinen Unterstand.

«Gibt es von diesem Unterstand einen direkten Zugang zur Küche?»

«Nein, Sie müssen durch die Bar gehen. Aber am besten zeige ich es Ihnen.» Fasoli streckte seinen Arm aus und führte sie aus dem Saal.

Sie liefen die Wendeltreppe hinunter und drehten kurz vor dem Erreichen der Rezeption rechts ab, wo sich eine kleine Bar, leicht erhoben vom Parterre, befand.

Die dunkelblauen Lederpolster, der oval geformte Bartresen und das Klavier in der Mitte der Bar sorgten für typische Baratmosphäre. Fasoli wollte ihnen einen Kaffee anbieten, aber

Monti ignorierte ihn und sagte: «Schauen wir uns die Küche an.»

Fasoli zuckte kurz zusammen. «Herr Monti, unsere Küche ist auf dem neuesten Stand, sowohl hygienisch wie auch technisch. Wir reinigen sie täglich.»

«Schon gut. Wir sind nicht von der Lebensmittelkontrolle», sagte Monti.

Sie liefen links am Bartresen vorbei, Fasoli öffnete mit einem Badge die Schiebetür. Die Küche liess keine Wünsche übrig, ein Paradies für einen Koch. Sie war gross, hell und voller Chromablagen und mit allen möglichen Apparaten ausgestattet. Einzig die vergilbten braunen Bodenplatten bildeten einen Kontrast dazu. An der hinteren Wand hingen Pfannen in verschiedenen Grössen. Champagnerkübel, Teller, Kaffeetassen, Brotkörbchen, Tablare, silberne Saucieren und alle möglichen Arten von Gläsern waren fein säuberlich in den Schrankablagen eingeordnet. Fünf Männer, allesamt mit Kochhut, bereiteten Speisen vor. Fasoli führte aus, dass an einem Galaabend bis zu fünfzehn Personen in der Küche arbeiteten.

Urech holte sein Handy hervor und schoss aus allen möglichen Winkeln Fotos.

«Wo werden die Lebensmittel angeliefert?», fragte Monti.

«Diese kommen in der Regel über den Eingang dort hinten», antwortete Fasoli und zeigte mit seinem Arm auf die linke hintere Ecke der Küche.

«Wann werden sie angeliefert?»

«Am Vormittag, jeweils zwischen neun und zehn Uhr.»

«Wer sind die Lieferanten?»

«Das sind seit Jahren die Firma Müller Engros sowie die Metzgerei Seifert.»

«Wo werden die Lebensmittel gelagert?»

Fasoli drehte den Kopf nach links und bewegte sich in einen grossen Raum, links abgehend von der Küche.

«Hier lagern wir die Lebensmittel zwischen. Das Fleisch geht in den Kühlraum. Wollen Sie diesen auch sehen?»

Monti nickte.

Ein paar Schritte weiter tauchten sie in den Kühlraum ein, gleich daneben befand sich der Gefrierraum. Die bissige Kälte und das laute Brummen der Kühlanlage liessen sie schnell wieder nach draussen gehen. Alle Räume waren von der Küche gut erreichbar und mit einem Badge-System ausgestattet.

«Verfügt das Hotel über Überwachungskameras?», fragte Monti weiter.

«Ja, zwei. Am Personaleingang und am Haupteingang des Hotels sind Kameras angebracht. In den Sälen gibt es keine Kameras.»

Monti instruierte Fasoli, dass dieser, sofern noch nicht geschehen, die Videoaufnahmen nicht löschen sollte. «Wie ist der Zutritt zu den einzelnen Räumen geregelt?»

«Die Räume sind für alle Mitarbeiter des Hotels zugänglich.»

«Gäste?»

«Nein, sie brauchen ein Badge für den Zutritt. Aber seien wir ehrlich. Es gibt nichts Einfacheres, als einen Fernseher aus einem Hotel zu stehlen. Es gehen hier jeden Tag so viele Leute ein und aus. Elektriker, Sanitäre, Putzequipen.» Fasoli zuckte die Schultern und lächelte.

«Kam an diesem Abend ein Gast in die Küche?»

«Das glaube ich nicht, aber da müssen wir die Köche fragen.»

Sie gingen zurück in die Küche, wo die Köche immer noch mit den Vorarbeiten für das Nachtessen beschäftigt waren. Sie schnitten Karotten, schälten Kartoffeln und bereiteten Saucen zu.

Monti wollte von Fasoli wissen, wie die Gänge zubereitet würden. Fasoli sah ihn verdutzt an und ging auf einen Mann ganz hinten im Raum zu.

Nach einigen hörbar lauten Diskussionen kam der Chefkoch zu Monti. Er hatte eine imposante Figur, fast wie ein Schwinger. Er stellte sich breitbeinig und mit verschränkten Armen vor Monti und fragte: «Was müssen Sie wissen?»

«Beginnen wir mit Ihrem Namen.»

«Florian Bein.»

Bein schien gestresst zu sein. Er knurrte wie ein Hund, der lange nichts mehr gegessen hatte. Monti entdeckte ein Superman-Tattoo auf dessen linkem Arm.

«Wir interessieren uns dafür, wie Sie die Menüs am letzten Montag für die Gala am Abend zubereitet haben.»

«In Pfannen, wie sonst?»

«Welchen?»

«Die Suppe wurde in diesen Pfannen zubereitet.» Bein nahm eine Pfanne von der Halterung an der Wand.

Monti zeigte sich überrascht. Wie konnte man Gourmetmenüs in so grossen Massenbehältern zubereiten? Das erinnerte ihn mehr an die Militärkantine, als er die Rekrutenschule absolvierte, als an ein Fünf-Sterne-Hotel.

«Ist das normal?»

«Wie wollen Sie denn für hundert Personen kochen? Mit einem kleinen Rechaud vom Supermarkt?» Bein lachte laut.

Monti war wieder einmal über seine eigene Naivität gestolpert. Er nickte. Das ergab Sinn.

«Wer arbeitete an diesem Abend hier in der Küche?»

Bein rümpfte die Nase, ging kurz um die Ecke in einen anderen Raum und kam mit einem Blatt Papier in der Hand zurück.

«Das war der Einsatzplan der Küchenmannschaft vom Montag, 18. April.»

Monti nahm das Papier an sich. «Waren an diesem Abend weitere Personen in der Küche?»

«Nein, ausser dem Servierpersonal niemand.»

«Kommen manchmal Gäste in die Küche, um den Chefs über die Schulter zu schauen?»

Bein war sichtlich genervt von Montis Fragen. «Selten. Wie gesagt, an diesem Abend habe ich keine Gäste in der Küche registriert.»

«Waren Sie den ganzen Abend anwesend?»

«Ja, von drei Uhr am Nachmittag bis Mitternacht.»

«Durchgehend?»

«Fast. Eine halbstündige Pause hatte ich um fünf Uhr und danach die eine oder andere Pipi- und Rauchpause.»

Monti bedankte sich bei Bein und verlangte von Fasoli eine Liste vom Servicepersonal, das an diesem Abend Dienst gehabt hatte. Fasoli ging in sein Büro, druckte den Einsatzplan aus, überreichte ihn Monti und verabschiedete sich.

Monti und Urech schritten an die Hotelbar, die bereits von zahlreichen Hotelgästen frequentiert wurde, und setzten sich an den Rand auf die letzten zwei freien Barstühle. Monti bestellte zwei Espresso.

«Für einmal ein luxuriöser Tatort», sagte Urech mit einem schelmischen Lachen.

«Luxuriös, ausgeklügelt und gerissen ist auch der Mörder.»

«Er hat das Gift ins Essen gemischt.»

«Oder in ein Getränk?» Monti hob seine Espressotasse, grinste und trank einen Schluck. «Das Servicepersonal hat in der Zwischenzeit alles Geschirr und alle Gläser gespült, wir können keine Restbestände in den Gläsern oder an den Tellern analysieren. Das Beste für den Mörder. Er musste nicht einmal die Spuren selber verwischen.»

«Ist dir aufgefallen, wie nervös der Koch war?», fragte Urech, während er den Kaffeerahm in seine Tasse goss.

«Er kam buchstäblich ins Schwitzen», sagte Monti.

«Wegen unserer Präsenz?»

«Gut möglich.»

«Nicht alle mögen die Polizei.»

Monti drehte den Kopf und schaute zum Ausgang der Bar, vor dem zwei Personen mit Zigaretten in der Hand wild diskutierten. «Was wissen wir vom Fall heute?»

«Nicht viel mehr als gestern», erwiderte Urech und fügte hinzu: «Gifttod. Wie der Giftstoff in seinen Körper gelangt ist, wissen wir nicht. Wohl übers Essen. Wir wissen nicht einmal mit hundertprozentiger Sicherheit, ob es sich überhaupt um einen Mordfall handelt. Es könnte sich – ganz theoretisch, was ich nicht glaube – auch um einen Unfall handeln.»

«Hundertprozentige Sicherheit gibt es selten. Unfall können wir aber ausschliessen», sagte Monti und schaute Urech an. «Das Gift muss über das Essen oder ein Getränk in den Körper von Berger gelangt sein.»

«Klar. Wie sonst?», fragte Urech und ergänzte: «Aber deshalb kannst du nicht einen Unfall ausschliessen.»

«Es ist sehr unwahrscheinlich, dass ein Getränkehersteller verbotene Insektizide in seiner Produktion einsetzt. Nicht wahr?»

«Einverstanden. Aber es kann trotzdem ein Unfall gewesen sein.»

«Meinst du eine Lebensmittelvergiftung?» Monti zwinkerte.

Urech nickte.

«Falls das Insektizid sich ins Essen der Hotelküche verirrt hätte, hätte es nicht nur eine Person, sondern mehrere Personen getroffen.»

«Warum? Das muss nicht zwingend so sein», intervenierte Urech, der Monti wie immer als zäher Sparringspartner diente.

«Peter, hast du die grossen Töpfe in der Küche des Savoys nicht gesehen?» Monti nahm seine beiden Hände vom Tisch, streckte sie vor Urechs Gesicht und formte eine virtuelle Pfanne.

«Doch. Aber was hat es mit diesen auf sich?»

«Die einzelnen Gänge werden in diesen grossen Kochtöpfen zubereitet. Das Gift hätte sich verteilt, mehrere Personen hätten es verabreicht bekommen und wären daran gestorben. Conclusio: Kein Unfall.» Monti stupste Urech und sagte: «Selbstmord erscheint mir auch aus zwei Gründen unwahrscheinlich. Erstens hatte Berger sich am Abend der Gala mit Häfliger zum Frühstück am nächsten Morgen verabredet. Würdest du das tun, wenn du dir soeben eine Dosis Gift verabreicht hast?» Monti schaute Urech an, der die Espressotasse auf die Seite schob.

«Und der zweite Grund?»

«Der Brief mit den Würfeln.»

«Er könnte jedoch auch von Berger selber stammen.»

«Das Couvert wurde in Bern aufgegeben. Berger war am Vormittag in Zug in seinem Büro und danach in Zürich. Er kann den Brief unmöglich in Bern aufgegeben haben. Er müsste den Brief, den er an sich selbst adressiert hat, jemandem mitgegeben haben. Unwahrscheinlich. Das würde keinen Sinn machen.»

Urech klopfte Monti auf die Schultern, der kurz zusammenzuckte, bevor er aufstand, eine Zwanzigernote auf den Bartresen legte und sagte: «Es war Mord. Und wir werden den Täter fassen.»

8

Monti hatte schlecht geschlafen, er wälzte sich die ganze Nacht hin und her. Wahrscheinlich, so dachte er, plagte ihn sein schlechtes Gewissen. Er hatte Nicole wiederholt versetzt, enttäuscht und verletzt. In Gedanken ging er die bevorstehende Aussprache mit ihr durch, er stand sogar einige Male auf, um sich Notizen zu machen. Es fehlte ihm an Argumenten, die sein Vergehen auch nur ansatzweise entschuldigten, wenn er ehrlich war. Er musste sich schuldig bekennen. Schuldig in allen Anklagepunkten. Die Vergangenheit konnte er nicht mehr ändern und ungeschehen machen, aber um Entschuldigung und Vergebung konnte er sie bitten, und er musste ihr glaubhaft erklären, dass er sich in Zukunft anders verhalten werde. Sein Job dürfte ihn nicht mehr so sehr vereinnahmen wie der Konsum von Kokain einen Drogensüchtigen, der alles um sich herum vergass.

Wie vereinbart trafen sie sich am Samstagnachmittag im Café Odeon. Früher gaben sich hier berühmte Dichter, Maler, Musiker und Politiker die Klinke in die Hand, heute war die Klientel zwar nicht mehr so exquisit, aber dafür umso zahlreicher. Nicole liebte das Jugendstilambiente, die runden Tische und die enge Bestuhlung, das an Pariser Cafés erinnerte. Auch ihm behagte das Lokal, obwohl es ihm – angesichts des stets grossen Zustroms – zu laut erschien für eine heikle Aussprache. Das behielt er aber für sich, wollte er doch nicht schon wegen der Wahl der Lokalität einen Streit mit Nicole entfachen.

Monti war für einmal zu früh. Er wartete am Eingang des Lokals und zündete sich eine Zigarette an. Keine zwei Minuten später entstieg Nicole dem Tram am Bellevueplatz. Sie trug einen schwarzen Wollmantel, schwarze High-Heel-Lederstiefel und eine schwarze Handtasche. Ihre dunkelbraunen Haare hatte sie seitlich zu einem Zopf geflochten, ihre goldenen Kreolohrringe und der rote Lippenstift rundeten ihr gutes Aussehen ab. Alles war perfekt abgestimmt.

Er ging ihr entgegen, bis sie das Trottoir erreicht hatte. Sie schenkte ihm ein scheues Lächeln, und Monti umarmte und küsste sie behutsam auf die Wangen. Mehr traute er sich nicht, zu angespannt war die Lage. Er nahm ihre Hand, und sie betraten das Odeon. Sie fanden einen freien Tisch in der hintersten Ecke des Lokals.

Sie legte ihren Mantel ab, und nun kam ihr weisses Cocktailkleid zum Vorschein. Er bestellte einen Espresso, während Nicole sich für einen Orangensaft entschied. Sie hatten noch keine Worte miteinander gewechselt.

Nicole durchbrach die ungemütliche Stille zwischen ihnen. «Fabio, wir wollten an unserer Beziehung arbeiten, und nun kommt wieder ein neuer Fall bei dir dazwischen.»

«Es tut mir leid, aber das war nicht vorhersehbar.» Er hätte sich ohrfeigen können. Er hatte sich vorgenommen, nicht Ausreden wiederzugeben, sondern sich zu entschuldigen und zu geloben, in Zukunft ihre Beziehung anstatt der Arbeit zu priorisieren.

«Warum landen alle Fälle immer bei dir?»

«Unglückliche Anhäufung von Zufällen.»

«Zufälle? Alles nur Ausreden. Ich habe genug. So kann es nicht weitergehen mit unserer Beziehung.»

«Das wird nicht wieder vorkommen.»

«Bei dir geht immer die Arbeit vor. Ich bin nur die Nummer zwei in deinem Leben.»

«Der Job benötigt eine gewisse Flexibilität.» Gerade als er den Satz ausgesprochen hatte, bereute er ihn.

«Flexibilität? Die Einzige, die flexibel sein muss, bin ich. Ich muss mich immer nach dir und deinem Job richten.»

«Ich gelobe Besserung», sagte Monti und setzte einen Dackelblick auf.

«Ich habe die Nase voll.»

Pause. Sie schauten sich in die Augen, wobei aus denjenigen von Nicole die eine oder andere Träne herauslief. Monti holte ein Taschentuch hervor und reichte es ihr.

«Was schlägst du vor?», fragte Monti.

Sie griff sich mit der linken Hand an ihr spitziges Kinn, als ob sie mit der Antwort ringen würde.

«Ich brauche eine Auszeit. Ich ziehe definitiv aus. Ich kann bei Karin vorübergehend wohnen.»

Time-out. Eine Trennung. Zuerst auf Zeit, dann für immer. So lief es meistens ab. Es war nicht das erste Mal, dass Monti diesen Prozess mit einer Frau durchlief, er hatte schmerzhafte Erfahrung darin.

Ein Déjà-vu.

9

Das 2er-Tram war gestopft voll. Monti schaffte es gerade noch, einen frei gewordenen Platz im hintersten Abteil des Wagens zu ergattern. Am Bellevue stieg eine ältere, grauhaarige Frau ein, Monti überliess ihr seinen Sitzplatz.

«Sind Sie nicht Kommissar Monti?», fragte ihn die Frau.

«Ermittler nennen wir das heute», sagte Monti mit Stolz erfüllt, dass die Frau ihn erkannt hatte, und lächelte.

«Aber Verbrecher jagt ihr immer noch?»

«Das hat sich nicht verändert.»

Fast hätte er vergessen, dass er am Paradeplatz aussteigen musste. Er verabschiedete sich von der Frau und quetschte sich zwischen die sich schliessenden Türen hindurch.

Monti kannte Zürich, und Zürich kannte ihn.

Selbst die kräftigen, rötlichen Sonnenstrahlen am Montagmorgen vermochten Montis Gemüt nicht zu erhellen. Im La Stanza angekommen, nahm er seine Sonnenbrille ab, trank einen Espresso und genehmigte sich ein Cornetto. Er schnappte sich das an der Bar herumliegende «Zürcher Volksblatt». Er blätterte die ersten Seiten durch, es waren die gewöhnlichen Themen, die wohl die meisten Leser und Leserinnen in der Zwischenzeit langweilen mussten. Kein Wunder waren die Auflagenzahlen der Zeitungen rückläufig. Wer will ständig das gleiche wiedergekochte Essen zu sich nehmen? Die hohe Verschuldung des italienischen Staates, die steigenden Immobilienpreise und ein weiterer Sexskandal aus Hollywood hauten ihn nicht vom Sitz. Den Wirtschaftsteil überflog er wie immer ganz rasch, da ihn das ständig gleiche Geschwätz über kleine Veränderungen von Aktien- und Währungskursen langweilte. Er wollte die Zeitung bereits beiseitelegen, als er einen Nachruf auf Marc Berger im Inlandteil sah. Er las ihn. Der Autor lieferte eine chronologische Beschreibung des Lebens von Marc Berger, er lobte Bergers politischen Einsatz auf kantonaler und nationaler Ebene sowie seinen Unternehmergeist, den er bei der Gründung und der Entwicklung der «Berger Industries AG» an den Tag gelegt hatte. Der Autor, der Chefredaktor der Zeitung, liess sich sogar auf einen Vergleich mit dem altehrwürdigen Alfred Escher ein. Nur positive Worte fanden sich in der Spalte, wie es sich für einen Nachruf gehörte. Monti blätterte weiter, bis er im Finanzteil auf einen kleinen Artikel stiess.

Rückschlag für die BERGER INDUSTRIES AG
msc. Die Aktie der «Berger Industries AG» hat nach dem Tod ihres Geschäftsführers Marc Berger 24 % ihres Wertes verloren. Sie hatte bereits in den letzten beiden Jahren über 50 % von ihrem Wert eingebüsst. Die meisten Banken haben die Aktien von Halten auf Verkaufen heruntergestuft. Die Unternehmung leidet neben dem tragischen Tod ihres Gründers und grössten Aktionärs unter dem schlechten Auftragseingang und Gerüchten über einen möglichen Korruptionsfall in Deutschland. Zudem sind die Verhandlungen über die Verlängerung der ausstehenden Bankkredite immer noch nicht abgeschlossen.

«Giuseppe, habt ihr die ‹Zürcher Neuesten Nachrichten› zur Hand?»

«Nein, leider führen wir die nicht mehr», sagte Giuseppe und schüttelte den Kopf.

Das Zeitungsangebot im La Stanza schrumpfte von Jahr zu Jahr, der Kaffeepreis hingegen war auch dieses Jahr wieder um zwanzig Rappen gestiegen. So etwas gab es im Bel Paese nicht, dort kostete der Caffè immer noch einen Euro, selbst im Zentrum von Mailand. Wie vor zwanzig Jahren. Alles andere würde eine kleinere Revolution auslösen.

Giuseppe weckte ihn aus seinen nostalgischen Gedankengängen auf.

«Commissario, möchten Sie noch einen Caffè?»

Monti schaute auf die leere Tasse, die vor ihm stand, und nickte.

«Wie geht es Ihrer Freundin?», fragte Giuseppe, als er Monti die Espressotasse hinstellte.

«Gut», sagte Monti, der damit das Thema im Keim erstickte, war er doch nicht in der Lage, über seine verkorkste Beziehung zu sprechen. Die Wirklichkeit war ihm bewusst, aber sprechen über die Trennung konnte und wollte er nicht. Er erinnerte sich an das Gespräch mit Verena Berger, deren Ehemann sich auch zunehmend abgekapselt hatte, nur noch Augen und Ohren für das Geschäft hatte, anstatt seiner Frau die nötige Zeit und Aufmerksamkeit zu schenken, die eine Liebesbeziehung einfach benötigte.

Im Büro erwartete ihn Frau Weber, die ihm die Spesenformulare der Abteilungsmitarbeiter zur Unterschrift vorlegte, was er umgehend, ohne auch nur einen prüfenden Blick auf die Dokumente zu richten, tat. Er verlangte von Frau Weber eine Auswahl an Schweizer Tageszeitungen und Wirtschaftszeitschriften, welche dann prompt eine halbe Stunde später auf seinem Tisch lagen. In den meisten Blättern war nichts über die «Berger Industries AG» geschrieben. Im Boulevardblatt wurde eine halbe Seite lang über Beweggründe für einen möglichen Selbstmord von Berger spekuliert. In einer Wirtschaftszeitung stand ein ausführlicher Artikel zum rasanten Fall der «Berger Industries»-Aktie, wobei der Autor den Lesern riet, die Hände von der Aktie zu lassen oder, falls man in der unglücklichen Lage war, solche Titel im Depot zu haben, sie sofort zu verkaufen.

Monti bat Frau Weber, den Autor des Artikels des «Zürcher Volksblattes» ausfindig zu machen. Eine Stunde später war Monti am Telefon mit dem Journalisten verbunden.

«Martin Schiller? Hier ist Monti von der Kriminalpolizei. Ich leite den Fall Marc Berger.»

«Guten Tag.»

«Ich habe Ihren Artikel zur ‹Berger Industries› gelesen. Wo liegen die Probleme des Unternehmens?»

Schiller knurrte etwas, er sei gerade im Stress und habe keine Zeit zum Sprechen. Als Monti mit der Vorladung auf den Polizeiposten drohte, stieg die Bereitschaft zur Kooperation des Journalisten schlagartig an.

«Die ‹Berger Industries› hat schon seit Jahren Probleme beim Verkauf ihrer Transformatoren. Der Auftragseingang ist stark rückläufig. Die Firma lebt grösstenteils nur noch von den alten Aufträgen.»

«Was waren die Gründe für diese Krise?»

«Die Auftragsvergabe für Industriegüter hat sich im letzten Jahrzehnt verändert. Früher war ein gutes Netzwerk zu den staatlichen Behörden von entscheidender Bedeutung. Heute tätigen die Behörden solche grossen Investitionen über Ausschreibungen, was den Effekt des Lobbyings stark schmälert. Heute zählt nur der Preis.»

«Sie erwähnten einen Korruptionsfall in Ihrem Artikel. Was wissen Sie davon?»

«Leider nicht viel. Ich bezog mich auf eine kürzlich eingeleitete Voruntersuchung einer deutschen Strafbehörde.»

«Was für eine Untersuchung?»

«Gegenstand des Verfahrens ist die Vergabe eines Auftrags des Bundeslands Niedersachsen an die ‹Berger Industries›.»

«Wie haben Sie von diesem Verfahren überhaupt erfahren?»

«Ein Mitarbeiter der ‹Berger Industries› hat mich informiert.»

«Warum hat er das getan?»

«Gewissensbisse vielleicht?»

«Können Sie mir den Mitarbeiter vorstellen?»

«Nein. Quellenschutz.»

Monti akzeptierte das und bedankte sich höflich bei Schiller. Er forderte ihn am Schluss auf, ihm sein gesammeltes Informationsmaterial zu diesem möglichen Korruptionsfall zu schicken. Schiller stimmte widerwillig zu und schickte ihm ein paar Verweise auf Berichte im Internet.

Monti nahm sich vor, das geschäftliche Umfeld von Berger zu durchleuchten.

Das Handy klingelte. Müller.

«Gibt es Neuigkeiten im Fall Berger?»

Geduld war keine Stärke von Müller. «Wir haben es definitiv mit einem Mord zu tun.»

«Sind Sie sicher? Sie schliessen Selbstmord aus?»

«Zu hundert Prozent.» Monti war Realist genug, um zu wissen, dass es die absolute Sicherheit nicht gab, aber er wollte jetzt einfach eine der möglichen Hypothesen verwerfen.

«Weshalb?», fragte Müller, der wie Urech auch nie klein beigab.

«Wir haben keinen Abschiedsbrief gefunden, der Brief mit den Würfeln stammt nicht von ihm, und das Gift wurde an der Gala verabreicht, wenn wir Oberholzers Bericht trauen dürfen.»

«Das wird Häfliger nicht freuen», brummte Müller vor sich hin, bevor er den Hörer auflegte.

«Geradlinig, direkt und entscheidungsfreudig. Einer der besten Unternehmer, die unser Land je gesehen hat», fasste ein Redaktor eines Wirtschaftsmagazins die Persönlichkeit von Marc Berger zusammen.

Informationen zur «Berger Industries AG» in kurzer Zeit zu beschaffen war nicht schwierig gewesen, und das lag weniger an Montis, sondern vor allem an Lüschers Recherchefähigkeiten. Das von ihr erstellte Unternehmensprofil lag auf seinem Tisch. Die «Berger Industies AG» war ein Industriekonzern, welcher aus drei unterschiedlichen Geschäftsbereichen bestand. Der grösste Bereich war die Produktion von Transformatoren und Schaltanlagen für die Energieübertragung, der über zwei Drittel des Umsatzes des Konzerns ausmachte. Die beiden anderen Bereiche Steuerungssysteme und Robotik schienen sich im Aufbau zu befinden. Die Unternehmensstruktur erschien ihm komplex: Viele Kästchen mit vielen Gesellschaften in verschiedenen Ländern zierten das Organigramm. Die Umsatzzahlen waren über die letzten Jahre rückläufig, Mitarbeiter wurden abgebaut, und die Geschäftsleitung kündigte einen neuen Restrukturierungsplan an. Monti konnte mit Finanzzahlen nur bedingt gut umgehen, aber eines war ihm klar: Die Gesellschaft befand sich in einer schwierigen, instabilen Phase.

Frau Weber hatte mit Frau Büchel die Gesprächstermine mit Kadermitarbeitern der «Berger Industries AG» organisiert. Für jedes der Gespräche war rund eine Stunde eingeplant. Der Hauptsitz des Unternehmens war in Zug. Monti parkierte seinen Audi auf einem der freien Besucherparkplätze des Hauptgebäudes, das nur wenige Gehminuten vom Zugersee entfernt lag. Es war eines dieser typischen modernen Bürohochhäuser mit riesigen Glasfronten. Monti ging direkt zum Empfang, wo er sich mit einem Kollegen der Zuger Kantonspolizei verabredet hatte. Die Polizeikommandantin hatte sich mit der Zuger Polizei abgesprochen, damit keine unnötigen Zuständigkeitsdiskussionen aufkamen. Monti zeigte seinem Kollegen den Durchsuchungsbefehl, den dieser mit zustimmendem Nicken quittierte.

Als Monti den Dienstausweis hervorholen wollte, schüttelte der Kollege nur den Kopf. «Das ist nicht nötig. Man kennt Sie auch in Zug.»

«Wollen wir uns duzen? Ich bin Fabio.»

«Sepp. Sepp Christen.» Christen verabschiedete sich sogleich wieder, er habe Besseres zu tun, als Monti über die Schultern zu schauen. Die Zentralschweizer waren weniger formal als sie in Zürich, dachte Monti.

Die Empfangsdame bat ihn, ein Formular mit seinen Personalien auszufüllen, während sie in der Zwischenzeit Alfred Furrer anrief. Keine zwei Minuten später stand ein klein gewachsener Mann mit schütterem braunen Haar und einem etwas zu grossen Anzug vor Monti.

«Alfred Furrer, ich bin der CFO.» Er roch stark nach einem billigen Aftershave.

«Monti von der Kriminalpolizei Zürich. Wir ermitteln im Todesfall von Marc Berger. Ich möchte Ihnen gerne ein paar Fragen rund um die ‹Berger Industries› und um Herrn Berger stellen.» Monti zeigte ihm seinen Dienstausweis.

Furrer nickte kurz. «Ja, ich wurde informiert. Gehen wir ins Sitzungszimmer.»

Der Lift fuhr so schnell, dass es Monti den Magen umdrehte. Sein Puls stieg, er begann zu schwitzen, und er musste tief atmen. Glücklicherweise war die Liftfahrt rasch beendet. Das Sitzungszimmer befand sich im obersten Stock. Die grossen Fenster und die schwindelerregende Höhe erlaubten einen atemberaubenden Ausblick auf den Zugersee und die Alpen.

«Ich bin immer noch geschockt über den Tod von Marc.» Furrers Augen starrten an Monti vorbei auf den See.

«Wie lange sind Sie schon bei der ‹Berger Industries›?»

«Seit über zwanzig Jahren. Seit fünfzehn Jahren bin ich CFO der Gruppe.»

«Wie lief der Geschäftsgang?»

«Wir befinden uns in einer industriellen Krise. Der Auftragseingang liegt unter den Erwartungen, aber wir haben gute Produkte. Wir werden das überstehen.»

Die Worte waren einstudiert. Die Körpersprache zeigte Monti ein anderes, gegensätzliches Bild.

«Was sind die Ursachen für die Krise?»

«Der Wettbewerb hat sich verschärft. Die Chinesen drücken die Verkaufspreise massiv.»

«Was bedeutet das konkret für das Unternehmen?»

«Wir müssen den Automatisierungsgrad erhöhen, damit wir unsere Produkte günstiger anbieten können. Wir setzen vermehrt Roboter bei der Produktion ein, so konnten wir in den letzten drei Jahren die Belegschaft um rund zehn Prozent reduzieren.»

Der intensive globale Wettbewerb hatte auch hier Einzug gehalten. Immer mehr Effizienz, Rationalisierung und Automatisierung. Zum Glück haben die Roboter die Kasernenstrasse noch nicht eingenommen, dachte Monti. «Wer sind die Kunden der ‹Berger Industries›?»

«Wir liefern zum grössten Teil an unsere Nachbarländer Deutschland, Frankreich und Italien. Asien kommt auf, ist aber ein schwieriger Markt für uns. Die meisten unserer Kunden sind öffentliche Unternehmen oder Behörden. Diese haben stark regulierte Beschaffungsprozesse. Sie führen mühsame und aufwendige Ausschreibungen oder Vergabeprozeduren durch. Diese können bis zu drei Jahre in Anspruch nehmen», sagte Furrer.

«Hat die kritische Lage des Unternehmens Herrn Berger persönlich verändert?»

«Er wirkte vielleicht etwas nervöser als sonst. Er reagierte schnell gereizt, wenn etwas nicht seinen Wünschen entsprach.»

«Gab es Spannungen innerhalb des Unternehmens?»

Furrer überlegte kurz, bevor er antwortete: «Spannungen nicht, aber es gab natürlich Meinungsverschiedenheiten, wie man aus der Krise herausfinden soll.»

«Hat Herr Berger sich mit gewissen Mitarbeitern speziell angelegt?»

Furrer schüttelte den Kopf. «Nein, es gibt viel mehr Diskussionen und Reibungen unter den Mitarbeitern.»

«Hat Herr Berger resigniert auf Sie gewirkt?»

«Nein, im Gegenteil. Er wollte es allen noch einmal beweisen.»

«Was wollte er beweisen?»

«Dass er die Gesellschaft wieder auf Vordermann bringen kann.»

Monti stellte ein paar Fragen zu wichtigen Personalbesetzungen in der Gesellschaft. Die «Berger Industries AG» hatte es, wie Monti von Furrer unterschwellig erfuhr, – wie viele andere Gesellschaften – verpasst, ihr Management zu verjüngen. Berger war der Patron und Alleinherrscher. Er hatte zwar zwei bis drei Kandidaten im Auge, die er für adäquate Nachfolger hielt, doch wollte und konnte er nicht kürzertreten. Monti liess sich vom Finanzchef einige Zahlen und Fakten zeigen, bedankte sich bei ihm und entliess ihn mit der Bitte, die Personalchefin zu holen.

Als Nächstes standen die Gespräche mit der Personalchefin und dem Verkaufsleiter auf dem Programm. Das Gespräch mit der Personalchefin war nach nur zehn Minuten bereits wieder beendet. Die ältere, überaus freundliche Dame lobte die gute Firmenkultur und die so gut qualifizierten Mitarbeiter. Sie gab an, von keinen Konflikten oder Spannungen zwischen den Mitarbeitern zu wissen, lediglich die angespannte finanzielle Situation schien sie zu kennen, diese bot ihr aber offenbar keinen Anlass zur Beunruhigung. Er bedankte sich bei ihr und bat sie, den Verkaufsleiter für das Gespräch anzurufen.

Ein fast zwei Meter grosser, drahtiger Mann mit schütterem blonden Haar kam zur Tür herein und reichte ihm die Hand. «Dieter Leu, ich leite den Verkauf.» Er gab Monti seine Visitenkarte.

«Wie gut haben Sie Marc Berger gekannt?»

«Nicht sehr gut. Ich bin erst seit gut einem Jahr bei der ‹Berger Industries›. Ich musste zuerst einmal die Abteilung neu strukturieren.»

«Was haben Sie gemacht?»

«Mitarbeiter entlassen und neue eingestellt. Ich habe ein neues Entlohnungssystem eingeführt.»

«Wie laufen die Geschäfte jetzt nach der Neustrukturierung?»

«Es braucht etwas Zeit, bis die Massnahmen greifen, und wahrscheinlich bedarf es noch einmal einer Restrukturierung.»

Leu machte eine kurze Pause. Monti blieb ruhig, wollte nichts sagen, und Leu fuhr fort: «Herr Monti, wir müssen um jeden Auftrag kämpfen. Der Wettbewerb ist hart. Unsere Produkte sind qualitativ sehr gut, aber preislich bewegen wir uns im oberen Segment.»

«Ihr Finanzchef hat mir gesagt, dass viele Ihrer Kunden öffentliche Unternehmen oder Behörden sind. Wie umwerben Sie diese?»

«Wir laden sie an Kongresse ein, wir zeigen ihnen unsere Fabriken, und wir haben jetzt endlich anständige Internet- und Facebook-Seiten», sagte Leu, und Monti sah seine strahlend weissen Zähne, die sicherlich gebleicht waren.

«Ist Bestechung ein Thema?»

«Herr Monti, unter meiner Leitung nicht. Mir ist nichts

bekannt. Aber es gibt sicher Konkurrenten, die nicht immer mit fairen Mitteln kämpfen. Es geht eben um viel Geld.»

Leu hatte nun etwas Farbe in seinem sonst so blassen Gesicht erhalten. Monti insistierte nicht weiter. Der Mann war ihm unsympathisch. Er bedankte sich bei Leu und bat ihn, Frau Büchel zu rufen.

Martina Büchel hatte blonde Haare, trug einen braunen Hosenanzug mit weisser Bluse und Stöckelschuhe. Sie war jünger, als er sie während des Telefongesprächs geschätzt hatte, sie musste so um die vierzig sein, vielleicht sogar etwas jünger.

«Wie haben Sie Herrn Berger in den Monaten vor seinem Tod wahrgenommen?»

«Ganz normal. Vielleicht etwas gestresster als ohnehin schon, aber nichts Merkwürdiges, wenn Sie das ansprechen.»

«Hatte er Feinde?»

«Nein, nicht dass ich wüsste. Er hat sich oft über gewisse Politiker aufgeregt.»

«Weshalb?»

«Unterschiedliche politische Meinungen und Auffassungen.»

«Wann haben Sie Herrn Berger das letzte Mal gesehen?»

«Das habe ich Ihnen doch bereits am Telefon gesagt.»

«Dann wiederholen Sie es bitte noch einmal.»

«Am Tag vor seinem Tod war er am Morgen bereits früh im Büro, als ich kam. Er verliess das Büro für ein Mittagessen mit Regierungsrat Häfliger in Zürich. Danach hatte er ein paar weitere Termine in Zürich. Er kam nicht mehr zurück ins Büro.»

Monti notierte sich diese Aussage in sein kleines Notizbuch. Er strich sich mit seiner linken Hand über die Stirn. Was hatten die beiden zu besprechen? «Hat er sich mit Ihnen über die Gründe des Gesprächs unterhalten?»

«Nein, aber er hatte mich an diesem Montagabend per Mail angewiesen, für den nächsten Morgen ein Frühstücksmeeting um sieben Uhr im Hotel Storchen in Zürich zu organisieren. Mit Regierungsrat Häfliger.»

«Kam das häufig vor?»

«Was? Dass er sich mit Regierungsrat Häfliger traf? Oder

dass ich in meiner Freizeit Reservierungen für ihn vornehmen musste?»

«Dass Herr Berger Sie auch am Abend für geschäftliche Angelegenheiten einspannte.»

«Ja, leider. Ich musste oft von zu Hause aus Sachen für ihn erledigen. Herr Berger hielt nichts von festen Arbeitszeiten. Er wollte vollen Einsatz und Flexibilität von uns Mitarbeitern.»

«Können Sie mir die Agenda von Herrn Berger der letzten zwölf Monate ausdrucken? Und die erwähnte letzte E-Mail, die Sie von ihm erhalten hatten?»

Sie zögerte kurz, sah dann aber den ernsten Ausdruck in seinem Gesicht. Sie verliess den Raum und kehrte wenig später mit einem Stapel Papiere zurück. Monti guckte etwas verdutzt. Marc Berger schien viel beschäftigt zu sein. Er bekam schon Herzrasen, wenn er die vielen Termine in der Agenda sah. Wie eine Person eine solche permanente Hektik durchstehen konnte, war ihm ein Rätsel. Unternehmer und Politiker. Das war kein Zuckerschlecken.

«Reicht das?»

«Ja, das sollte vorerst genügen. Bitte löschen Sie keine E-Mails oder anderen Daten in der Zwischenzeit, vielleicht brauchen wir diese noch. Geben Sie bitte die entsprechenden Anweisungen auf dem folgenden Merkblatt an Ihre IT-Abteilung weiter.»

Er händigte das Merkblatt der Kantonspolizei aus, das er in solchen Fällen immer bereithielt.

«Meine Kollegin Daniela Lüscher wird sich mit Ihnen in Verbindung setzen.»

Lüscher würde dann die E-Mails systematisch auswerten.

«Zu Ihrer Information, Herr Monti, ich führte auch seine politischen und privaten Termine in der Agenda nach.»

«Ist das normal?»

«Das weiss ich nicht, aber mein Chef wollte das so. Er war diesbezüglich recht offen. Er wollte alle seine Termine an einem Ort gespeichert haben, damit er die vollständige Übersicht über seine Zeitplanung behielt.»

Monti steckte den Stapel an Dokumenten in seine Aktentasche.

«Können wir kurz an seinen Arbeitsplatz gehen?»

Frau Büchel ging mit schnellen Schritten voraus. Das Büro von Marc Berger, das nur wenige Schritte neben dem Sitzungszimmer lag, hatte den gleichen wunderbaren Ausblick über den Zugersee. Der Schreibtisch war fein säuberlich aufgeräumt. Einzig ein Dokument lag auf dem Pult, es war ein Entwurf für einen Zeitungsartikel. Monti setzte sich und las das Papier durch, das für eine Publikation in der Wochenendausgabe der «Morgenpost» vorgesehen war. Er stutzte, als er den letzten Absatz ein zweites Mal durchging.

Die Banken müssen sich vom alten Geschäftsmodell lösen und sich der vollständigen Transparenz verpflichten. Die Verteidigung des Bankgeheimnisses und die Ablehnung des Informationsaustausches sind nicht mehr haltbar. Anstatt zu warten, bis das Ausland uns zu einem teureren Preis zwingt, seine Lösungen zu übernehmen, wäre es ratsam, proaktiv mit der vollständigen Abschaffung des Bankgeheimnisses für In- und Ausländer voranzuschreiten. In diesem Sinne sollten wir ein Ja zur Fair-Banking-Initiative in die Urne einlegen.

«Wollen Sie sonst noch etwas anschauen?» Frau Büchel riss ihn aus seinen Gedanken.

«Nein, danke. Das reicht vorerst.»

Als er sich abdrehte, sah er ein Post-it links am Bildschirmrand: «Meeting mit Häfliger».

Monti genoss ein letztes Mal den Ausblick aus dem Fenster, bevor er das Büro verliess. Dieses Mal insistierte er, die Treppen zu nehmen.

Er stieg ins Auto und nahm die A4 für die Rückfahrt nach Zürich. Er liess die Gespräche rekapitulieren: Die schlechte Auftragslage, die internen Querelen unter den Managern und die harten Preiskämpfe, die wohl nicht immer mit ganz sauberen Mitteln zu gewinnen waren, machten das Geschäft nicht gerade zu einem Leckerbissen.

In Affoltern am Albis machte er auf der Raststätte einen Halt. Einerseits musste er die Toilette aufsuchen, andererseits brauchte er einen Kaffee. Er nahm seine braune Aktentasche mit. Er ging an die kleine Kaffeebar im zweiten Stock, da dort der bessere Kaffee serviert wurde, und setzte sich. Er stellte die Aktentasche auf den Bartresen und holte die Dokumente hervor.

Er studierte die letzten E-Mails von Berger, sie waren alle kurz gehalten. Der Mann hatte keine Zeit, lange Mitteilungen zu verfassen. Die letzte hatte Berger an Frau Büchel am Abend des Todes um zwanzig Uhr dreizehn verfasst, wo er sie aufforderte, im Hotel Storchen einen Tisch für ein Frühstücksmeeting mit Häfliger zu reservieren. Ein Thema für die Besprechung nannte er nicht. Frau Büchel antwortete keine zehn Minuten später mit der Terminbestätigung im Hotel Storchen. Eine E-Mail an Paul Keller erregte Montis Aufmerksamkeit. Er war der Direktor der Tellbank.

«Paul, pass auf! Das ist deine letzte Chance. Wenn du uns kaputtmachst, mache ich dich kaputt.»

Was sollte denn diese Drohung?

Bei der Betrachtung der Agenda stolperte Monti über den Notariatstermin von Berger am Montagnachmittag, den die Assistentin am Telefon erwähnt hatte. Das erinnerte ihn daran, dass er immer noch keine Einsicht in das Testament von Berger hatte. Er schrieb eine Bemerkung in sein Notizbuch, bevor er aufstand und sich zu seinem Auto begab.

Der Verkehr auf der A4 lief flüssig. Sein Magen knurrte, als sein Handy klingelte. Er kannte die Nummer nicht, nahm den Anruf dennoch entgegen.

«Pronto.»

«Hier ist Furrer. Ich habe vergessen, Ihnen eine wichtige Sache mitzuteilen.»

«Was denn?»

«Unsere Hausbank, die Tellbank, hat kürzlich alle unsere Kredite gekündigt.»

«Was bedeutet das für die Firma?»

«Wir müssen hundert Millionen Schweizer Franken in den nächsten sechs Monaten auftreiben.»

«Hundert ...» Monti blieb der Satz im Hals stecken.

«Sind Sie noch dran, Herr Monti?»

«Haben Sie ‹hundert Millionen Franken› gesagt?»

«Ja, Sie haben richtig gehört. Das wird nicht einfach in unserer gegenwärtigen Situation. Wir werden dieses Jahr zum ersten Mal in der Firmengeschichte einen Verlust schreiben.»

Monti blieb stumm, schluckte einmal leer. Hundert Millionen. Kein Wunder war Berger angespannt.

«Weshalb hat die Bank den Kredit gekündigt?»

«Schlechtes Rating, haben sie gesagt. Und das nach über zwanzig Jahren Beziehung. Wir haben immer pünktlich unsere Zinsen bezahlt.»

«Was passiert, wenn es Ihnen nicht gelingt, das Geld aufzutreiben?»

«Daran möchte ich nicht denken.»

«Konkurs?»

«Uns würde schlicht die Liquidität fehlen.»

Monti bedankte sich bei Furrer. Das Unternehmen steckte tief im Sumpf.

Welche Rolle spielte die Bank?

Hatte Berger den Bankdirektor erpresst?

Aber womit?

Trotz der Beichte vom Finanzchef war Monti überzeugt, dass er noch nicht alle Informationen rund um das Geschäftsgebaren der «Berger Industries» erfahren hatte. Die angeschlagene Situation des Unternehmens und die Abhängigkeit von der Bank waren zudem kein Nährboden für guten Schlaf für Marc Berger.

Nachdem er sich einen kleinen Antipasto-Teller im Ristorante Italia gegönnt hatte, der ihm vorzüglich geschmeckt hatte, marschierte Monti zur Kasernenstrasse 29, wo er auf Urech traf, der eine Raucherpause eingelegt hatte.

«Um Himmelherrgotts willen! Was ist denn mit dir los? Du siehst müde aus», rief Urech.

«Ich habe schlecht geschlafen», sagte Monti mit tiefer, heiserer Stimme.

«Das sieht ein Blinder.»

«Der Kaffee scheint heute auch nicht zu helfen.»

«Ärger mit Nicole?»

«Es ist kompliziert.» Monti winkte ab.

«Das ist es immer mit den Weibern», sagte Urech und inhalierte einen tiefen Zug.

«Scheint so.»

Er hatte Urech – wie allen anderen auch – verschwiegen, dass Nicole ausgezogen war. Vielleicht weil er sich im Unterbewusstsein einredete, dass es nur ein vorübergehender Zustand sei.

Urech drückte den Zigarettenstummel aus und warf ihn in den roten Standaschenbecher, der sich neben dem Eingang befand. Sie gingen zu Montis Büro, wo sich das Ermittlungsteam traf. Monti zu Fuss, Urech nahm den Lift.

Monti erläuterte die wichtigsten Erkenntnisse seiner Gespräche bei der «Berger Industries».

«Was wollte Berger von Häfliger?», fragte Urech.

«Hilfe vom Staat», erwiderte Lüscher und lachte.

«Da bist du bei Häfliger aber an der falschen Adresse», sagte Urech und fügte bei: «Vielleicht gab es Streit?»

«Was willst du damit andeuten?», fragte Monti.

«Das Mordopfer trifft Regierungsrat Häfliger zum Mittagessen, dann sehen sie sich am selben Abend wieder an der Gala und sitzen sogar am selben Tisch, und für den nächsten Morgen verabreden sie sich in aller Herrgottsfrühe zum Frühstück. Das ist doch nicht normal», sagte Urech laut.

«Nein, normal ist es nicht», sagte Monti und schaute an die Decke, als ob er Beistand von oben nötig hätte, und forderte Lüscher auf, ihre Recherche vorzutragen.

Lüscher schaltete den Beamer ein, adjustierte den Fokus, stellte die Füsse auf die richtige Höhe ein und projizierte ihren Vortrag zum Thema Giftmord an die aufgestellte Leinwand. Giftmorde waren – im Gegensatz zu früher – selten, die Vorliebe der Täter hatte sich über die Jahre hinweg verändert. Das Messer war die am häufigsten verwendete Tatwaffe, kam sie doch bei mehr als der Hälfte der Mordfälle zur Anwendung. Schusswaffen folgten an zweiter Stelle, aber den Gifteinsatz kannte Monti nur aus den Theorielektionen der Polizeischule.

Lüscher breitete zwei grosse Dokumentenstapel vor sich auf dem Tisch aus. Sie hatte tief gewühlt im Internet, speziell ihre Vorliebe für statistische Analysen war in der ganzen Abteilung bekannt respektive gefürchtet.

«Das verabreichte Gift Parathion ist seit 2002 in Europa nicht mehr erhältlich. Das Insektizid war bei den Bauern sehr beliebt, da es äusserst wirksam, sprich toxisch, gegen Insekten wirkt, aber keine Giftwirkung bei Pflanzen hat. Heute setzen die meisten Bauern harmlosere Mittel ein.»

Sie zeigte ihren Kollegen eine Liste von Produkten auf. Urech gähnte und nickte Lüscher kurz zu, die fortfuhr: «Nicht verboten wurde die Abgabe zur Lagerung mit anschliessender Ausfuhr aus dem Gebiet der Europäischen Union.»

«Das heisst, die Ausfuhr in die Schweiz als Nicht-EU-Land wäre erlaubt?», fragte Monti.

«Aus EU-Sicht ja, aber in der Schweiz gibt es ebenfalls keine Zulassung mehr für Parathion.»

«Wie gelangte der Mörder an das Gift?», fragte Monti.

«Sicherlich über das Internet. Im Darknet kriegst du alles, auch Gift», warf Urech ein.

«Was weiss man über die Beschaffungskanäle?», fragte Monti.

«Wie gesagt, ist der Verkauf von Parathion heute verboten. Früher konnte man es nach Vorlegen eines Personalausweises in einer Agrarhandlung erwerben», antwortete Lüscher.

«Gibt es einen Schwarzmarkt?»

«Dem scheint so zu sein. Greenpeace Deutschland hat verdeckte Ermittler in Agrarhandlungen in Deutschland und Frankreich geschickt, um zu überprüfen, ob diese illegal verbotene Insektizide verkaufen.»

«Und?»

«Volltreffer. Achtunddreissig verbotene Mittel wurden illegal an die Greenpeace-Leute, die verdeckt ermittelt hatten, verkauft. Zwei Agrarhandlungen im Elsass haben grosse Mengen an Parathion an die Ermittler verkauft. Ohne Rechnung und nur gegen Barzahlung, versteht sich.»

«Der Mörder musste also so an das Gift gelangt sein», sagte Urech.

«Davon würde ich ausgehen. Greenpeace hat ein Dokument über die verdeckten Ermittlungen im Internet publiziert», erwiderte Lüscher.

Monti stand auf, rieb sich am Kinn und schaute zur Seite. «Es stellt sich immer noch die Frage, wie der Mörder das Gift verabreicht hat.»

«Er hat es vielleicht doch in einen Drink gemischt», sagte Urech und schaute Monti an.

«Wie kommst du darauf?», fragte Lüscher.

«Schau dir doch die Rapporte bei uns an. Jedes Wochenende gibt es mindestens einen Fall, wo jemand K.-o.-Tropfen in einen Drink mischt.»

«Machst du deine Frauen auch auf diese Art gefügig?», stichelte Lüscher.

«Nein, die meisten erliegen meinem Charme schon, bevor wir die Bar betreten», antwortete Urech.

«Ich glaube nicht, dass das Gift in einen Drink gemischt wurde», sagte Monti.

«Weshalb nicht?», fragte Urech.

«Marc Berger hat den ganzen Abend nur Champagner und Weisswein getrunken. Die Beigabe des Gifts hätte eine sofortige Verfärbung dieser Getränke bewirkt, was Berger aufgefallen wäre. Das wäre zu riskant gewesen.»

«Verdammt! Du hast recht», brummte Urech.

«Der Mörder hat das Gift in die Suppe gemischt, dort tritt keine Verfärbung ein», sagte Monti.

«Ich wusste nicht, dass du auch ein Chemieexperte bist, Fabio», sagte Lüscher und schmunzelte, bevor sie fragte: «Was sollen wir nun tun?»

«Daniela, kannst du die Autoren dieser Studie kontaktieren? Du besuchst die beiden Händler im Elsass. Geh zur Chefin. Sie soll ein kurzes Schreiben aufsetzen, damit unsere französischen Kollegen informiert sind über unsere Ermittlungen.»

«Ist das nötig?», fragte Lüscher und schaute Monti an.

«Leider ja, wir müssen uns an das Polizeiabkommen zwischen der Schweiz und Frankreich halten. Stell sicher, dass du bei der Befragung der Händler auch dabei sein kannst. Überlass das Feld nicht den Franzosen allein.»

«Meinst du, mein Schulfranzösisch reicht aus?», fragte Lüscher und verzog ihren Mund, bevor sie mit der Präsentation der Ergebnisse der Recherche fortfuhr. «Es gab zahlreiche Fälle von Vergiftungen und Tötungsdelikten mit Parathion.»

Sie legte zwei Berichte vom Stapel auf die Mitte des Tisches. «Es gibt leider nicht sehr viele aussagekräftige Studien zu Giftmorden. Eine Studie aus dem Jahr 2005. Die Rheinische Friedrich-Wilhelms-Universität Bonn hat Parathion als Gift in zehn Prozent der Giftmordfälle ausgemacht, vor allem in den 1950er Jahren kam Parathion siebenmal zum Einsatz. Interessant, wie ich finde, sind die folgenden Statistiken.»

Lüscher projizierte zwei Seiten aus dem Bericht auf die Leinwand, beide hatten einfache statistische Tabellen aufgeführt.

Opfer	***Anzahl Fälle***
Weiblich	*80*
Männlich	*90*
Geschlecht unbekannt	*66*
Total	***236***

Tabelle 1: Verteilung nach Geschlecht der Opfer

Täter	*Anzahl Fälle*
Frauen	*71*
Männer	*58*
Geschlecht unbekannt	*6*
Total	***135***

Tabelle 2: Verteilung nach Geschlecht der Täter

Die erste Tabelle überraschte keinen. Die Verteilung der Mordopfer nach Geschlecht deckte sich mit ihren Erfahrungswerten. Die zweite Tabelle erregte mehr Aufsehen bei Monti. Eine knappe Mehrheit der verdächtigten Täter in Giftmorden war gemäss der Studie weiblichen Geschlechts.

«Frauen sind halt Giftschlangen.» Urech lachte laut und schaute Lüscher an.

«Pass besser auf, was du sagst, sonst wird dein nächster Kaffee dein letzter sein», sagte Lüscher und hob den rechten Zeigefinger.

Urech und Monti lachten laut.

«Gibt der Autor eine Begründung für diese Statistik?», fragte Monti.

«Es ist eine Autorin. Und nein, tut sie nicht.» Lüscher zuckte mit den Schultern, bevor sie fortfuhr. «Die Studie zeigt anhand einer weiteren Statistik, dass die meisten Täter-Opfer-Beziehungen entweder aus der Verwandtschaft oder von Pflegern und Krankenschwestern stammen. Die Beziehung zwischen Täter und Opfer ist beim Giftmord in der Regel sehr eng.»

«Das ist aber keine neue Entdeckung», kommentierte Urech.

Lüscher erläuterte, dass eine amerikanische Autorin auf der Basis einer Studie davon ausgehe, dass Männer gleich häufig Giftmorde begingen wie Frauen.

Monti ging den Ablauf der Gala in seinem Kopf so viele Male durch, dass es ihm schien, als wäre er selber anwesend gewesen. Wie hätte er die Tat begangen?

Urech lief zur Pinnwand und zeigte auf den aufgehängten

Sitzplan. «An Bergers Tisch sassen Verena Berger, Paul Keller, Claudia Mäder sowie unser lieber Regierungsrat Häfliger und seine Frau. Der Mörder sass am Tisch mit seinem Opfer, hat ihm seine Suppe versalzen.»

«Weshalb bist du dir so sicher?», fragte Monti und schaute Urech an, der entgegnete: «Es ist am einfachsten so. Wir müssen es nicht komplizierter machen, als es war.»

«Du hast auch schon bessere Begründungen geliefert», sagte Lüscher.

«Meine Intuition halt.»

«Gehen wir einmal mögliche Motive systematisch durch», sagte Monti. Vielleicht half das weiter. «Was für ein Motiv könnte Verena Berger haben?»

«Der Mann hat sie vernachlässigt, wahrscheinlich betrogen, und dann hat er dem Sohn auch noch den Geldhahn zugedreht. Sie ist durchgedreht und hat ihn umgebracht», antwortete Urech.

«Hatte sie selber Geldsorgen?», fragte Lüscher.

«Sie hat nicht den Eindruck gemacht, dass sie unter Geldknappheit leidet. Aber das müssen wir überprüfen», sagte Monti.

«Jetzt, wo sie getrennt lebt, aber noch nicht geschieden ist, kommt der Tod ihres Mannes ihr zugute, rein finanziell, meine ich. Sie wird einen Haufen Geld erben», sagte Urech. Diese Art von Unterstellung war nicht ungewöhnlich, um jemanden als Verdächtigen hinzustellen.

«Das kann gut sein. Wir müssen Einblick in das Testament erhalten, erst dann wissen wir, ob sie ein finanzielles Mordmotiv hatte», erwiderte Monti, der alle erwähnten Punkte auf der Pinnwand unter dem Foto von Verena Berger eintrug.

«Und das Motiv von Paul Keller?», fragte Lüscher.

«Er hatte geschäftliche Streitigkeiten mit Berger, und dieser hat ihn erpresst, was aus einer E-Mail hervorgeht», antwortete Monti, während er das Motiv unter dem Foto von Paul Keller hinschrieb.

«Frau Mäder?», fragte Urech.

«Frau Mäder ist die Freundin von Paul Keller. Ich glaube, die hat nichts damit zu tun», sagte Lüscher.

«Man ist nie sicher. Bitte befrage und überprüfe sie», sagte Monti an Lüscher gerichtet. «Und zu guter Letzt: unser geliebter Regierungsrat Häfliger.»

Stille. Niemandem fiel etwas ein, oder zumindest traute sich niemand, etwas zu sagen.

«Gut. Kein Motiv. Zumindest keines, das uns bekannt ist», sagte Monti. Er setzte ein Fragezeichen hinter «RRH». Er wagte weder, den Namen auszuschreiben, noch, ein Foto an die Pinnwand zu hängen. Monti wollte nicht wieder selber zur Zielscheibe werden.

Das Treffen war zu Ende. Mehr als Mutmassungen hatten sie immer noch nicht. Urech nahm einen roten Filzstift und schleppte sich zur Pinnwand, wo er einen Namen auf dem Sitzplan der Gala einkreiste.

«Das ist unser Mörder.»

Monti blätterte in seinem Notizbuch. Er hatte noch eine pendente Abklärung zu machen. Er nahm sein Handy hervor und rief Oberholzer an.

«Professor, in Ihrem Gutachten erwähnen Sie, dass das Gift mit hoher Wahrscheinlichkeit oral verabreicht wurde, und an der Sachbearbeitersitzung bei Müller am Montag haben wir über die Beimischung des Giftes in Bier oder Kaffee gesprochen. Könnte das Gift auch ins Essen beigemischt worden sein?», fragte Monti, der auf die Menükarte der Gala schaute.

«Das ist auch eine der Möglichkeiten, die Sie als leitender Ermittler in Betracht ziehen müssen.»

«Der Mörder könnte zum Beispiel eine Brokkolisuppe kochen und das Gift dort zusammen mit etwas starkem Pfeffer reinmischen, um den Geschmack des Giftes zu neutralisieren?»

«Nein, beim Kochen würde das Parathion, das weitgehend wasserdampfflüchtig ist, aus der Speise verdampfen.»

«Ach», sagte Monti. «Das ist interessant.»

«Eine Gazpacho wäre besser geeignet, die wird kalt serviert und hat je nach Gewürz einen starken Eigengeschmack», sagte Oberholzer und lachte.

Monti bedankte sich bei Oberholzer und strich die Pendenz in seinem Notizbuch durch.

Es hatte wieder zu regnen begonnen, als Monti sein Büro um sieben Uhr am Abend verliess. Er kämpfte sich durch den dichten Verkehr, bevor er im Seefeld ankam und seinen Wagen im Parkhaus Feldegg parkieren konnte.

Monti schleppte sich die Treppen hoch. Seine Wohnung war leer ohne Nicole, so still, so trübe und so leblos. Er musste sich eingestehen, dass er sie vermisste. Wieder einmal hatte sein Hirn zwar die Warnsignale empfangen, aber er hatte nicht die notwendigen Massnahmen getroffen, um der Beziehung das nötige Gewicht zu verleihen. Er hängte seinen Mantel und sein Sakko an die Haken der Garderobe und schaute in den Wandspiegel.

Er senkte den Kopf mit den braunen, leicht ergrauten Haaren zur Seite. Ihm fiel auf, wie seine Narbe auf der linken Gesichtshälfte markant herausstach, und er bemerkte den angestiegenen Haaransatz. Die Falten rund um die braunen Augen hielten sich zwar in Grenzen, aber sie zeugten von Müdigkeit, Enttäuschung und Niedergeschlagenheit.

Als er vor einer Woche in die Wohnung eingetreten war, war ihm der Geruch von angedünsteten Zwiebeln entgegengekommen. Nicole schnitt Kalbshaxen in kleine Stücke, ein Rosmarin- und Salbeibund, Knoblauchzehen, Wacholderbeeren und Gewürzdosen bedeckten die Ablagefläche. Eine geöffnete Flasche Chianti Classico stand auf dem Esstisch.

Sie kochte Peposo del Valdarno. Das Valdarno-Pfeffergulasch war eine seiner Lieblingsspeisen. Nicole demonstrierte ihre Kochkünste nur selten, viel zu selten für seinen Geschmack. Er war es von seinem Elternhaus her gewohnt, dass seine Mutter das Monopol für das Kochen innehatte, dieses stets beanspruchte und nie hergab. Seinen Vater hatte er in seinem ganzen Leben nie auch nur in der Nähe der Küche gesehen. Ob dies an dessen mangelnden Kochkünsten oder an Bequemlichkeit lag, war ihm zeitlebens ein Rätsel geblieben.

Monti erinnerte sich an den letzten Montagabend. Er war gerade vom jährlichen Schiesstraining zurückgekommen, das er mit Bravour bestanden hatte. Nicole schob ihn aus der Küche und schloss die Schiebetür zu. Sie mochte es nicht, wenn er sie beim Kochen störte. Ihre mangelnde Routine zeigte sich in der ihr eigenen chaotischen Art beim Hantieren, jegliche Ablenkung führte in der Regel zur kulinarischen Katastrophe. Einmal fügte sie anstatt drei Teelöffel drei Suppenlöffel Salz in eine Sauce, was den ganzen Gang ruiniert hatte. Aber das Gulasch an diesem Abend war perfekt gekocht und hatte Monti eines seiner raren Komplimente für ihre Kochkünste entlockt.

Die gemeinsamen gemütlichen Nachtessen hatten Seltenheitswert, denn ihre Arbeit als Moderatorin beim lokalen Fernsehsender erforderte ihre Präsenz am frühen Abend, hatte sie doch ihre eigene Talkshow, in der sie Prominente zur Hauptsendezeit zu einem aktuellen Thema befragte.

Er ging in die Küche und öffnete den Kühlschrank.

Leer.

Er hatte vergessen, einkaufen zu gehen. Monti nahm eine angefangene Flasche Chianti Classico, die auf dem Küchentisch stand, schenkte sich ein Glas ein und ging ins Wohnzimmer, wo er sich auf das Sofa fallen liess und sich über eine App eine Pizza Calabrese bestellte. Er zappte durch die verschiedenen Fernsehsender, schaute sich das Ende einer Quiz-Show auf Rai Uno an, in der noch nie ein Kandidat den Hauptpreis gewinnen konnte, bevor das «Telegiornale» wieder über eine erneute Regierungsumbildung in Italien berichtete. Er schaltete die Flimmerkiste aus und blätterte noch ein wenig in einer alten Ausgabe der La Repubblica, die auf dem Salontisch lag, bevor er sich in sein Refugium zurückzog. Sein privates Bürozimmer war eine Art Museum, das zum Leidwesen von Nicole mit Schachbrettern und -figuren sowie kunsthistorischen Sammelstücken überfüllt war. Er sammelte alles über berühmte toskanische Persönlichkeiten: Zeitungsartikel, Bilder, kleine Skulpturen und Fresken. Hier fühlte er sich am wohlsten, er konnte abschalten, alles für ein paar Stunden vergessen.

10

«Wir verschwenden unsere Zeit. Das bringt nichts», sagte Urech, nahm ein Gipfeli aus dem Papiersack, der vor ihm auf dem Tisch lag, und reichte ihn weiter an Monti, der sich bediente, empfand er doch grossen Hunger, da er diesen Morgen auf seinen Besuch im La Stanza verzichtet hatte.

«Unverhofft kommt oft. Der Mörder muss einer der Gäste sein. Wir müssen mit allen Leuten sprechen. Der Mörder wird früher oder später einen Fehler machen», sagte Monti und lehnte sich an seinen Bürotisch. Fehler machen sie alle, es gilt nur, die Fehler zu provozieren, dachte er sich. Wenn man nichts macht, hat man hundertprozentige Sicherheit, dass nichts dabei rauskommt.

Urech schaute Monti mehr fragend als zustimmend an, nickte und verliess das Büro.

Die Befragungen der hundert Gäste der Gala im Hotel Savoy liefen auf Hochtouren. Lüscher und Urech telefonierten die Liste rauf und runter, aber keine der befragten Personen fühlte sich übel oder hatte etwas Merkwürdiges gesehen, einzig der bleiche Gastgeber war einer Person aufgefallen. Monti fokussierte sich auf die Personen, die während der Gala am selben Tisch mit Berger gespeist hatten.

Er öffnete das Fenster, schaute auf die Sihl und dachte an Nicole. Eigentlich waren sie doch ein gutes Team, vielleicht nicht das typische Paar mit Haus, Hund und Kindern, aber er genoss es immer, mit ihr zusammen zu sein, strahlte doch ihr stets volles Energiereservoir auf ihn ab, sie verzückte ihn mit ihrem Lachen, und ihre Unbeschwertheit liess ihn entspannen. Er merkte, wie sehr sie ihm fehlte.

Er suchte sein Handy. Es war nicht in der Innentasche seines Sakkos, wo er es eigentlich immer verstaute. Als er die Suche aufgeben wollte, stolperte der Blick über ein Papier, das auf seinem Schreibtisch lag und unter dem sein Telefon zum Vorschein kam. Er nahm es in die Hand. Fünf verpasste Anrufe, einer davon zeigte Nicoles Namen. Er wählte den Eintrag aus und drückte auf das grüne Verbindungssymbol, aber erreichte nur den Anrufbeantworter. Wenigstens hatte sie versucht, ihn zu erreichen. Ihre Beziehung lag im Koma, aber sie war nicht tot.

Das Gespräch mit Paul Keller, dem Direktor der Tellbank, war noch ausstehend. Dieser hatte bei der Gala auch mit Marc Berger am Tisch gesessen. Das ergab keinen Sinn. Weshalb war Keller überhaupt an die Gala eingeladen gewesen? Die beiden waren sich offensichtlich nicht wohlgesinnt. Ging es wieder einmal nur um das liebe Geld? Wenigstens war es hier Spendengeld, also für eine gute Sache, dachte er.

Monti durchstöberte die internen Datenbanken und das Internet. Neben dem üblichen Klatsch und Tratsch fand er nichts Auffälliges zu Keller. Monti war nicht sonderlich geschickt im Umgang mit dem Computer. Er tat, was er in solchen Fällen immer tat. Er ging einen Stock tiefer und suchte Daniela Lüscher auf. Lüscher war eine fleissige Arbeitsbiene, die gerne und oft in der virtuellen Welt stöberte. Sie sah im Internet einen grossen Fortschritt, Informationen und Wissen waren jederzeit und von überall abrufbar. Die Kommunikation erschien ihr einfacher, schneller und informeller. Für Monti waren die neuen Informationstechnologien eher ein Gräuel, sie lenkten die Aufmerksamkeit von den wesentlichen Dingen ab. Er wollte nicht seine Wahrnehmungen und noch weniger seinen Lebensrhythmus danach ausrichten. Viele Kollegen starrten den ganzen Tag auf den Bildschirm, schrieben Dutzende von E-Mails und luden eine Unzahl von Dateien auf ihre Computer runter, ohne am Ende des Tages etwas Konkretes getan zu haben.

Daniela Lüscher sass an ihrem Arbeitsplatz, hinter ihren Bildschirmen versteckt, telefonierte und nickte ihm kurz zu. Zwei leere Kaffeebecher, eine Red-Bull-Büchse und ein angefangenes Pack Kägi fret lagen vor ihr auf dem Tisch.

Sie hatte sich gut integriert in seinem Team, dachte Monti.

In derselben Abteilung arbeiten zu müssen wie Urech war der absolute Lackmustest für ihre Resistenzfähigkeit, überschritt dieser doch häufig die Grenzen des Anständigen.

Monti betrachtete sie als ein Juwel. Zum Glück für Monti verkannten andere Lüschers Talent, sonst wäre ein Kampf um ihre Dienste ausgebrochen. Die Zunahme von digitaler Kriminalität war augenscheinlich, stieg doch auch im Kanton Zürich die Zahl der Verbrechen stetig an, die über das Internet abliefen.

«Daniela, ich treffe heute Paul Keller. Kannst du mir ein Dossier über ihn erstellen?»

Der Bericht lag keine Stunde später auf Montis Schreibtisch. Er war gespickt mit einer Unmenge an Informationen. Ankündigungen über die Schliessung von Filialen und Bankschaltern, den Abbau von Personal und die unzähligen Rechtsfälle hatten dabei die Oberhand. Zahlreiche Staaten hatten die Bank wegen Verstössen gegen Steuergesetze verklagt. Der Vorwurf von Preisabsprachen bei der Platzierung von staatlichen Anleihen und der Fixierung von Zinsen stand ebenfalls im Raum. Die Wettbewerbskommission hatte verschiedene Banken wegen eines Devisenkartells gebüsst. Die Tellbank war meist mittendrin bei all diesen unrühmlichen Angelegenheiten.

Ein Angestellter der Tellbank ging sogar noch einen Schritt weiter. Er hatte Kundendaten an ausländische Staaten verkauft und verletzte das Schweizer Bankgeheimnis. Ein deutsches Bundesland liess sich diese Übergabe drei Millionen Franken kosten, womit sich der Banker in einem karibischen Staat pensionieren lassen wollte. Es kam dann anders. Die Schweizer Behörden ertappten den Banker, das Bundesstrafgericht verurteilte ihn zu vierzig Monaten Gefängnis. Die Bank gab selber freimütig an, für die Bereinigung von «Compliance»-Verfehlungen über die letzten zehn Jahre mehr als zehn Milliarden Schweizer Franken aufgewendet zu haben.

Zehn Milliarden!

Die Journalisten geizten mit positiven Nachrichten über die

Bank, so war halt der Zeitgeist nach der Finanzkrise, wo viele entweder ihren Job oder einen Teil ihres Vermögens verloren hatten. Monti hatte bei Lüscher über die finanzielle Situation der Bank nachgefragt. Zu seinem Erstaunen war die Bank, trotz all der Querelen und der negativen Berichterstattung, in einer blendenden Verfassung. Die Bank steigerte Umsätze und Gewinne bei rückläufigen Mitarbeiterzahlen, sie verwöhnte ihre Aktionäre mit üppigen Dividenden, der Aktienkurs ging ab wie eine Rakete. Zehn Milliarden. Ein Klacks.

Paul Keller, fünfundfünfzigjährig, von schlankem Schlag, braun gebrannt und mit viel Gel in seinen zurückgekämmten dunkelbraunen Haaren, war seit über zehn Jahren in der Geschäftsleitung der Tellbank, seit vier Jahren war er deren Direktor. Er war einer der wenigen Schweizer, die das Privileg hatten, eine der grossen Schweizer Banken zu führen. Die Konkurrenzbanken vertrauten die Führung vorwiegend ausländischen Spitzenkräften an.

Die Informationslage zu Kellers Privatleben war im Vergleich zu seinen geschäftlichen Aktivitäten äusserst mager. Er trat zwar an grossen Veranstaltungen auf, wo seine Bank oft als Hauptsponsor agierte, aber zu seiner Person war lediglich bekannt, dass er geschieden und Mitglied im Rotary Club Zürich sowie der Freiheitlichen Partei war.

Lüscher schrieb in ihrem Bericht, Keller besitze die aussergewöhnliche Fähigkeit, klare Meinungen zu vertreten, ohne dabei jemandem auf die Füsse zu treten. Die Tellbank erlebte eine gute Unternehmensphase unter seiner Ägide, die letzte Finanzkrise schien spurlos an ihr vorübergegangen zu sein. Kein Wunder war der Mann überall äusserst beliebt, nicht zuletzt beim weiblichen Geschlecht, was in Lüschers Bericht nicht unerwähnt blieb.

Keller schien bei seinen Angestellten beliebt zu sein, falls man den internen Mitarbeiterumfragen respektive ihren Auswertungen traute.

Monti stutzte.

Wie kam Lüscher an diese internen Umfragen heran?

Das tägliche Leben war geprägt von Big Brother und Big Data. Monti hatte Big Daniela, die sich im Datenlabyrinth bestens auskannte. Nicht selten waren es aber genau diese Informationen, die für die Ermittlungen von entscheidender Bedeutung waren. Jeder Vorsprung zählte.

Die Banken hatten ihr Bankgeheimnis oder was davon übrig geblieben war, und Lüscher hatte ihr Informationsbeschaffungsgeheimnis.

Monti ging ins Lager, das sich im Keller befand, und holte sich den Fingerabdruckscanner und den Laptop, bevor er in Richtung Paradeplatz loslief, wo die Tellbank, gleich neben drei Konkurrenzbanken, an der Bärengasse ihren Hauptsitz hatte. Frau Weber hatte für ihn einen Termin mit Paul Keller vereinbart. Selbst sie musste ihr ganzes Talent in die Waagschale werfen, damit einer der gefragtesten Bankiers auf dem Finanzplatz Schweiz dem Treffen zusagte. Die Drohung mit einer Vorladung auf den Polizeiposten brachte Keller schliesslich zum Einlenken.

Vor dem Eingang der Bank fand eine Klimademonstration statt, Reggae dröhnte aus den Lautsprechern und Junge und Junggebliebene tanzten fröhlich hinter dem rot-weissen Absperrband, während andere von den Polizisten weggetragen wurden. Auf dem Asphalt der Bahnhofstrasse stand mit dicker weisser Kreide geschrieben: «Banken = 20 x mehr CO_2 als die ganze Schweiz! Kein Schweizer Geld mehr für Investitionen in Öl und Gas!»

Monti hob das Absperrband und zeigte einem der Polizisten seinen Dienstausweis. Dieser führte ihn zum Eingang der Bank.

Der Empfangssaal drückte den finanziellen Erfolg aus. Der helle Marmorboden, die teuren Gemälde und einige Bronzestatuen liessen keine zweite Meinung zu: Die Bank war in Hochform. Er schritt zum Empfangsschalter, hinter dem nicht weniger als vier Damen sassen. Sie trugen eine einheitliche Uniform, die auf der Brusttasche dezent das Firmenlogo eingraviert hatte.

Eine der Empfangsdamen kam auf ihn zu. «Sie müssen Herr Monti sein. Darf ich Ihnen den Mantel abnehmen und Sie ins Sitzungszimmer führen? Herr Keller wird in ein paar Minuten bei Ihnen sein. Möchten Sie einen frisch gepressten Orangensaft, einen Kaffee oder einen Tee?»

«Einen Espresso. Danke.»

Die Dame kam nun mit einer Auswahl an Kaffeekapseln zu Monti. Er wählte die stärkste Sorte aus: Espresso forte.

Das Sitzungszimmer war mit Stil eingerichtet. Die roten Tigerlilien passten farblich zu den schönen, wohl sehr teuren Ankerbildern an der Wand. Der polierte Kirschholzboden war mit einem Teppich rund um den Tisch bedeckt. Die Decke war mit Halogenlampen bestückt, zwei grosse Stehleuchten in den Ecken gaben dem Raum ein dumpfes, aber angenehmes Licht. Die Wände waren mit goldener Farbe verputzt. Der Bank fehlte es an nichts. Monti bestaunte die gute Innenausstattung. Er setzte sich auf einen der roten Designerstühle, die zwar gut aussahen, aber nicht bequem waren. Die Empfangsdame kam mit dem Espresso. Nach zehn Minuten gesellte sich Keller zu ihm ins Sitzungszimmer.

«Was kann ich für Sie tun?», fragte Keller und schaute auf seine Uhr.

«Ich muss Ihnen ein paar Fragen zum Tod von Marc Berger stellen.»

«Schiessen Sie los.»

Keller schien nicht sonderlich traurig über den Tod von Berger zu sein. Er machte auch keine Anstalten, diesbezüglich etwas vorzuspielen. Und am Galaabend hatte er weder etwas Aussergewöhnliches an Berger noch im Saal oder bei den anderen Gästen wahrgenommen. Einzig der frühe Abschied des Gastgebers und dessen bleiches Gesicht waren ihm aufgefallen.

«Woher kannten Sie Marc Berger?»

«Ich lernte ihn vor langer Zeit im Rotary Club kennen, und wir waren Parteikollegen. Wir sind die Hausbank der ‹Berger Industries›. Privat hatte ich mit Berger fast keinen Kontakt. Wir haben uns ein paarmal gesehen im Rahmen seiner Gala.

Wir hatten eine gute Beziehung, welche sich jedoch auf das Geschäftliche beschränkte.»

«Wann entstand die Geschäftsbeziehung zwischen Bergers Unternehmen und Ihrer Bank?»

«Das muss über zwanzig Jahre her sein. Die ‹Berger Industries› war dazumal einer unserer grössten Geschäftskunden.»

«Heute nicht mehr?»

«Nein. Heute sind es vor allem Unternehmen aus der Pharmaindustrie und reiche Privatkunden, die unsere besten Kunden sind.»

«Wie läuft das Geschäft der Bank so?»

«Wir sind zufrieden. Wir steigern kontinuierlich Umsatz und Gewinn. Wir befinden uns aber in einer Umbruchphase.»

«Inwiefern?»

«Die Digitalisierung betrifft auch unsere Bank. Der Grossteil der Zahlungen wird in Zukunft bargeldlos ablaufen, die Kunden kommen nicht mehr an den Schalter, um Geld abzuheben oder Zahlungen auszuführen.»

Keller nannte ein paar Statistiken, die diesen Trend unterstützten. Monti nahm das Ganze nickend zur Kenntnis und realisierte, dass er diesbezüglich zu einer Minderheit gehörte. Er hatte zwar einen elektronischen Zugang zu seinem Bankkonto, bevorzugte es aber, mit den Damen und Herren am Schalter die Bankgeschäfte zu erledigen.

«Wie laufen die hängigen Gerichtsfälle?»

Keller seufzte. «Das gehört leider zu unserem Beruf. Wir werden von den Staaten erpresst und ausgenommen. Ausgepresst wie Zitronen.»

Mitleid kam bei Monti nicht auf. Steuerhinterziehung und Geldwäscherei sind aber nicht gerade Kavaliersdelikte, dachte er.

«Weshalb hat Ihre Bank die Kredite mit der ‹Berger Industries› gekündigt?»

Keller schaute auf den Tisch, rückte seine dünne Brille zurecht und nahm einen herumliegenden Kugelschreiber in die Hand. Seine Augen presste er kurz zusammen. «Die Bonität der ‹Berger Industries› hat sich in den letzten Jahren stetig verschlechtert. Zudem gab es Gerüchte um einen grösseren Korruptionsfall in Deutschland.»

«Wie hat Berger auf die Kündigung reagiert?»

«Ziemlich hysterisch. Er glaubte, die Gesellschaft würde aus der Krise finden.»

«Sie nicht?», unterbrach ihn Monti.

«Herr Monti, es liegt nicht an mir, das zu beurteilen. Ich bin nicht der Kreditanalyst.»

«Aber Sie haben doch eine Meinung.»

«Ich kann mir nicht zu jeder Firma eine Meinung bilden. Noch mal, ich bin Direktor und nicht Analyst.»

«Sie kannten einander schon ein paar Jahre. Gab es keine andere, einvernehmliche Lösung?»

«Wir haben unsere standardisierten Prozesse. Unsere Analysten waren gegen eine Kreditverlängerung, da unsere strengen internen Kriterien nicht erfüllt waren. Das galt es zu respektieren. Ich mische mich nicht in die Kreditanalysen unserer Mitarbeiter ein.»

Keller erwähnte, wie die Kreditanträge anhand standardisierter Kriterien beurteilt würden, die Kreditwürdigkeit basiere auf komplizierten Algorithmen von Maschinen und nicht mehr auf der subjektiven Einschätzung von Menschen. Die Digitalisierung hatte Einzug gehalten. Die guten Resultate der Bank schienen diesen automatisierten Prozessen recht zu geben.

«Wie war Ihre persönliche Beziehung zu Marc Berger nach dieser Entscheidung?»

«Marc hatte zuletzt ziemlich gereizt reagiert. Er drohte mir, er werde die Medien und Aktionäre gegen uns aufhetzen.»

Monti horchte auf. «Wie das denn?»

«Weiss der Teufel, was er ihnen auftischen wollte», sagte Keller und rümpfte die Stirn.

Monti stutzte und sagte dann: «Ich müsste noch Ihre Fingerabdrücke scannen.»

«Weshalb?», fragte Keller und verschränkte die Hände.

«Reine Routine. Wir möchten ausschliessen, dass Sie in der Wohnung von Herrn Berger gewesen sind», sagte Monti, im Wissen, dass dies nicht der wahre Grund für die Handlung war, wollte er doch die Fingerabdrücke mit denen auf dem Couvert der Trauerkarte vergleichen.

«Das können Sie einfach so und ohne richterlichen Segen anordnen?», fragte Keller und presste die Augen wieder zusammen.

«Haben Sie etwas zu verbergen?» Er ignorierte Kellers Erkundung. Monti konnte nicht das geringste Anzeichen von Nervosität bei ihm erkennen.

«Ich kontaktiere meinen Anwalt. Warten Sie hier. Ich bin gleich zurück.» Keller stand auf, verliess den Raum und schloss die Tür. Monti hatte dieses Vorgehen erwartet. Er griff in seine Tasche, nahm den schwarzen Scanner und den Laptop hervor, verband sie mit dem USB-Kabel.

Zehn Minuten später kam Keller zurück und entschied sich, zu Montis grosser Verblüffung, seine Fingerabdrücke scannen zu lassen. Beim zweiten Versuch klappte das Prozedere dann auch.

Monti bedankte sich bei Keller, und sie verliessen gemeinsam das Sitzungszimmer. Keller überreichte ihm seine Visitenkarte.

«Herr Keller, dürfte ich noch Ihre Sekretärin sprechen?»

«Kein Problem, aber sie arbeitet heute ausnahmsweise im Homeoffice, sie hatte einen Arzttermin.»

«Haben Sie ihre Telefonnummer für mich?»

«Einen Moment.» Keller kramte sein Handy hervor und las die Telefonnummer ab, die Monti in seinem Notizbuch niederschrieb.

Nachdem er die herumliegende Post auf seinem Bürotisch geöffnet und sortiert hatte, rief er die Sekretärin von Keller, Frau Mancini, an.

«Wo war Herr Keller am Montag, dem 18. April?»

«Das weiss ich doch nicht auswendig.»

«Können Sie nachschauen?»

«Warten Sie kurz. Ich muss im Outlook nachschauen.»

Er hörte, wie sie auf einer Tastatur tippte. Zehnfingersystem in Perfektion.

«Um sieben Uhr traf er den Personalchef, danach ging er zum Leiter des Firmenkundengeschäfts, um elf Uhr hielt er einen Vortrag, und um zwei Uhr war er wieder im Büro.»

«War er den ganzen Tag in Zürich?»

«Nein, für den Vortrag fuhr er nach Bern.»

Monti horchte auf. «Nach Bern?»

«Er hielt eine Präsentation im Kursaal am diesjährigen Finanzforum zum Thema Digitalisierung des Retail Banking.»

Monti stutzte. «Haben Sie ihn begleitet?»

«Nein.»

«Wissen Sie, ob sonst jemand bei ihm war?»

«Ich gehe davon aus, dass sein Fahrer ihn nach Bern gebracht hat.»

Monti schrieb eine Bemerkung in sein Notizbuch. «War das ein typischer Tag für Herrn Keller?»

«Ja, die Tage sind immer voll durchgetaktet.»

Frau Mancini schien über jeden Schritt von Keller informiert zu sein, so tat sie zumindest.

«Waren Sie am Nachmittag des 18. April im Büro?»

«Ja.»

«Wann haben Sie an diesem Tag das Büro verlassen?»

«Das weiss ich doch nicht mehr.»

«Ungefähr.»

«Normalerweise gehe ich zwischen sechs und sieben Uhr.»

«Welche Termine hatte Keller am späten Nachmittag?»

Es war eine Weile still, nur das Klicken der Computermaus hörte er, bevor sie sagte: «Er hatte ein Mitarbeitergespräch um siebzehn Uhr dreissig. Danach hat er an einer Videokonferenz teilgenommen.»

«Was für eine Videokonferenz?»

«Herr Keller diskutierte mit externen Beratern über einen Bericht zur geplanten Restrukturierung der Bank.»

«Entlassungen?»

«Ja, behalten Sie das aber für sich.»

«Wann wurde die Konferenz beendet?»

«Das weiss ich nicht. Als ich das Büro verliess, war die Konferenz immer noch im Gange.»

«Können Sie mir eine Liste der Teilnehmer der Konferenz geben?»

Sie schickte ihm die Liste umgehend per Mail.

«Besten Dank. Die Informationen waren sehr hilfreich.»

Monti ging zum Laserdrucker und holte die Teilnehmerliste aus der Papierablage. Nachdem er einen Blick auf die Liste geworfen hatte, legte er sie auf sein Pult mit der Absicht, später einen Teilnehmer zu kontaktieren und ihn nach der Dauer der Videokonferenz zu befragen.

Er schaute auf die Uhr. Er war spät dran. Der nächste Rapport bei Müller stand an.

Das Gespräch mit Paul Keller liess Monti keine Ruhe, als er sich Richtung Molkenstrasse aufmachte.

Warum liess die Tellbank einen langjährigen Kunden von einem auf den anderen Tag einfach so fallen?

Warum hatte Keller sich nicht mehr für Berger eingesetzt?

War das einfach der Geist der Zeit? Die Vergangenheit zählte nichts mehr, wie beim Fussball: Der Trainer konnte ein Jahr zuvor mit seiner Mannschaft die Champions League gewonnen haben, aber wenn die neue Saison mit schlechten Resultaten startete, wurde er sofort entlassen und durch einen neuen Trainer ersetzt, der frischen Wind bringen sollte.

Urech winkte ihm zu und holte ihn aus seinen Gedanken. Er stand am Eingang und hatte auf ihn gewartet. Sie erschienen pünktlich zum Treffen bei Müller, das wohl auch der Tatsache geschuldet war, dass Monti es in den letzten Tagen unterlassen hatte, seinen täglichen Rapport an Müller zu verfassen.

«Monti und Urech, was für eine Ehre, Sie beide hierzuhaben», begrüsste ihn Müller mit sarkastischem Unterton. «Wo stehen wir im Fall Berger? Haben Ihre Ermittlungen etwas zutage gebracht?»

«Berger hat Paul Keller in einer E-Mail gedroht, ihn fertigzumachen», sagte Monti.

«Weshalb?»

«Ich gehe davon aus, dass er so Druck auf Berger ausübte, damit dieser die Kredite verlängerte.»

«Gut möglich. Aber womit hat er gedroht?»

«Das wissen wir noch nicht.» Monti hob die Schultern.

«Was gedenken Sie nun zu tun, um endlich etwas Licht in den Fall zu bringen?» Müller war hartnäckig. Ein Wadenbeisser erster Kategorie.

«Wir müssen weitere Gespräche im Umfeld von Berger führen», sagte Urech.

«Beeilen Sie sich. Legen Sie einen Zacken zu. Die Presse macht Druck. Wir brauchen Ergebnisse.»

Monti schwieg. Er hatte Mühe mit künstlich erzeugtem Zeitdruck, insbesondere bei komplexen Mordfällen.

Als sie sich bereits auf den Weg nach draussen machen wollten, rief Müller sie zurück.

«Mir ist noch etwas zu Ohren gekommen, das für die Ermittlungen relevant sein könnte», sagte Müller, der sich von seinem Stuhl erhob. «Die Bundesstaatsanwaltschaft führt eine Voruntersuchung gegen Keller wegen Insiderhandels.»

«Donnerwetter!», sagte Urech.

Monti blieb für einen Moment sprachlos. Keller hatte nichts davon erwähnt, und er hatte ihm auch keinen besorgten Eindruck gemacht.

«Offiziell weiss ich nichts, aber Kollege Baltensberger kooperiert mit der Bundesanwaltschaft. Er wird sich bei Ihnen melden. Er kennt die Details», sagte Müller und öffnete ihnen die Tür.

Urech gab Monti einen Klaps auf den Rücken und prahlte damit, dass seine Spürnase wieder einmal in Hochform war, hatte er doch Keller als Hauptverdächtigen auf der Pinnwand rot eingekreist.

«Gehen wir noch schnell zum Markt?», sagte Monti zu Urech, als sie aus dem Gebäude der Molkenstrasse 15 traten.

«Warum nicht? Wenn wir schon hier sind.»

Sie liefen die wenigen Meter zum Helvetiaplatz, wo die Marktfahrer bereits eifrig ihr Gemüse anpriesen, von Kartoffeln, Peperoni, Tomaten bis hin zu Zucchini, es gab für alle Geschmäcker etwas. Monti sah einem älteren Mann zu, der an einem der Stände mit den blau-weiss gestreiften, zeltförmigen Dächern eine Tomate in die Hand nahm und diese einer sorgfältigen Prüfung unterzog.

«Die Tomaten von Francesco sind unschlagbar, die Auberginen auch, aber die haben noch nicht Saison», sagte Monti, der den Markt zielgerichtet überquerte, bis er den Gemüsestand seiner Wahl gefunden hatte. Wie immer hatte Francesco denselben Platz ergattert, gleich in der Nähe der Tram- und Bushaltestelle und der Langstrasse, damit auch jeder Passant an seinem Stand vorbeilaufen musste.

«Eine Freude, Sie hier zu sehen, Signor Monti», schrie Francesco hinter dem Stand hervor.

«Die Freude ist ganz meinerseits. Das ist mein Kollege Peter Urech.»

Urech nickte dem Markthändler kurz zu, es war seine bedächtige Art des Grusses für neue Gesichter, während Monti seine Augen bereits auf die Tomaten gerichtet hatte.

«Kann ich fünf Stück von den Primavera-Tomaten haben?»

«Und möchte der Herr Kollege auch etwas?», fragte Francesco.

«Ein halbes Pfund Kartoffeln für mich», sagte Urech.

Francesco packte die Gemüse in zwei Papiertüten und reichte sie den beiden. Monti nahm sein Portemonnaie aus dem Sakko, bezahlte für beide und rundete den Betrag grosszügig auf.

«Besten Dank, die Herren. Signor Monti, grüssen Sie mir *la fidanzata*.»

Monti nickte kurz, verzog den Mund und verabschiedete sich. Urech und Monti liefen über den Helvetiaplatz in Richtung Ankerstrasse, wo sie dann in die Zeughausstrasse einbogen. Monti griff in seine Tüte und nahm eine Tomate heraus, die er Urech zum Probieren schenkte.

Als er sein Büro betrat, klingelte das Telefon auf dem Schreibtisch. Baltensberger.

Monti nahm den Anruf entgegen.

«Fabio, ich bin da über gewisse Informationen gestolpert, die für dich im Fall Berger nützlich sein könnten.»

«Dann erzähl mal.»

«Nicht am Telefon. Komm morgen zu mir ins Büro. Acht Uhr.»

«Das passt.»

11

Am Mittwochmorgen ging Monti direkt an die Weststrasse 70 zum Büro von Ueli Baltensberger.

Baltensberger war einer der erfahrensten Staatsanwälte bei der Staatsanwaltschaft III, die für Wirtschaftsdelikte zuständig war. Er war ein über den Kanton Zürich hinaus bekannter, gefürchteter Staatsanwalt, nicht nur bei den Wirtschaftskriminellen, sondern auch bei seinen Arbeitskollegen. Seine direkte Art war nicht jedermanns Sache, Monti hingegen schätzte sie. Im Gegensatz zu dem Umgang mit Müller war der mit Baltensberger einfacher und weniger förmlich.

Nachdem Baltensberger ihn begrüsst hatte, gab Monti ihm einen kurzen Abriss des Falls Berger.

Baltensberger stand auf und ging zum Aktenschrank. Dort nahm er seinen Schlüsselbund in die Hand und entriegelte die oberste Tür. Er nahm einen Bundesordner heraus und legte ihn vor Monti auf den Tisch. «Vielleicht hat das etwas mit eurem Fall zu tun, Fabio.»

Monti schaute Baltensberger fragend an. Baltensberger zeigte auf die Beschriftung des Ordners: «Strafrechtliches Verfahren gegen Paul Keller».

Monti öffnete den vollen Ordner vorsichtig. «Um was geht es in diesem Verfahren?»

«Verstoss gegen das Bundesgesetz über die Börsen und den Effektenhandel. Insiderhandel.»

Monti blieb stumm für ein paar Sekunden. «Keller? Insiderhandel?»

«Es ist ein anonymes Schreiben mit schweren Vorwürfen gegen Keller bei der Finanzmarktaufsichtsbehörde FINMA eingetroffen.»

«Was stand dort drin?»

«Es geht um Unregelmässigkeiten im Handel mit gewissen Wertpapieren. Er soll Insiderwissen ausgenutzt haben.»

«Wieso sollte jemand, der Millionen verdient, sich auf solche Insidergeschäfte einlassen? Das macht doch keinen Sinn.»

«Eigentlich nicht. Rational ist das Verhalten nicht. Ich hatte vor Kurzem einen ähnlichen Fall. Ein bekannter Verwaltungsrat von zwei börsenkotierten Gesellschaften, der jährlich mehrere Millionen Schweizer Franken als Honorare einsackte, wurde von der FINMA zur Rückzahlung der erzielten Gewinne von rund drei Millionen Franken verurteilt.»

Baltensberger ging noch einmal zu seinem Schrank und holte zwei weitere Ordner hervor. Er zeigte Monti im Internet, wer der Beschuldigte war. Monti kannte die Person nicht, was ihn nicht verwunderte bei seinem geringen Interesse für die Wirtschaft.

«Der Kerl wird hoffentlich in den Knast wandern», sagte Baltensberger.

«Wie kann man nur so naiv sein?»

«Du meinst gierig.» Baltensberger lachte kurz.

«Kennst du andere solche Fälle?»

«Ja, ein halbes Dutzend solcher Fälle hatte ich schon auf meinem Schreibtisch, aber seit 2013 ist alleine die Bundesanwaltschaft dafür zuständig.»

«Sitzen die alle im Gefängnis?»

«Wo denkst du hin. Die meisten kamen zu glimpflich davon. Abmahnung. Berufsverbot. Gewinnrückerstattung.»

Monti sah den Frust in Baltensbergers Gesicht.

Was waren die Beweggründe dieser Personen?

Das Ausüben und Ausnützen ihrer Machtposition?

Oder war es eine krankhafte Gier oder ein Spieltrieb?

«Immer noch ein Kavaliersdelikt?», fragte Monti.

«Ja, bei uns schon. Gemäss meinem Wissensstand gab es seit 2013 lediglich ein Dutzend Verurteilungen und keine Gefängnisstrafe für Insiderhandel. In den USA wären die alle in den Knast gewandert. Wir sind einfach zu weich. Wir setzen die Gesetze nicht hart genug durch.»

«Ueli, das ist ja alles gut und recht. Aber was hat das mit meinem Fall zu tun?»

«Keller setzte Geld auf sinkende Aktienkurse der ‹Berger Industries›.»

«Dio mio!»

«Keller wusste von den Schwierigkeiten der ‹Berger Industries›. Seine Bank drehte der Gesellschaft den Kredithahn zu. Anstatt zu helfen, machte er Profit aus der schwierigen Situation seines Kunden.»

«Wie?»

«Er wusste von der Schieflage der Firma und setzte dann über einen Fonds mittels Optionen auf sinkende Aktienkurse der Gesellschaft.»

«Einfach verdientes Geld.»

«Kann man so sagen.»

«Denkst du, der anonyme Brief stammte von Berger?»

«Die Bundesanwaltschaft hatte ihn bereits als Zeugen vorgeladen, aber sein plötzlicher Tod macht dies nun hinfällig.»

«Keller sass am selben Tisch mit Berger.»

«Ja, das hat mir Müller bereits mitgeteilt. Deshalb habe ich dich auch kontaktiert.»

«Ueli, wie weit sind die Abklärungen?»

«Ziemlich weit. Ich erwarte, dass die Bundesanwaltschaft in den nächsten Tagen Anklage gegen Keller erheben wird. Es fehlt nur noch der Bericht der FINMA.»

«Wie sieht die Beweislage aus?»

«Das Ganze stinkt zum Himmel. Aber ob wir genug Beweise finden, steht auf einem anderen Blatt Papier geschrieben. Die Banker sind in der Regel zu clever für uns», sagte Baltensberger mit einem verschmitzten Lachen.

Das war eine Bombe.

Gab es tatsächlich einen Zusammenhang zwischen dem FINMA-Verfahren und dem Mord an Berger?

«Wenn du uns kaputtmachst, mache ich dich kaputt.» Monti kamen die Worte in der E-Mail in den Sinn.

Wirtschaftsdelikte wie Insiderhandel gehörten nicht in seinen Aufgabenbereich, entsprechend wenig Wissen und Erfahrung hatte Monti darüber. Nach dem Gespräch ging Monti auf einen Espresso ins La Stanza, wo er Patrick Seiler sah, einen anderen gern gesehenen Stammgast. Dieser gönnte sich jeden Morgen seinen Kaffee Crème und ein paar Cornetti. Seiler war ein erfahrener und stolzer Banker der alten Schule. Monti wusste zwar nicht, in welcher Abteilung und Funktion, geschweige denn in welcher Bank dieser tätig war, aber er rang sich durch, ihm ein paar Fragen rund um das Bankwesen zu stellen.

«Darf ich mich zu Ihnen setzen?», fragte Monti.

«Sicher.»

«Herr Seiler, Sie sind doch Bankier?»

«Ich gehöre zum Inventar der Regionalbank.»

«Können Sie mir sagen, wie ein Banker ein Insiderhandelsgeschäft vornehmen kann?»

Seiler stutzte und schaute Monti verdutzt an. «Herr Monti, möchten Sie mich verhaften?»

«Nein, ausser Sie trinken keinen zweiten Kaffee mit mir.» Monti schmunzelte und bestellte die Getränke bei Giuseppe.

«Zu Ihrer Frage, das ist heute gar nicht mehr so einfach.»

«Was hat sich verändert?»

«Früher war es gang und gäbe, sich etwas nebenbei zu verdienen. Ein Kavaliersdelikt.»

«Und heute?»

«Heute werden alle Konten von der unternehmenseigenen Compliance-Abteilung respektive von den IT-Systemen systematisch überwacht.»

«Aber da gibt es sicherlich Möglichkeiten, das zu umgehen?»

«Ich würde das nicht riskieren. Nicht mehr.» Seiler zwinkerte Monti zu.

Giuseppe brachte die Kaffeetassen und ein paar duftende Cornetti an den Tisch.

«Wie würden Sie es machen?», fragte Monti.

«Am einfachsten ist es wohl, wenn man die Transaktionen unter einem anderen Namen laufen lässt.»

«Das unterbricht die kausale Kette.»

«Ja. Leider gibt mir niemand solche Insiderinformationen, da ich bloss ein kleines Rädchen in der IT-Abteilung bin und nicht an der Kundenfront arbeite», sagte Seiler und lachte.

«Wäre es einfacher für Ihren Chef, so etwas zu tun?»

«Einfacher schon. Er hat Zugriff auf die Daten, aber mein Chef verdient mehrere Millionen Schweizer Franken pro Jahr. Der hat doch gar keine Zeit und Lust für solche Dummheiten. Das ist eher etwas für die schlechter Bezahlten und Frustrierten unter uns Bankern.»

«Gibt es solche denn überhaupt?»

Seiler grinste. «Schlecht bezahlte vielleicht nicht, aber frustrierte Banker gibt es wie Sand am Meer.»

Sie lachten und verabschiedeten sich. Monti ging an die Theke und bezahlte die Rechnung.

Wenig später sass Monti im Schnellzug nach Bern. Er hatte den zuständigen Sachbearbeiter bei der FINMA kontaktiert und ein kurzfristiges Treffen arrangiert. Alle Abteile des Schnellzuges waren gerappelt voll, die Stimmung entsprechend angespannt. Monti schnappte sich den letzten freien Platz im Speisewagen, bestellte einen Espresso bei der gestressten Serviceangestellten. Der Kaffee schmeckte besser als erwartet. Monti war froh, dass er sich diesem Dichtestress nicht jeden Tag aussetzen musste, da war ihm der Umgang mit Urech und der Polizeikommandantin hundertmal lieber.

In Bern angekommen, nahm er den rechten Ausgang und die Rolltreppe, die ihn zum Bahnhofplatz führte. Die Leute hier erschienen ihm viel gelassener als in Zürich. Trotz der grossen Menge an Leuten rund um den Bahnhof kam keine Hektik auf.

Am Empfang der FINMA an der Laupenstrasse 27 meldete er sich an und füllte das obligate Besucherformular aus. Unverzüglich schritt die Empfangsdame hinter dem Tresen hervor und führte ihn in ein Sitzungszimmer, welches locker für zwei ganze Fussballmannschaften ausgereicht hätte. Der Raum war mit modernster Technik ausgestattet, einem grossen Samsung-

Flachbildschirm und dicken Lautsprechern von Bang & Olufsen. Monti wünschte, sie hätten solche Ausstattungen bei der Kriminalpolizei, aber dort mussten solche Investitionen Jahr für Jahr aufgeschoben werden, da der Kanton immer wieder neue Sparprogramme verordnete. Die FINMA als Bundesbehörde schien keine solchen Programme zu kennen, oder führte sie vielleicht schwarze Kassen mit Bankgeldern? Kein Wunder hegte Müller immer wieder Wechselgedanken zur Bundesanwaltschaft.

Monti stellte sich vor und tauschte ein paar Nettigkeiten mit dem Beamtenkollegen aus, der sich als Max Burkhalter vorstellte.

«Was ist der Stand der Ermittlungen im Verfahren gegen Paul Keller?»

«Wir initiierten ein Enforcement-Verfahren.»

«Was für ein Verfahren?»

«Ein Enforcement-Verfahren. Wir untersuchen, ob Herr Keller vertrauliche und kursrelevante Informationen erhalten hatte und diese dann für eigene Börsengeschäfte verwendete», erläuterte Burkhalter.

«Wer hat Ihnen diese Informationen gesteckt?»

«Wir haben einen anonymen Brief erhalten.»

«Von wem könnte der stammen?»

«Keine Ahnung. Meist kommen unsere Hinweise von Bankmitarbeitern.»

Burkhalter streckte ihm den maschinengeschriebenen Brief hin. Monti las ihn mit grosser Aufmerksamkeit.

Der Geschäftsführer der Tellbank, Herr Paul Keller, liefert einem Strohmann auf den Cayman Islands systematisch kursrelevante Informationen über börsenkotierte Unternehmen aus seiner Bank heraus. Der Strohmann führt dann durch den Einsatz von Derivaten Börsentransaktionen durch, wodurch der aktiv gemanagte Fonds von den zu erwartenden Kursbewegungen der Titel profitiert. Dies geschah zum Beispiel mit Aktien der «Berger Industries AG», ISIN CH000139597658. Herr Keller hatte Kenntnis davon, dass seine Bank der «Berger Industries AG» die Kredite kündigte, und informierte seinen Strohmann entsprechend. Im Anhang erhalten Sie einen dazugehörigen Transaktionsbeleg der ausführenden Bank.

Transaktionsbeleg 12234543
Kunde: 874963 – TRADING

Kauf von 150'000 BLUPT zu 2.54 CHF = CHF 381'000
Kommission CHF 4'700
Abgaben CHF 900
Börsengebühren CHF 78
Zu Ihren Lasten CHF 386'678

Monti konnte keinen Kundennamen entdecken.

Burkhalter sagte: «Der Informant spricht von einem aktiv gemanagten Fonds auf den Cayman Islands. Keller gebe sein Insiderwissen über Kunden seiner Bank an den Fondsmanager weiter. Dieser kauft oder verkauft dann die Aktien der Gesellschaft oder Derivate und erzielt so Profite aus diesem Wissen.»

«Das ist aber gerissen.»

Burkhalter lächelte. «Das kann man so sagen.»

«Wie viel Gewinn hat Keller mit diesen Börsengeschäften gemacht?»

«Stand heute: vielleicht einige hunderttausend Franken, aber unsere Untersuchung ist noch nicht abgeschlossen.»

«Was wissen wir über den Fonds?»

«Leider nicht viel. Wir kennen weder den Namen noch den Zweck des Investitionsvehikels. Wir brauchen ein Amtshilfeverfahren mit den Cayman Islands, um an diese Informationen zu kommen.»

Amtshilfeverfahren dauerten lange und ihr Ausgang war im besten Fall ungewiss. Verfahren verjährten oder wurden eingestellt. Bürokratie vom Feinsten.

«Und was ist das Strafmass für solche Vergehen?», fragte Monti.

«Wir von der Finanzmarktaufsichtsbehörde können eine Feststellungsverfügung aussprechen und die unrechtmässig erzielten Gewinne einziehen, im vorliegenden Fall kommt ein Berufsverbot in Frage. Der Rest ist Sache der Bundesstaatsanwaltschaft.»

Mit «Rest» meinte er Gefängnisstrafen, das wusste Monti. «Reichen die Indizien und Aussagen für eine solche Verfügung?»

«Zurzeit nicht. Es kommt in der Regel nur zu Verurteilungen, wenn alles hieb- und stichfest bewiesen werden kann.»

«Was sind Ihre nächsten Schritte?»

«Wir werden weitere Personen von der ‹Berger Industries AG› und der Tellbank befragen. Leider ist Herr Berger verstorben. Wir hatten einen Gesprächstermin mit ihm vereinbart.»

«Wie lange geht ein solches Verfahren in der Regel?»

«Sechs bis zwölf Monate.»

Monti verstand nicht, weshalb man so lange brauchte, um einen solchen Sachverhalt aufzuklären. Müller verlangte von ihm, einen Mordfall innert weniger Wochen aufzuklären, und die Bundesbeamten brauchten ein Jahr, um ein paar Börsentransaktionen zu analysieren.

«Wie viele solcher Fälle bearbeitet die FINMA pro Jahr?»

«Ich schätze, so neunzig Fälle. Rund ein Drittel der Verfahren enden mit einer Verfügung. In der Mehrheit der Fälle können wir den Beschuldigten nichts nachweisen.»

«Warum nicht?»

«Die kausalen Zusammenhänge sind nicht klar oder nicht beweisbar. Eine Verurteilung mit Berufsverbot hat es, wenn ich mich nicht täusche, erst zwei Mal gegeben, seit ich hier bin.»

Monti bedankte sich bei Burkhalter. «Halten Sie mich auf dem Laufenden.»

In Gedanken vertieft, lief Monti den kurzen Weg zurück zum Bahnhof. War Marc Berger der Absender des anonymen Briefs an die FINMA? Hatte er Keller damit erpresst?

Monti erwischte den Fünfzehn-Uhr-einunddreissig-Direktzug nach Zürich und begab sich in ein Erste-Klasse-Abteil. Er nahm sein Handy aus dem Sakko und wählte Frau Webers Nummer.

«Frau Weber, ich muss unbedingt Herrn Keller noch einmal treffen.» Die veränderte Lage erforderte dies.

«Wann?»

«In einer Stunde, dann komme ich am Hauptbahnhof an.»

«Ich versuche mein Bestes.»

Der IC 1 kam pünktlich um sechzehn Uhr achtundzwanzig auf Gleis 33 im Hauptbahnhof an. Monti stieg auf die Rolltreppe, nahm den Ausgang bei der Löwenstrasse und marschierte zum Löwenplatz, als sein Magen knurrte. Der Termin mit Keller bei der Tellbank stand um fünf Uhr an, er hatte Zeit für einen kurzen Abstecher, um sich im «Sprüngli», das sich neben der Tramhaltestelle Löwenplatz befand, eine Brioche und einen Espresso zu gönnen.

Um kurz nach fünf Uhr sass Monti wieder in einem Sitzungszimmer der Tellbank, diesmal stand ein frisch gepresster Orangensaft vor ihm.

«Herr Monti, was verschafft mir denn die neuerliche Ehre Ihres Besuchs?», fragte Keller, als er ins Zimmer hereinplatzte.

«Die FINMA ermittelt gegen Sie wegen Insiderhandels. Warum haben Sie mir das gestern nicht erzählt?»

«Sie haben mich nicht danach gefragt.»

Monti schaute ihn mit strengem Blick an.

«Was hat das mit dem Tod von Marc Berger zu tun?», fragte Keller.

«Das Verfahren hat mit der Gesellschaft von Marc Berger zu tun, der Sie die Kredite gekündigt haben. Ich mache Sie darauf aufmerksam, dass das Zurückhalten von Informationen strafrechtliche Konsequenzen haben kann.»

«Beruhigen Sie sich. Wir können es nun nachholen, wenn Sie schon da sind.» Keller sprach nun nicht im gleichen selbstsicheren Ton wie gestern Vormittag.

«Wie ist der Stand dieser Ermittlungen der FINMA?»

«Das müssen Sie die FINMA oder meinen Anwalt fragen.»

«Was sagt Ihr Verwaltungsrat zur Untersuchung?»

«Ich habe die Untersuchung dem Verwaltungsrat offengelegt und den Sachverhalt detailliert erklärt. Alle Mitglieder des Verwaltungsrates stehen geschlossen hinter mir.»

«Wer hat den Fall ins Rollen gebracht?»

«Das weiss ich nicht, fragen Sie doch Ihre Beamtenkollegen bei der FINMA.»

«Was droht Ihnen bei einer Verurteilung?»

«Damit habe ich mich nicht beschäftigt.»

«Berufsverbot würde Ihnen drohen. Nicht wahr? Sie sind zu jung, um in Pension zu gehen.»

«Da mache ich mir keine Sorgen. Die FINMA hat nichts gegen mich in der Hand.»

«Ist es nicht erstaunlich, dass Berger gerade Tage vor der Anhörung durch die FINMA getötet wurde?»

«Das ist reiner Zufall.»

«Meinen Sie?»

Monti liess Keller kurz durchatmen, bevor er das Gespräch fortsetzte. «Sie haben ein Motiv.»

«Jetzt fangen Sie nicht an zu halluzinieren. Sie machen sich gerade lächerlich.»

«Wir werden sehen.»

«So, ich muss weiter. Sind wir fertig?» Keller stand auf.

«Ja, vorerst.»

Sie reichten sich die Hände, Keller wich dem Augenkontakt aus. Er stand bereits bei der Tür, als er sich zu Monti umdrehte.

«Herr Monti, Sie sind auf der falschen Fährte.»

«Was ist schiefgelaufen? Warum hat man Sie ertappt?»

«Unsinn. Ich habe mich stets korrekt verhalten.»

«Das wird sich zeigen.»

«Ich bin unschuldig. Die FINMA wird das Verfahren in Kürze einstellen.»

Wo Rauch ist, ist auch Feuer, dachte sich Monti, als er aus dem Bankgebäude trat.

Er machte sich auf den Weg zurück an die Kasernenstrasse.

Monti nahm einen grossen Schluck aus der Mineralwasserflasche, die auf seinem Pult stand. Er stöberte im Internet, schaute sich den Geschäftsbericht des letzten Jahres der Tellbank an und öffnete ihn. Er suchte nach dem Namen Keller. Dieser kam über fünfzigmal vor. Er las mit Bedacht alle Sätze, wo der Name Keller erwähnt war. Keller verdiente letztes Jahr rund acht Millionen Schweizer Franken plus hoher Beiträge für die Pensionskasse.

Monti kratzte sich am Hinterkopf. Das Ganze ergab keinen Sinn für ihn. Seine Erfahrung und sein Spürsinn lehrten ihn, keine voreiligen Schlüsse zu vermeintlich rationalem Verhalten von Menschen zu ziehen. Regel Nummer eins: Glaube nicht an rationales Verhalten von Personen. Er machte sich eine kleine Aktennotiz, druckte sie aus und hängte sie an seiner Pinnwand auf.

Wieso sollte Keller für ein paar hunderttausend Franken Insidergeschäfte machen?

Was war das Motiv?

War der Tod von Berger einfach nur Zufall, wenn auch ein günstiger für Keller?

Als Nächstes kam die Freundin von Keller zur Sprache. «Ich habe Frau Mäder überprüft. Die Frau arbeitet als Ärztin am Universitätsspital, sie ist erst seit Kurzem mit Keller liiert. Sie hat Berger an der Gala zum ersten Mal getroffen», sagte Lüscher, die etwas zu spät für die Besprechung des Teams in Montis Büro eintrudelte.

«Als Ärztin kommt sie sicherlich einfach an das Giftmittel heran», sagte Urech.

«Warum sollte eine Ärztin einfach an ein verbotenes Insektizid kommen?», fragte Lüscher.

«Sie könnte das Gift sicher in der Spitalapotheke zusammenbrauen», antwortete Urech.

«Du schaust zu viel ‹Asterix und Obelix›, wenn du mich fragst», sagte Lüscher.

Monti unterbrach die Diskussion der beiden, indem er von seinen Gesprächen bei der FINMA und mit Paul Keller erzählte.

«Keller war in Bern am Tag der Gala?», hakte Urech nach.

«Er war im Kursaal in Bern und hat einen Vortrag gehalten. Und jetzt haltet euch fest: Der Kursaal liegt im selben Bezirk, in dem die Trauerkarte eingeworfen wurde.»

«Dann hätte Keller die Trauerkarte aufgeben können», sagte Lüscher.

«Das ist eine Möglichkeit, der wir nachgehen müssen, aber beweisen können wir es im Moment nicht», sagte Monti und fuhr sich durch die Haare. «Wir müssen seine Fingerabdrücke mit denen auf der Trauerkarte vergleichen.» Er übergab den Laptop und den Scanner an Lüscher.

«Denkt ihr, dass es einen Zusammenhang gibt zwischen dem Insiderhandel, in den Keller verstrickt ist, und dem Mord an Berger?», fragte Lüscher.

«Ich weiss es nicht. Aber es ist schon merkwürdig, dass Keller Insidergeschäfte auf Kosten der ‹Berger Industries› tätigte», erwiderte Monti.

«Ein richtiger Schlawiner. Der Kerl hat Dreck am Stecken», warf Urech ein.

«Es sieht so aus.» Monti lief auf und ab und schaute an die Decke.

«Welche Rolle spielt Häfliger in der ganzen Geschichte?», fragte Urech.

«Das müssen wir ihn fragen», sagte Monti, der Häfliger für einen gewieften Politiker hielt. Aber dass dieser in einen Mord verwickelt wäre, das überstieg sein Vorstellungsvermögen.

«Es ist schon etwas komisch, dass Berger mit ihm zuerst Mittag essen ging, ihn dann an der Gala sah und am nächsten Tag auch noch mit ihm frühstücken wollte. Die haben sicherlich nicht nur Panini-Bildchen getauscht», sagte Urech.

«Vielleicht wussten die beiden etwas über Keller», sagte Lüscher.

«Es bringt uns nicht weiter, darüber zu spekulieren. Morgen wissen wir mehr. Ich habe einen Termin bei Häfliger.»

«Sollten wir nicht die Ehefrau von Berger noch einmal vorladen?», fragte Urech.

«Weshalb meinst du?» Monti stutzte.

«Sie wird den ganzen Zaster erben. Geld ist immer ein gutes Motiv», antwortete Urech. Monti erinnerte sich, dass er es unterlassen hatte, nach dem Testament zu fragen.

Urech und Lüscher berichteten, dass sie nun die Gästeliste vollständig abtelefoniert hätten. Die Aktion hatte nichts Neues an den Tag gebracht, wie Urech mit trotzigem Blick sagte. Lüscher erzählte, dass sie die beiden Agrarhandlungen im Elsass in Begleitung der Police municipale besucht hatte. Die Chefs der Agrarhandlungen verweigerten jegliche Aussage und verwiesen auf ein laufendes Verfahren. Beide Geschäfte verfügten über keine Kameras, und die veralteten Kassen, mit denen abgerechnet wurde, verfügten über keine Speicher. Mit Kreditkarte konnte man schon gar nicht bezahlen. Der Trip hätte nichts gebracht ausser der Erkenntnis, dass der Täter auch dort keine Spur hinterlassen hatte.

Je länger Monti über den Fall nachdachte, desto mehr glaubte er, dass sie etwas Entscheidendes übersehen hatten.

Etwas Naheliegendes.

12

«Dio mio!», fluchte Monti, als er bemerkte, dass er sich bei der morgendlichen Nassrasur oberhalb der Lippe geschnitten hatte. Er rieb das Blut mit einem Waschlappen weg und klebte ein braunes Pflaster auf die Wunde; die transparenten und wasserfesten Exemplare, die etwas weniger auffällig im Gesicht gewirkt hätten, konnte er nicht finden.

Monti fühlte die Anspannung, er hatte ein mulmiges Gefühl in der Magengegend, rückte doch der Termin beim Justizdepartement näher, den er vor sich hergeschoben hatte, bis er sich eingestand, dass es keine Alternative zu einem Besuch bei Häfliger gab. Regierungsrat hin oder her. Er musste dessen Rolle im Mordfall abklären. Er hatte Respekt davor, Müllers obersten Vorgesetzten zu vernehmen. Schlussendlich waren sie alle im selben Team, aber wenn das Gespräch eine falsche Wendung nahm, gäbe es sicher eine Retourkutsche. Zuerst wollte er Urech vorschicken, aber dessen fehlendes diplomatisches Flair und die nicht über alle Zweifel erhabenen Manieren zwangen ihn zur Einsicht, das Gespräch selber durchzuführen.

Er nahm das 11er-Tram und stieg am Bahnhofquai aus, wo er sich trotz der heftigen Niederschläge entschied, den restlichen Weg zu Fuss auf sich zu nehmen. Mit einem Kraftakt gelang es ihm, den Regenschirm aufzuspannen, Wind und Regen schienen von allen Seiten zu kommen. Er überquerte die Walchebrücke und lief der Limmat entlang auf dem Neumühlequai, bis er die Hausnummer zehn im Blickfeld hatte. Ein nervöser Autofahrer hupte, als ein Wagen beim Umschalten der Ampel nicht gleich losfuhr. Hinter dem Central ragten die Doppeltürme des Grossmünsters herauf. Die Buchen, die das Quai von der befahrenen Strasse trennten, beugten sich zum Flussufer herunter, als ob sie sich vor dem Wettergott verbeugen würden, um für besseres Wetter zu flehen. Monti genehmigte sich noch eine Davidoff, die er nur mit viel Mühe anzuzünden vermochte, und schaute auf die gegenüberliegenden grossen Metalltüren des Kaspar-Escher-Hauses, über denen zwei aus Stein gemeisselte Löwen thronten, die mit ihren Pfoten das in die Jahre gekommene verschmutzte Zürcher Wappen beschützten.

Die Empfangsdame führte ihn in ein helles, modernes Sitzungszimmer und fragte nach seinem Kaffeewunsch. Einen Kaffee konnte er gut gebrauchen. Sein Blutzuckerspiegel brauchte etwas Auffrischung, und der Espresso schmeckte dann auch vorzüglich. Die Justizdirektion schien über bessere Kaffeemaschinen als die Ermittlungsabteilung Gewaltkriminalität zu verfügen. Das kantonale Sparprogramm hatte hier noch nicht Einzug gehalten.

Keine zwei Minuten nachdem die Dame ihm seinen Espresso gebracht hatte, machte Regierungsrat Häfliger seine Aufwartung.

Monti fiel auf, dass dieser mehr graue Haare hatte als auf seinen offiziellen Fotos auf der Homepage des Regierungsrates, auch mehr, seit sie sich das vorletzte Mal begegnet waren. Aber sonst sah er ganz gut aus für sein Alter. Etwas blasser schien er heute zu sein, aber seine blauen Augen waren einnehmend. Sein Parfüm roch fruchtig, aber nicht aufdringlich, nach Bergamotte und Jasmin.

«Erst haben wir uns fast ein Jahr lang nicht mehr gesehen, und nun sehen wir uns fast täglich, Herr Monti.»

«So will es der Zufall, Herr Häfliger.»

Monti betrachtete seine leere Espressotasse und nahm den Amarettino, der auf dem Teller daneben lag, in die Hand. Er war hart wie ein Stein, weshalb er ihn unverrichteter Dinge zurücklegte.

«Ich muss Sie zum Fall Berger befragen.»

Häfliger rutschte auf seinem Stuhl hin und her. Die Situation war selbst für einen alten Politfuchs wie ihn ungewohnt. «Wie kommen Sie voran mit der Untersuchung?»

«Schleppend.»

«Sie sind der richtige Mann für den Fall. Ich bin überzeugt, Sie finden den Täter.»

Ein Erfolgserlebnis wäre dringend nötig, dachte sich Monti, ansonsten würde auch der Druck auf ihn zunehmen. Druck, der von der Kommandantin, Müller und der Presse kam; aber noch schlimmer war die eigene Erwartungshaltung, diese setzte ihm am meisten zu.

«Ich würde Ihnen gerne ein paar Fragen zum Galaabend vom 18. April stellen.»

«Stehe ich unter Mordverdacht?» Häfliger lächelte und zeigte seine weissen Zähne.

«Nein, das ist eine reine Zeugeneinvernahme.»

«Dann bin ich aber beruhigt.»

Monti startete mit der Belehrung der Zeugnis- und Wahrheitspflichten, die das Gesetz vorsah vor jeder Zeugeneinvernahme.

Häfliger unterbrach ihn und bezeugte, dass er das ganze Prozedere der Strafprozessordnung als Justizdirektor und ehemaliger Staatsanwalt in- und auswendig kenne, und forderte ihn auf, gleich mit den Fragen zum Fall zu beginnen. Einen Anwalt brauchte er auch nicht.

«Wie war Ihr Verhältnis zu Berger?»

Häfliger rieb mit seiner linken Hand an seinem Kinn. «Wir waren in derselben Partei. Wir hatten lange Zeit die gleiche Stossrichtung, haben zusammen gekämpft, aber in letzter Zeit ist Marc immer mehr von der Parteilinie abgekommen.»

«Inwiefern?»

«Unsere Partei sollte sich stärker für die Industrie anstatt für den Bankenplatz Schweiz einsetzen. Das ist nachvollziehbar, zumindest aus seiner Perspektive. Als er sich aber öffentlich für die Fair-Banking-Initiative der Sozialisten einsetzte, brachte er das Fass zum Überlaufen.»

Monti bemerkte einen Schwachpunkt in seiner Interviewvorbereitung. Die Politik war nicht sein Terrain. Diese Initiative und deren Inhalt waren ihm zwar in Ansätzen bekannt, hatte er doch den Text auf Bergers Pult gelesen, aber dann hatte er vergessen, sich vertiefter damit auseinanderzusetzen, was er nun bereute.

Er kaschierte sein Unwissen für einmal nicht und fragte: «Um was geht es bei dieser Initiative?»

«Der Staat sollte die Banken an die kurze Leine nehmen und stärker überwachen. Das Bankgeheimnis sollte vollständig abgeschafft werden, auch im Inland. Die Initiative sah ein Verbot für jegliches eigene Handelsgeschäft der Banken vor. Die Löhne der Bankmanager sollten einen Deckel von fünfhunderttausend Franken pro Mitarbeiter haben, und sämtliche Abgangsentschädigungen sollten verboten werden. Das hat doch nichts mehr mit dem Gedankengut unserer Partei zu tun.»

«Ich nehme an, Ihre Partei lehnt die Initiative ab.»

«Niemand ausser Marc war für die Initiative. Er war ganz auf sich alleine gestellt. Vor Jahren hätte er selber an vorderster Front gegen eine solche Initiative gekämpft.»

«Gab es Streit zwischen ihm und Ihnen deswegen?»

«Streit nicht, aber wir haben ein paar harte Diskussionen geführt, aber das ist normal.»

«Weshalb kam es zu diesem Gesinnungswandel bei Berger?», fragte Monti, dem es suspekt vorkam, dass ein Unternehmer, der seit Jahren für die Freiheitliche Partei im Nationalrat sass, plötzlich eine diametral andere Ansicht vertrat.

«Die Banken haben seinem Unternehmen keine Kredite mehr gegeben, und da holte er zum Gegenschlag aus», sagte Häfliger und zuckte mit den Schultern, um sein Unverständnis zu unterstreichen.

«Hatte er Feinde?»

«Im Gestrüpp der politischen Seilschaften kann aus einem Freund rasch einmal ein Feind werden. Aber konkret ist mir nichts bekannt.»

«Wie ging es ihm sonst so, ist Ihnen etwas aufgefallen?»

«Er wirkte nervös, und ich habe von der angeblichen Schieflage seiner Gesellschaft gehört. Aber das war ja nur ein Gerücht.»

«Haben Sie ein sonderbares Verhalten von Marc Berger am Galaabend festgestellt?»

Häfliger griff sich mit der linken Hand an die Schläfe und strich durch sein ergrautes Haar. «Er ging öfters nach draussen, um eine Zigarette zu rauchen. Und dann war da noch etwas …»

«An was denken Sie?»

«Ich habe mitgekriegt, wie er an der Bar einen Streit mit Paul Keller, dem CEO der Tellbank, hatte.»

«Haben Sie mitgekriegt, worum es in dem Streit ging?»

«Nein, ich war zu weit weg. Ich habe ihn nur wild mit den Händen umherfuchteln gesehen.»

«Haben Sie sich mit Marc Berger an der Gala unterhalten?»

«Ja, wir haben uns kurz ausgetauscht. Aber nur Small Talk.»

«Wann hatten Sie ihn vorher zum letzten Mal getroffen?» Fangfrage. Er wollte Häfliger testen.

«Wir assen zu Mittag zusammen an diesem Tag.»

Test bestanden. «Was war der Grund für dieses Treffen?»

«Er wollte mit mir verschiedene politische Themen diskutieren.»

«Um was ging es genau?»

Häfliger legte eine kurze Pause ein, dachte nach, bevor er weitersprach. «Verschiedene neue Vorstösse, die er ins Parlament bringen wollte. Und er wollte von mir Rückhalt in der Partei. Er stand – milde gesagt – etwas unter Druck.»

«Weshalb wollte er Sie dann unbedingt am nächsten Morgen zum Frühstück treffen? Was war so dringend?»

«Das hat er mir nicht gesagt.»

Diese Aussage erschien Monti nicht vollständig glaubwürdig, da steckte mehr dahinter. Ein viel gefragter Mann wie Häfliger würde doch nicht spontan für ein Frühstückstreffen zusagen, wenn nicht etwas Wichtiges anstand. Da war Feuer unter dem Dach. Die Frage war nur, in welchem Haus es brannte.

«Hatte er etwas angedeutet?»

«Nur, dass es wichtig sei für unsere Partei. Mehr nicht. Und am nächsten Morgen ist er dann nicht im ‹Storchen› erschienen, weshalb ich ihn mehrfach auf seinem Handy angerufen habe. Vergeblich.»

Monti bedankte sich bei Häfliger und schüttelte ihm die Hand, die eiskalt und feucht war.

Häfliger war ein wendiger Politiker, agierte wie ein Degenfechter, liess seine Gegner mit geschickten Finten immer wieder ins Leere laufen.

Häfliger verheimlichte etwas.

«Die Kommandantin möchte Sie sofort sehen», sagte Frau Weber, als er sein Büro betrat. Sie drehte sich kurz zu ihm um, bevor sie die restlichen orangefarbenen Tulpen in die Vase auf seinem Bürotisch stellte.

Monti wusste nicht, was der Grund für die kurzfristig anberaumte Unterredung sein könnte. Nichts Gutes, war die Kommandantin doch nicht dafür bekannt, Lobeshymnen auf ihre Mitarbeiter zu singen, schon gar nicht während eines laufenden Verfahrens.

Dr. iur. Angela Bitterli war eine ehemalige Staatsanwältin, die in den neunziger Jahren einige spektakuläre Fälle von Wirtschaftskriminalität im Kanton Solothurn aufgeklärt hatte. Sie verschlug es dann aufgrund einer privaten Liaison nach Zürich, heiratete den Geschäftsführer einer grossen Schweizer Versicherungsgesellschaft, von dem sie sich keine zwei Jahre später wieder scheiden liess und den sie gegen einen pensionierten Regierungsrat eintauschte, der ihr zum Posten bei der Kantonspolizei verhalf. Sie sah zwanzig Jahre älter aus, als sie an Jahren zählte. Gemäss Website des Kantons war sie sechzig. Ihr Gesicht war von den vielen Solariumbesuchen und dem ausgiebigen Zigarettenkonsum gekennzeichnet und mit Falten durchzogen. Ihre blauen Augen waren zwar wach, aber von grossen Ringen umgeben. Ihre kurzen grauen Haare waren stark nach hinten frisiert, als hätte sie Stunden im Windkanal gestanden, und bildeten Stacheln wie bei einem Igel.

Monti klopfte dreimal an ihre Bürotür und wartete. Er hörte

die Geräusche von Stilettos, die sich rasch der Tür näherten. Die Tür wurde aufgerissen, und Bitterli stand vor ihm. Monti erschrak, als stände ein Drache vor ihm. Sie trug eine violette Bluse und graue Stoffhosen.

«Monti, kommen Sie rein. Nehmen Sie Platz.»

Er setzte sich in einen der beiden unbequemen Plastikstühle am Sitzungstisch, die für die Gäste bereitstanden. Sie holte ein Dossier aus dem Schrank, setzte sich zu ihm an den Gesprächstisch, wo eine violette Orchidee stand, welche sie zur Seite schob.

«Monti, Ihre Abteilung hat ein gewisses Eigenleben entwickelt.»

Da hatte sie durchaus recht.

Ihre Stimme war so tief wie bei einem Tenor. Ihre Aura verbreitete Angst und Schrecken, nicht nur bei den Kriminellen, sondern noch viel mehr bei den Mitarbeitern der Polizei, Monti war keine Ausnahme. Alle Mitarbeiter der Kriminalpolizei sehnten sich ihre Pensionierung herbei.

«Frau Kommandantin, inwiefern meinen Sie das?», fragte Monti und setzte seine Unschuldsmiene auf.

«Unser internes Qualitätsmanagement hat gravierende Mängel festgestellt.»

«Qualitätsmanagement» war der Fachausdruck für Kontrolle bei der Kriminalpolizei. Die Stabsabteilung kontrollierte die Einhaltung der internen Prozesse und Dienstvorschriften, erstellte eine Unmenge an Berichten für die Führungsetage. Alles Mögliche und Unmögliche wollte sie messen, bewerten und vergleichen. Der dadurch ausgelöste Druck führte dazu, dass die Risikoaversion bei den Angestellten gestiegen war. Er musste sich ständig mit diversen Papieren und E-Mails absichern, und man musste immer einen anderen Sündenbock in der Hinterhand haben, falls einmal etwas schieflief und ans Tageslicht kam. Niemand stand mehr hin und übernahm Verantwortung für Fehler oder Fehleinschätzungen. Wer es trotzdem tat, riskierte eine interne Untersuchung oder eine Versetzung.

Bitterli fuhr fort: «Die Dienstvorschriften kennen Sie nur vom Hörensagen. Ich bin auch für pragmatisches Handeln, aber Ihre Interpretation geht mir entschieden zu weit.»

«Was meinen Sie damit?»

«Ich sage Ihnen, was ich damit meine. Ich habe hier eine lange Liste von Ihren Verfehlungen. Wenn ich alles aufzählen würde, bräuchte ich zwei Tage: Abhören von Telefonen von Verdächtigen ohne richterliche Bewilligung, Missachtung des Rauchverbots im Büro, eigenmächtige Möblierung Ihres Büros, wiederholtes Ausfüllen von Mitarbeiterbewertungen durch Ihre Sekretärin und so weiter.»

Sie drückte ihm ein Dokument mit einer langen Liste von Verfehlungen in die Hand, bei dessen Betrachtung Montis Gesicht kreidebleich wurde. Sein Blutzuckerspiegel sank merklich ab. Er war kein Kind von Traurigkeit. Die eine oder andere Sache hatte er sicherlich nicht ganz nach den Dienstvorschriften erledigt, aber dass sich über die Jahre so viele Sachen angestaut hatten, überraschte ihn selber, und noch mehr, dass die Kommandantin diese alle herausgefunden hatte.

«Aber das sind doch Bagatellen», sagte er mit dünner Stimme.

«Bagatellen?»

«Sie müssen doch auch die grossen Ermittlungserfolge anschauen.»

Bitterli schüttelte den Kopf. «Ihre ermittlungstaktischen Fähigkeiten sind – oder sollte ich besser sagen: waren? – unbestritten, Ihre Methoden sind jedoch ohne Zweifel von fragwürdiger Natur. Sie sind in unserem internen Rating auf die Stufe ‹ungenügend› abgesunken.»

Das Rating mass alle möglichen Grössen wie Einhaltung der Prozesse, pünktliche Ablieferung der Spesenformulare, Besuch von Weiterbildungskursen, Anzahl bearbeitete Fälle oder verwendete Zeit pro Fall.

«Mit Verlaub, das Ratingsystem legt den Fokus auf die quantitativen Faktoren, sollte es nicht auch die qualitativen Faktoren wie die Schwierigkeit der bearbeiteten Fälle berücksichtigen?»

«Unser System hat sich etabliert. Wir müssen nichts daran ändern.»

«Aber –»

«Nein, Sie müssen sich verändern, lieber Herr Monti.»

Wieder waren Veränderungen von ihm gefordert. Das Gespräch war kurze Zeit später beendet. Monti kam mit dem Schrecken davon. Bitterli hatte es bei einer Ermahnung belassen.

13

Als er am Freitagmorgen seine Bürotür öffnete, sah er die Hinteransicht von Frau Weber, die sich über seinen Bürotisch bückte und ein langes graues Kabel am Monitor seines Computers einklinkte. Er räusperte sich, um sie nicht zu erschrecken. Als sie ihn bemerkt hatte, drehte sie sich zu ihm und richtete ihre Haare.

«Ich muss nur noch eine Software und die Kamera installieren, dann bin ich fertig, und Sie können an der Videokonferenz teilnehmen.»

«Machen Sie das.» Monti drehte sich um und ging nach draussen.

Keine fünf Minuten und eine Raucherpause später betrat Monti seine erste Videokonferenz, die Staatsanwalt Baltensberger kurzfristig einberufen hatte, da er in Bern weilte, und an der auch Müller teilnahm.

«Ich habe heute den Zwischenbericht der FINMA zum Fall Keller erhalten. Ich wollte Sie beide darüber informieren. Vielleicht gibt es einen Zusammenhang mit Ihrem Mordfall», begann Baltensberger.

«Inwiefern? Hast du neue Beweise?», fragte Monti.

«Die Indizien sprechen klar gegen Keller. Er musste den ausländischen Fonds über die Kündigung des Kredits der ‹Berger Industries› informiert haben, um die satten, unstatthaften Gewinne zu ermöglichen.» Baltensberger rieb sich die Hände und lächelte in die Kamera.

Ein dicker Fisch ist ihm ins Netz gegangen, dachte Monti. «Was sind die nächsten Schritte?»

«Wir werden ihn verhaften, und die Bundesanwaltschaft wird mit unserer Unterstützung Untersuchungshaft für Keller beantragen», sagte Baltensberger.

«Reichen die Indizien dafür aus?»

«Jetzt dürfen wir keine Zeit verlieren. Wir müssen seine

Daten durchforsten, bevor sie sich in Luft auflösen. Bei Wirtschaftskriminaldelikten ist der Zeitfaktor kritischer als bei Mordfällen. Die Verdunklungsgefahr ist der Feind Nummer eins der Staatsanwaltschaft.»

Müller war für einmal still geblieben, äusserst still, sein Gesicht war bleich. Keller, einer der bekanntesten Banker am Paradeplatz, in Untersuchungshaft. Das waren schlechte Nachrichten. Für die Partei. Für Regierungsrat Häfliger. Aber auch für ihn.

Monti drückte auf den roten Knopf am unteren Rand des Bildschirms und beendete die Videokonferenz.

Er rief sich das Gespräch mit Bitterli in Erinnerung. Das laute Klingeln des Telefons riss ihn aus seinen Gedanken. Er nahm den Hörer ab, Frau Weber war am Telefon.

«Herr Monti, ein Herr Burkhalter von der Finanzmarktaufsichtsbehörde ist am Telefon. Kann ich ihn durchstellen?»

«Stellen Sie ihn durch, Frau Weber. Danke.»

Es gab ein Klicken in der Leitung, und die Verbindung stand.

«Herr Monti, das Ausmass der Transaktionen im Fall Keller erscheint viel grösser als ursprünglich vermutet. So einen Fall haben wir noch nicht gehabt, zumindest nicht, seit ich hier arbeite.»

Burkhalter sprach wie ein Wasserfall, ganz anders als bei ihrem Treffen in Bern, als er bedächtig und sachlich redete.

«Was heisst das in Zahlen ausgedrückt?»

«Die mutmasslichen Gewinne belaufen sich nicht auf ein paar hunderttausend Franken, sondern auf mehr als fünf Millionen Franken.»

«Warum übersah die Compliance-Abteilung der Bank das?», fragte Monti und erinnerte sich an das Gespräch mit Seiler.

«Die Bank übersah gar nichts. Die Transaktionen liefen über eine andere ausländische Bank ab.»

Monti glaubte nicht an Zufall. Keller konnte die Gewinne des Fonds faktisch garantieren, da er um die schlechte Lage der ‹Berger Industries› und die Kündigung der Bankkredite Bescheid wusste.

Was hatte Keller zu dieser Tat veranlasst?

Warum gerade die ‹Berger Industries AG›?

Hatte er schon vorher Streit mit Berger gehabt?

Monti machte sich auf, den vor ihm stehenden Aktenberg abzubauen, der zu kollabieren drohte, als sein Telefon erneut klingelte. Ueli Baltensbergers Name leuchtete auf dem Display.

«Pronto.»

Baltensberger teilte ihm die gleichen Sachverhalte mit, die er schon von Burkhalter erhalten hatte. «Die Schlinge zieht sich zu. Die Faktenlage scheint mir klar. Die Razzia wird in Kürze starten.»

Jemanden hinter Gitter zu bringen war ein bleibendes Erlebnis, das wohlüberlegt sein sollte. In der heutigen Zeit der digitalen und sozialen Medien blieb eine Verhaftung unumstösslich bestehen wie ein Monument. Das Internet war unbarmherzig, es unterschied nicht zwischen gerechtfertigter oder ungerechtfertigter Inhaftierung. Eine einwandfreie Löschfunktion gab es nicht. Der Staat hatte keinen Knopf, auf den er drücken konnte, wenn jemand unschuldig verhaftet wurde.

«Weshalb sollte Keller das getan haben?», fragte Monti. «Er verfügt doch sicherlich über genug Vermögen.»

«Über die Motive wissen wir noch nichts. Wir müssen die Geldströme verfolgen, aber das ist nicht so einfach. Zuerst brauchen wir ein Amtshilfeverfahren mit den Caymans», sagte Baltensberger. «Vielleicht hatte er die Gewinne für jemand anderen erzielt, der knapp bei Kasse war.»

Knapp bei Kasse.

Da waren sie wieder, seine schwarzen Kassen. Parteien waren doch immer knapp bei Kasse, speziell vor Wahlen, die eine Unmenge an Geld für die Plakate verschlingen mussten. Monti überlegte, ob es sein könnte, dass Keller das Ganze für die Parteifinanzierung nutzte. Wusste Häfliger davon? War Häfliger deshalb so nervös?

«Vielleicht hat er das Geld der Partei zur Verfügung gestellt», meinte Monti.

«Wieso nicht? Aber du musst wissen, dass die Parteifinanzierung bei uns – im Gegensatz zum Ausland – fast keine gesetzlichen Schranken hat. Die Parteien können machen, was sie wollen.»

«Hauptsache, das Geld fliesst.»

Baltensberger räusperte sich und sagte: «Es würde mich nicht überraschen, wenn Keller auch mit dem Mordfall Berger in Verbindung stehen würde.»

«Das kann sein, muss aber nicht.»

«Keller wollte Berger aus dem Weg räumen, da dieser ihn geschäftlich belastete oder vielleicht sogar erpresste.»

«Keller hat ein Motiv, da hast du recht. Uns liegen aber bis heute keine handfesten Beweise vor, um ihm den Mord an Berger anzulasten.»

«Fabio, ich mag dich sehr, aber sei doch nicht so naiv.» Baltensberger sprach schon wie Nicole.

«Das mag sein, aber ich brauche Beweise und keine Mutmassungen.»

«Berger hätte Keller seine Karriere ruiniert, und Keller wäre sicherlich in den Knast gewandert, hätte Berger vor Gericht aussagen können.»

«Das ist möglich. Aber das heisst noch lange nicht, dass er Berger deswegen gleich ermordet hat.»

«Wer denn sonst?»

«Ich bin Polizist und kein Hellseher», sagte Monti mit lauter Stimme.

«Der anonyme Brief an die FINMA stammt sicherlich von Berger. Danach hat er Keller erpresst, und dieser hat dann Berger aus dem Weg geräumt.»

Baltensberger war keine Person, die man zum Überdenken seiner einmal vorgefassten Meinung bewegen konnte. Hatte er sich einmal auf etwas eingeschossen, war er nicht mehr davon abzubringen, dachte Monti, entschied sich dann aber trotzdem, noch einmal nachzuhaken.

«Berger brauchte doch Keller für seine Geschäfte. Weshalb hat er nicht einen Deal vorgeschlagen?»

«Wie hätte dieser ausgesehen?», fragte Baltensberger nach.

«Berger entlastet Keller bei der FINMA, und dafür verlängert die Tellbank den Kredit an die ‹Berger Industries AG›.»

«Solche Deals, wie du sie nennst, gibt es in Bella Italia, aber nicht bei uns.» Baltensberger war kein Sympathisant des Bel Paese, nicht von den dortigen Lebensgewohnheiten und noch weniger von gewissen Geschäftspraktiken im Untergrund.

«Ueli, wir haben keine handfesten Beweise.»

«Er sass am selben Tisch wie Berger am Bankett. Er hätte ihm das Gift in sein Weinglas oder in den Teller mischen können.»

«Am Tisch sassen noch andere Personen. Wir sollten nicht spekulieren.»

«Es ist dein Fall. Ich sage nur meine Meinung.»

«Dafür bin ich dir dankbar.»

Monti fühlte sich unwohl, etwas stimmte nicht. Er war hin- und hergerissen. Welche Rolle spielte Keller in seinem Fall? Nebenrolle? Oder Hauptrolle?

Monti stand auf und versuchte, etwas von der Aufregung und der Überraschung, die dieser Tag ihm bereits beschert hatte, zu verdrängen. Aber es war vergebens. Es blieb ein mulmiges Gefühl.

Als Nächstes informierte Monti sein Team über die neuesten Erkenntnisse der FINMA und das weitere Vorgehen der Bundesstaatsanwaltschaft.

«Die Bundesstaatsanwaltschaft lässt noch heute die Räume der Tellbank und das Haus von Keller durchsuchen und ihn verhaften», sagte er.

«Ich habe es euch doch gesagt. Endlich geht es diesem Abzocker an den Kragen», sagte Urech.

«Haben die denn genug Beweise, um Untersuchungshaft anzuordnen?», fragte Lüscher.

«Es scheint zu reichen, meint zumindest Baltensberger. Bei Wirtschaftsdelikten scheint die Hürde nicht so hoch zu sein», erwiderte Monti mit wenig überzeugender Stimme, hatte er doch so seine Bedenken über das schnelle Vorgehen, das ihm etwas überstürzt vorkam. Er zog die Achseln hoch und fuhr fort. «Es ist eine Chance für uns, den Fall Berger vorwärtszubringen.»

«Siehst du einen Zusammenhang mit dem Mordfall?», fragte Lüscher.

«Es würde mich nicht überraschen», antwortete Monti.

Sie schauten einander an.

«Ich habe leider keine guten Neuigkeiten», sagte Lüscher.

«In welcher Sache?», fragte Monti.

«Die Fingerabdrücke auf dem Couvert der Trauerkarte stammen nicht von Keller.»

«Der Banker ist doch nicht so dumm, Fingerabdrücke zu hinterlassen. Er muss Handschuhe getragen haben», erwiderte Urech.

«Was können wir tun?», fragte Daniela Lüscher, die zuvor erwähnt hatte, dass die Auswertung der E-Mails von Berger keine weiteren Auffälligkeiten wie Streitigkeiten oder Drohungen an den Tag gebracht hatte.

«Wir sollten das Smartphone und die Mails von Keller durchforsten. Vielleicht gibt es tatsächlich einen Zusammenhang zwischen diesem Insiderhandel und dem Mord.»

«Wie willst du das anstellen, Fabio? Bis ein Amtshilfeverfahren bewilligt ist, vergeht mindestens ein Jahr. Die Cayman Islands sind nicht gerade für ihre Kooperationsbereitschaft bekannt», meinte Urech.

Monti nickte. «Wir können nicht so lange warten. Wir müssen unsere eigenen Ermittlungen dazu anstellen.»

«Wie?», fragte Lüscher.

«Wir müssen herausfinden, wer hinter dem Fonds steckt. Was bezweckt dieser? Gibt es einen Zusammenhang mit der misslichen Lage der ‹Berger Industries AG›? Welche Rolle spielte Berger dabei?»

«Wie willst du das anstellen?», fragte Lüscher.

«*Allora.* Nicht ich. Ich habe an dich gedacht», sagte Monti.

«Was soll ich tun?»

«Kannst du nicht deine IT-Kenntnisse einsetzen?»

Die Frequenz des Zwinkerns der Augenlider von Lüscher erhöhte sich. «Du möchtest, dass ich die Daten von Keller durchforste.»

«Vielleicht gibt es eine Verbindung zu unserem Fall.»

«Wie bekomme ich Zugang zu den Daten von Keller?»

«Da müssen wir uns etwas einfallen lassen.» Unberechtigtes Eindringen in ein fremdes E-Mail-Konto war kein Kavaliersdelikt, sondern ein Straftatbestand, das galt auch für Polizisten. Das Schweizer Strafgesetzbuch verbot die unbefugte Datenbeschaffung, das unbefugte Eindringen in ein Datenverarbeitungssystem. Das wusste auch Monti.

«Wir brauchen eine Genehmigung dafür», sagte Lüscher und schaute Monti an.

Für eine Genehmigung für die Überwachung oder Auswertung eines Telefons brauchte es einen konkreten Tatverdacht. «Müller wird das erledigen. Der anonyme Brief an die FINMA sollte ausreichen.» Das war Wunschdenken, wusste Monti selber, aber einen Versuch war es wert.

«Ja, aber Keller wird Beschwerde dagegen erheben und Zeit gewinnen», sagte Lüscher und verwarf die Hände.

Montis Gesicht lief rot an. Er stand auf und gestikulierte wild mit beiden Händen. «Der ausufernde Rechtsschutz geht mir auf die Nerven. Wie sollen wir Mordfälle aufklären, wenn es Jahre dauert, bis ein Richter entscheidet, ob wir die Daten von einem Telefon auswerten können?»

«Fabio, beruhige dich. Ich habe eine Idee. Wir nehmen eine kleine Abkürzung, falls Müller nicht zustimmt», sagte Lüscher, die nun Lunte gerochen hatte und der Sache auf den Grund gehen wollte. Langwierige Gerichtsverfahren und Verwaltungspingpong waren nicht ihr Ding.

Sie schauten sich gegenseitig an.

Monti kratzte sich am Hinterkopf, fixierte Lüscher und nickte.

Monti fragte Müller an, ob er einen Antrag zur Entsiegelung des Mobiltelefons von Keller unterzeichnen würde. Dieser meinte, dass die Bundesanwaltschaft diesen Antrag bereits stelle.

Monti wollte gerade seinen Computer runterfahren, als er im Internet die Nachricht von der Verhaftung von Keller las. Das Boulevardblatt titelte: «Polizei führt Razzia bei Bank durch. Starbanker verhaftet! Insiderhandel und Mord?» Ein Bild von Keller mit dem Logo der Tellbank und zwei uniformierten Polizisten im Hintergrund sowie ein reisserischer Text zu seiner Inhaftierung rundeten den Bericht ab. Am Schluss des Textes stand: «Für Paul Keller gilt die Unschuldsvermutung.»

14

Der Eingang seines E-Mail-Postfachs war am Montagmorgen voll. Alle möglichen Leute inner- und ausserhalb des Polizeidienstes wollten Informationen zum Fall Berger, die er entweder nicht zur Verfügung hatte oder die er aus ermittlungstaktischen Gründen nicht preisgeben mochte. Er drückte auf die Löschtaste, und die Sache war erledigt. Nur die wenigsten würden noch einmal nachhaken, lehrte ihn seine Erfahrung.

Er lehnte sich zurück in seinem Bürostuhl, als sein Handy piepte. Eine SMS-Nachricht von Urech.

Was hatte er dieses Mal verbrochen?

Monti öffnete sie. Eine Anfrage für ein persönliches Gespräch. Monti schrieb zurück: «Ich bin im Büro, komm vorbei.»

Monti wollte sich den neuen Akten widmen, die ihm Frau Weber auf den Tisch gelegt hatte, als ein lautes Klopfen an der Tür selbst einen Grizzlybären aus dem Tiefschlaf aufgeweckt hätte. Urech trat ausser Atem in sein Büro ein.

«Was ist los mit dir?», fragte Monti.

«Ich hatte ein kleines Problem zu lösen.»

Monti bemerkte Urechs roten Kopf. Dieser rührte nicht vom Treppensteigen her, denn Urech nahm auch für kleinste Distanzen stets den Lift, sondern eher vom Genuss einer merklichen Menge Alkohol. Und es war erst Morgen.

«Jetzt setz dich erst einmal hin.»

Monti holte zwei Gläser Wasser, stellte beide auf den Sitzungstisch vor Urech und schloss die Tür. Es dauerte einige Minuten, bis sich die Gesichtsfarbe von Urech wieder normalisiert hatte.

«Was ist vorgefallen?»

«Ich war gestern Abend an der Jubiläumsfeier des Schützenvereins.»

«Und?»

«Es gab die grossen Wiediker Rostbratwürste, und dazu haben wir uns ein paar Bierchen gegönnt.»

«*Allora*. Und dann?»

«Ich bin am Abend über die Nebenstrasse via Gockhausen nach Hause gefahren und in eine Alkoholkontrolle geraten. Die jungen Polizisten im Dienst haben mich nicht gekannt, und ich musste blasen.»

Es gab nicht viele Polizisten, die Urech nicht kannten.

«Was hat der Alkoholtest ergeben?»

«Null Komma sieben fünf Promille.»

Das gab einen Eintrag im polizeiinternen System. Die Karriere war ruiniert; nicht dass es noch viel zu retten gab bei der Personalie Urech, aber nun war es offiziell. Auf dem Server gespeichert. Schwarz auf weiss.

«Das müssen aber ein paar grosse Biere gewesen sein?»

«Ja, wir haben schon das eine oder andere runtergekippt.»

«Du hättest besser mehr Würste gegessen.»

Urech schaffte es immer wieder, ihn zu überraschen.

«Fabio, kannst du mir helfen?»

Monti stand auf. «Soll ich mit dir zu den Anonymen Alkoholikern gehen? Um Gottes willen, jetzt bist du fast sechzig. Wirst du auch noch einmal vernünftig?», fragte Monti und knallte mit der Faust auf den Tisch.

«Kannst du den Eintrag im System nicht löschen lassen?»

«Wie soll ich das anstellen?»

«Ich bin sicher, Lüscher könnte das ohne viel Aufwand erledigen.»

«Bist du wahnsinnig!», schrie Monti.

Er stand auf und fuchtelte mit den Händen. Sein Puls raste. Er hatte schon einige Male das unrühmliche Vergnügen, Fehltritte von Urech auszubaden. Die Eskapaden nahmen kein Ende. Einsicht für sein Verhalten und Besserung waren bei Urech nicht in Sicht. Jeder andere Vorgesetzte hätte Urech schon lange entlassen. Eine Löschung eines Eintrags wegen Trunkenheit am Steuer in der Polizeidatenbank wäre aber garantiert keine Bagatelle. Eine junge Polizistin wie Lüscher, die ihre Karriere noch vor sich hatte, durfte man nicht mit ruhigem Gewissen in solche Aktionen involvieren.

Urechs imposante Figur versank immer tiefer in seinem Stuhl. Es grenzte an ein Wunder, dass der Stuhl nicht zusammenbrach. Keiner der beiden wollte die eingetretene Stille im Raum durchbrechen. Monti schüttelte den Kopf und liess sich nach hinten in seinen Bürostuhl fallen. Möglicherweise gab es einen Verweis, im schlimmsten Fall eine Suspendierung für Urech.

Neben seinem nicht abzustreitenden Talent, von einem Fettnäpfchen ins andere zu stolpern, hatte Urech aber auch eine unnachahmliche Fähigkeit, unbequeme Wahrheiten aus Verdächtigen herauszuholen, nicht immer mit ganz sauberen Mitteln.

Er reichte Urech die Hand. Dieser erhob sich und verliess das Zimmer mit niedergeschlagenem Haupt genauso wie Obelix, wenn dieser Mist gebaut hatte. Monti stand auf und schloss die Tür hinter Urech. Er begann, laut zu fluchen, sein Kopf lief rot an, und er schaute hoch zum kleinen Kreuz an der Wand hinter seinem Schreibtisch, das ihm seine Mutter beim Wechsel zur Kriminalpolizei geschenkt hatte. Es sollte ihn vor den Bösen, den Ganoven und den Kriminellen beschützen, hatte sie ihm damals gesagt, aber zurzeit brauchte er Beistand von oben, um seine internen Missstände in den Griff zu bekommen. Urechs grobes Fehlverhalten, die Kommandantin, die ihn im Ranking auf die Abschussliste gesetzt hatte, und seine zerrüttete Beziehung mit Nicole.

Dio mio!

Monti atmete tief durch und liess sich in den Bürostuhl fallen.

Wieder klopfte jemand an Montis Tür.

«Hast du es schon gehört?», kam Lüscher hereingestürmt.

«Was?», fragte Monti, der überlegte, was nun schon wieder schiefgegangen war.

«Keller ist raus. Sein Anwalt hat ihn rausgeholt. Der Richter verzichtet auf eine Untersuchungshaft.»

Lüscher berichtete ihm, dass der berüchtigte Zürcher Staranwalt Moritz Wipf einen grossen Achtungserfolg errungen hatte, indem er seinen Mandanten aus der Haft rausgeholt hatte. Der Richter lehnte den Antrag auf Untersuchungshaft ab, es drohe keine Verdunklungsgefahr.

«Das überrascht mich nicht», murmelte Monti.

«Eine Schuhnummer zu gross für die Bundesstaatsanwaltschaft.»

«Das sieht so aus.»

«Wipf drohte bereits mit einer Klage gegen die Bundesstaatsanwaltschaft und forderte Schadenersatz für seinen Mandanten, die Staatsanwaltschaft habe den Ruf seines Klienten ruiniert.»

«Was geschieht mit den beschlagnahmten Gegenständen? Den Mobiltelefonen und den Computern?»

«Die bleiben vorerst bei uns in Zürich, aber versiegelt. Wipf hat bereits Rekurs gegen die Entsiegelung aller Gegenstände eingereicht.»

«Keller gewinnt Zeit.»

«Wir sind immer einen Schritt zu langsam.»

«Manchmal ist ein Rückschlag hilfreich, um mit frischem Blick neue Dinge zu sehen», sagte Monti und bemerkte, dass er sich wie ein Zweckoptimist anhörte.

Monti stand auf, nahm seinen Mantel in die Hand und machte sich auf den Weg an die Molkenstrasse 15.

Müller erwartete ihn bereits, um das weitere Vorgehen im Fall Berger zu besprechen.

Sie hatten sich gerade über die Freilassung von Keller unterhalten, als Häfliger ins Gespräch hereinplatzte.

«Hans, was geht da ab bei euch? Ich bin zutiefst besorgt.»

«Die Bundesanwaltschaft liess Keller verhaften. Wir haben nichts damit zu tun.»

«Und Baltensberger? Hättest du ihn nicht stoppen und zur Vernunft bringen können?»

«Nein, wir untersuchen unsere Fälle unabhängig voneinander. Chinese Wall.»

Häfliger war sichtlich nervös und aufgebracht. Die Chinesische Mauer bei der Staatsanwaltschaft glich eher einem löchrigen Emmentaler Käse als einer hohen und undurchlässigen Mauer, fand Monti.

«Der Untersuchungsrichter hat den Haftantrag abgelehnt. Das Dossier war viel zu dünn», sagte Müller mit unaufgeregter Stimme, schon fast einer Nonchalance, als ob er das alles so erwartet hätte.

«Ja, das habe ich mitbekommen. Ihr verhaftet den besten Schweizer Banker. Was ist in euch gefahren?»

Nun schaute Häfliger zum ersten Mal auch Monti an, der nur mit den Schultern zuckte.

«Du bist am falschen Ort. Du musst zu den Kollegen an der Weststrasse gehen, die haben uns den ganzen Seich eingebrockt», sagte Müller.

«Du wusstest von der Verhaftung. Warum hast du mich nicht vorab informiert?»

«Gewaltentrennung.»

«Was? Bist du nicht mehr ganz klar im Kopf?» Häfliger klopfte mit der Faust auf den Tisch.

«Insiderhandel ist kein Kavaliersdelikt», sagte Müller, der nicht klein beigeben wollte.

«Diese Schlappe wird einen unglaublichen Reputationsschaden für unsere Direktion und für den Finanzplatz Zürich nach sich ziehen.»

Nicht nur der Finanzplatz hatte einen weiteren Fall, der seinem Ansehen nicht zuträglich war. Auch die Partei würde bei den nächsten Wahlen sicherlich an den Fall erinnert werden, aber es ging um einen Mordfall. Reputation hin oder her.

Müller antwortete sachlich: «Er hat Insiderhandel mit der Aktie der ‹Berger Industries› betrieben, und Berger wusste davon. Sie haben sich –»

«Ein Streit bedeutet noch lange nicht, dass er ihn umgebracht hat», unterbrach ihn Häfliger.

«Das wollte ich damit gar nicht sagen.»

«Aber andeuten.»

«Reto, beruhige dich.»

Der sonst gegen aussen so ruhig und abgeklärt wirkende Regierungsrat eruptierte wie ein Vulkan. Etwas an diesem Fall machte Häfliger nervös. Er verliess das Zimmer und knallte die Tür zu, ohne sich von ihnen zu verabschieden.

Monti atmete tief durch. Müller schaute ihn verdutzt an und schüttelte nur den Kopf. Zur Überraschung und Freude von Monti schlug Müller vor, einen Kaffee im «Volkshaus» um die Ecke trinken zu gehen.

Sie setzten sich an die Bar. Sie waren sich einig, dass Keller über ein Motiv für den Mord verfügt hätte, aber zu einer erneuten vorläufigen Festnahme durch die Polizei konnten sie sich nicht durchringen. Häfliger hätte entweder einen Herzinfarkt erlitten, oder er hätte sie beide zum Mond geschickt, dachte Monti.

Er verabschiedete sich von Müller.

Als Monti sich in seinem Büro an den Computer setzte, schaute er sich den Papierausdruck mit der Teilnehmerliste der Videokonferenz an, der Keller auch beigewohnt haben sollte. Er hatte ihn von Frau Mancini erhalten. Neben Keller und zwei externen Beratern einer amerikanischen Gesellschaft waren auch der Finanzchef und die Leiterin Human Resources auf der Einladungsliste. Er wollte die Personen kontaktieren, um herauszufinden, wie lange Keller an diesem Abend in der Bank geweilt hatte.

Er versuchte es zuerst bei den externen Beratern, mit den internen Leuten hätte sich Keller in der Zwischenzeit sicherlich schon abgesprochen. Er wählte die Nummer des geschäftsführenden Partners der Beratungsgesellschaft.

«Eisenring. Guten Tag.»

«Monti. Kriminalpolizei Zürich. Ich muss Ihnen ein paar Fragen stellen. Es geht um den Tod von Marc Berger.»

«Wie kann ich behilflich sein?»

«Sie waren in einer Videokonferenz mit Paul Keller am Montag, dem 18. April. Wann wurde diese beendet?»

«Was vor zwei Wochen war, weiss ich doch nicht auswendig.»

«Dann schauen Sie bitte nach. Ich bleibe am Telefon.»

Ein paar Minuten später war Eisenring wieder am Apparat. «Herr Monti, die Konferenz war um exakt zwanzig Uhr siebzehn beendet.»

«Woher wissen Sie das so genau?» Monti war misstrauisch geworden.

«Ich habe im Log-Buch des elektronischen Videokonferenzsystems nachgeschaut. Die Konferenz begann um achtzehn Uhr und endete wie gesagt um zwanzig Uhr siebzehn.»

«War Herr Keller die ganze Zeit eingewählt?»

«Ja.»

«Haben Sie ihn die ganze Zeit gesehen?»

«Ja, das habe ich doch gesagt.»

«Sind Sie sicher?»

«Hundertprozentig.»

«Schicken Sie mir diesen Log-Eintrag per E-Mail, bitte.» Monti verzog sein Gesicht.

Keller schien ein Alibi zu haben. Zehn Minuten später traf der schriftliche Beweis in Form des Logs in seinem E-Mail-Postfach ein. Schon wieder ein Sieg für den Banker.

Lagen sie tatsächlich daneben?

Am Nachmittag traf sich das Ermittlungsteam zur Besprechung. Daniela Lüscher betrat Montis Büro als Erste, sie stellte ihren Kaffeebecher auf den Tisch und musterte die wilden Skizzen auf der Pinnwand in der Ecke. Sie erkannte die Handschrift von Monti, verstand aber den Sinn der chaotisch aufgezeichneten Striche nicht.

Keine zwei Minuten später trat Frau Weber in den Raum, die, mit Block und Kugelschreiber ausgerüstet, wie immer Protokoll führte, gefolgt von Urech, der einen Ausdruck der Online-Ausgabe des Boulevardblatts auf den Tisch legte und sagte: «Jetzt hat es den Banker doch noch erwischt.»

«Das war zu erwarten», sagte Lüscher.

«In der heutigen Welt fällen die Medien das Urteil manchmal, bevor der Richter sich auf den Stuhl gesetzt hat», sagte Monti.

«Und der Verwaltungsrat führt die Exekution durch», fügte Lüscher hinzu und zeigte auf den Artikel, den Monti kurz überflog. Paul Keller musste seinen Posten als CEO der Tellbank räumen, entliess ihn doch der Verwaltungsrat der Bank mit sofortiger Wirkung.

«Interessant. Die warten nicht einmal den Ausgang des Verfahrens ab. *In dubio pro reo* gilt nicht in der Bankenwelt», sagte Monti.

«Macht euch doch keine Sorgen um den Banker. Er wird das Ganze schon überleben. Er wird eine nette Abfindung erhalten und ein Leben in Saus und Braus führen», sagte Urech.

«Spricht da der Neid?», neckte ihn Lüscher.

«Bei der Kripo kriegt man als Dienstaltersgeschenk ein paar Tage bezahlte Ferien und einen Klaps auf die Schultern vom Personalchef. Da muss man neidisch werden. An eine frühzeitige Pensionierung ist mit unserem Hungerlohn gar nicht erst zu denken», sagte Urech, nahm einen letzten Schluck Kaffee aus seinem Becher und schmiss ihn in den Abfalleimer.

«Mir kommen die Tränen», sagte Lüscher.

«Alle haben verloren: Die Bundesstaatsanwaltschaft hatte sich selber desavouiert, die Tellbank hat einen weiteren Schadensfall, und Paul Keller hat seinen Ruf verloren», sagte Monti und stand auf, um das Thema zu wechseln. «Daniela, du hast die Finanzen von Berger angeschaut.»

«Der Treuhänder von Berger ist in den Ferien. Wir können ihn erst am Donnerstag treffen.»

«Aber so wie ich dich kenne, hast du trotzdem etwas herausgefunden», sagte Monti und schmunzelte.

«Bergers Gesellschaft ist börsenkotiert. Alleine seine Aktien der ‹Berger Industries› müssen über hundert Millionen Franken wert sein.»

«Finanzielle Probleme bei Berger können wir also ausschliessen», sagte Monti und ging zur Pinnwand, wo er beim Wort «Finanzen» ein Häkchen setzte.

«Das Einzige, was ihm Sorgen bereitet haben musste, war der sinkende Aktienkurs der ‹Berger Industries›», fügte Lüscher hinzu.

«Was würde mit dem Aktienkurs passieren, wenn die Banken die Kredite gegenüber der ‹Berger Industries› nicht verlängern?», fragte Monti, obwohl er die Antwort kannte.

«Das würde den Aktienkurs noch weiter in den Keller schicken», antwortete Lüscher.

«Vielleicht hat ihn das beunruhigt. Bei dieser Fallhöhe kann es einem leicht schwindlig werden», sagte Urech und grinste.

«Was haben wir im Fall Berger bis jetzt übersehen?», fragte Monti.

«Wenn wir das wüssten, hätten wir den Fall gelöst», erwiderte Urech.

Sie schauten sich gegenseitig an, zogen die Schultern hoch und verharrten in Stille. Sie hatten Hunderte von Aktenseiten studiert, alle hundert Gäste der Gala befragt und einen zweihundertseitigen FINMA-Bericht wenn auch nicht vollständig verstanden, so zumindest gelesen.

Monti lief hin und her. «Es muss eine Verbindung zur Familie Berger geben, die wir übersehen haben.»

«Ich glaube immer noch, dass der Banker hinter dem Mord steckt. Der Schuft hat Dreck am Stecken.» Urech knurrte wie ein Hund, dem man den Knochen vorenthielt.

«Glauben tut man in der Kirche, lieber Peter», sagte Monti.

«Herrgott noch mal! Da ist doch etwas faul an der ganzen Sache», sagte Urech.

Daniela Lüscher blätterte durch ihr Notizbuch, nahm einen Schluck aus ihrem Kaffeebecher, und Urech blickte zur Decke, als ob er Hilfe von oben benötigte.

Monti ging auf die Pinnwand zu, nahm einen roten Stift in die Hand, löste den Deckel und zeichnete einen Kreis auf einen leeren Teil des aufgehängten Blattes. «Mörder sind in der Regel Egoisten.»

«Das sind wir alle», erwiderte Lüscher mit einem Lachen auf den rot geschminkten Lippen.

«Wir haben die Lösung nicht gefunden, weil wir nicht alle möglichen Motive betrachtet haben», sagte Monti.

Das Team hatte hart gearbeitet, aber die Analysen gingen zu schnell zu tief, anstatt dass sie nach allen Möglichkeiten Ausschau hielten, davon war er überzeugt. Sie hatten sich zu schnell auf ein Motiv und eine Person eingeschossen, anstatt alle möglichen Motive zu eruieren. Ein typischer menschlicher Fehler, der immer wieder vorkam bei den Ermittlungen.

«Wir haben zwar zehn Züge vorausgedacht, aber dabei bereits beim ersten Zug eine offensichtliche, andere Möglichkeit nicht betrachtet», sagte Monti, der als passionierter Schachspieler wusste, dass der Mensch eine Vorauswahl von möglichen Zügen traf, nur diese analysierte und evaluierte. Deshalb war dieser erste Schritt so wichtig. Computer spielten besser Schach als Menschen, da sie keine Vorauswahl treffen mussten, sie konnten Tausende von Zügen in einer Minute analysieren und bewerten, und das ohne Emotionen und Vorurteile.

Die Aufklärungsquote bei Tötungsdelikten war recht hoch, lag bei neunzig Prozent. Seine Abteilung hinkte in dieser Statistik nicht hinterher. Seit Monti die Abteilung leitete, gelang es ihm, alle Fälle bis auf eine Ausnahme aufzuklären. Früher oder später würden sie auch Bergers Mörder ermitteln.

«Vielleicht hat Häfliger etwas mit dem Mord am Hut», warf nun Urech ein.

«Auf was spielst du an?», fragte Lüscher.

«Er hat kein Alibi. Er war zur Tatzeit am Tisch von Berger», sagte Urech.

«Und das Motiv?», fragte Lüscher.

Monti fiel Urech ins Wort. «Schwarze Kassen. Vielleicht fliesst das illegal verdiente Geld zur Partei.»

«Das erscheint mir etwas konstruiert», sagte Lüscher.

Monti musste zugeben, dass es wohl nur ein Hirngespinst war. Eines, das zumindest die Nervosität von Häfliger erklären würde.

An der Pinnwand hingen die Fotos aller Personen, die am Tisch mit Marc Berger gesessen hatten. Vielleicht sass der Täter doch nicht am Tisch mit Berger, und die Gala war nur ein Ablenkungsmanöver, hinterfragte sich Monti.

Sie mussten etwas Entscheidendes übersehen. Es war frustrierend. Man suchte Tag und Nacht wie ein Verrückter, sie sprachen mit allen hundert Gästen der Gala, aber man fand das fehlende Puzzleteil nicht, obwohl es häufig vor der eigenen Nase lag. Es war wie beim Eile-mit-Weile-Spiel.

Zurück auf Feld eins.

15

«Guten Morgen, Herr Monti.»

Es war alles andere als ein guter Morgen für Monti. Die Polizeikommandantin hatte ihn an diesem Dienstag zu sich aufgeboten, und das um sieben Uhr morgens, obwohl im ganzen Polizeikorps Montis Gepflogenheit, nicht vor halb neun bei der Arbeit einzutreffen, bekannt war. Aber das interessierte die Kommandantin nicht. Dieses Mal fand das Gespräch nicht unter vier, sondern unter sechs Augen statt.

Neben Bitterli sass ein grosser, schmaler, glatzköpfiger Herr im schwarzen Anzug am Besprechungstisch. Es war der langjährige Personalchef der Kantonspolizei Philipp Matter, den die Mitarbeiter im Polizeidienst in der Regel nur drei Mal zu Gesicht bekamen: beim Eintritt in den Polizeidienst, bei einer Beförderung und beim Ausscheiden aus dem Polizeidienst. Die ersten beiden Male hatte Monti schon erlebt. Ein buntes Blumenbouquet und eine feine Flasche Rotwein lagen dazumal auf dem Tisch, als er zum Offizier befördert worden war. Feststimmung. Freude herrschte. Lachende Gesichter. Als Offizier kam er in den Genuss einer satten Lohnerhöhung, aber eigentlich wäre damit auch verbunden gewesen, dass er sich mehr zum Büropolizisten wandeln sollte, der mehr koordinierte, als dass er selber auf der Strasse ermittelte. Etwas, vor dem ihm immer schon graute und gegen das er sich bis heute erfolgreich wehrte.

Aber die Stimmung heute war eine andere. Matter sass mit gesenktem Kopf und ernster Miene am Tisch, auf dem keine Blumen, sondern lediglich drei leere Gläser und eine Flasche Mineralwasser standen. Eine erneute Beförderung konnte es also nicht sein.

Bitterli trug einen dunkelblauen Hosenanzug und eine rosarote Bluse. Ihre Perlenkette glänzte im hellen Licht ihres Büros. Monti setzte sich ihnen gegenüber.

Die drei schauten sich gegenseitig an, ohne etwas zu sagen.

Bitterli ergriff das Wort. «Herr Monti, Sie können sich sicherlich denken, was der Anlass dieses Gespräches ist.»

Monti blieb stumm. Ein mulmiges Gefühl breitete sich in seiner Magengegend aus. Was hatte er nun wieder verbrochen?

Lieber Gott, bitte lass mich nicht im Stich. Nicht jetzt. Bitte.

«Nein, Frau Kommandantin. Helfen Sie mir auf die Sprünge?»

«Heute scheint Sie auch noch Ihr Kurzzeitgedächtnis im Stich zu lassen.»

«Das Alter.»

«Wie ich Ihnen bereits in unserem letzten Gespräch vor ein paar Tagen mitgeteilt habe, sind wir mit Ihren Leistungen nicht mehr zufrieden.»

«Was sprechen Sie an?»

Matter hob eine Mappe mit Dokumenten in die Luft.

«Neben Ihren zahlreichen internen Verfehlungen, die der Personalchef detailliert dokumentiert hat, geraten Ihre Ermittlungen immer häufiger ins Stocken. Das Glück hat Sie verlassen.»

«Was meinen Sie damit?»

Bitterli warf die neueste Ausgabe des Boulevardblatts auf den Tisch. In grossen Buchstaben stand die neueste Schlagzeile zum Fall Berger da, wobei die Polizei ihr Fett abbekam.

«Im Fall Berger haben Sie sich hoffnungslos verrannt.»

«Das glaube ich nicht. Wir haben eine Spur.»

«Eine Spur?» Bitterli setzte zu einem lauten Lachen an und fuhr fort. «Wir haben uns lächerlich gemacht. Die Presse lässt kein gutes Haar an unserer Arbeit.»

«Wer zuletzt lacht, lacht am besten», sagte Monti und bemerkte erst, als ihm der Satz rausgerutscht war, dass es nicht an der Zeit war, um Sprüche zu klopfen.

«Sie haben bei der voreiligen Inhaftierung von Paul Keller mitgewirkt und der Polizei einen Bärendienst erwiesen.»

«Staatsanwalt Baltensberger hat die Verhaftung von Keller

angeordnet, und das nicht im Mordfall Berger, falls Ihnen das entgangen ist.»

«Nachdem Sie ihn dazu mit Ihren Mutmassungen ermuntert hatten.»

«Da überschätzen Sie meinen Einfluss auf die Staatsanwaltschaft.»

«Regierungsrat Häfliger hat eine interne Untersuchung bei der Staatsanwaltschaft angeordnet.»

«Das ist nichts Neues. Das macht er immer, wenn die Presse etwas Druck ausübt.» Eine Untersuchung war für Häfliger wie ein Ventil bei einem Ballon. Es liess den Druck ab. Seinen Druck. Zum Glück war der Sicherheitsdirektor nicht für die Polizei zuständig.

Bitterli rümpfte die Nase. Sie hatte sich auf Monti eingeschossen. Sie wollte ihm den Fall Berger entziehen. Sie würde nicht – in Anwesenheit des Personalchefs – einen Rückzieher machen. Das passte nicht zu ihrem ausgeprägten Ego.

«Fakt ist, dass der Mörder auf freiem Fuss ist.»

«Der Fall ist kompliziert.»

«Das sind Ihre Fälle seit eh und je.»

«Giftmorde sind nicht alltäglich in unseren Breitengraden.»

«Keine Ausreden, Monti.»

«Geben Sie mir zwei Wochen, und wir lösen den Fall.»

«Ja, diese Zeit gebe ich Ihnen noch, aber dann ist endgültig Schluss.»

Monti fühlte sich erleichtert und stand auf, um sich wieder an die Arbeit zu machen, als Bitterli ihn bat, noch einmal Platz zu nehmen. «Nicht so schnell.»

Monti versank wieder in seinem Stuhl.

Bitterli schaute Matter an, der ihr zunickte.

«Ich habe eine Entscheidung getroffen, die ich Ihnen nun mitteilen möchte.»

Monti spürte, wie sein Puls stieg.

Bitterli setzte mit tiefer Stimme zum Schlussakkord an. «Ich habe mich entschieden, Sie im Rahmen eines strategisch wichtigen Austauschprogramms für ein Spezialprojekt abzustellen, wo Sie das Walliser Polizeikorps unterstützen werden», sagte sie und betonte das Wort «Austauschprogramm». Das hatte ihr sicherlich der Personalchef in der Vorbesprechung so eingeflösst. Monti hätte nie gedacht, dass es einmal so weit kommen würde. Dass es ihn treffen würde. Die Polizeikommandantin liess ihn fallen. «Strategisch wichtiges Austauschprogramm» hiess doch übersetzt einfach «Versetzung».

«Aber wir waren doch so erfolgreich die vergangenen Jahre.»

«Die Vergangenheit zählt heute nicht mehr.»

«Aber –»

«Nostalgie hilft uns nicht weiter.»

Monti wurde es schwarz vor den Augen. Er glitt immer tiefer in seinen Stuhl, sein Kreislauf wäre beinahe kollabiert. Er konnte es nicht glauben. Nach fast dreissig Jahren bei der Polizei behandelte ihn Bitterli wie einen Erstklässler, der ein paarmal die Hausaufgaben nicht gemacht hatte, aber bei den Prüfungen immer gute Noten erzielte. Das war die Höchststrafe. Er war am Tiefpunkt seiner Karriere angelangt. Er dachte, er sei im falschen Zug, der dabei war, zu entgleisen.

Endlich rang sich Matter durch, ein paar Worte an Monti zu richten. Er versuchte, ihm die Entscheidung als Aufbruch zu etwas Neuem schmackhaft zu machen. Ein Aufbruch war das Letzte, worauf Monti Lust hatte. Und schon gar nicht im Wallis. Vier Stunden von Zürich entfernt.

«Nein, ins Wallis gehe ich nicht. Gibt es eine Alternative?»

«Nein.»

Monti verliess den Raum mit weichen Knien und Kopfweh. Noch immer hallten Bitterlis Worte nach.

Welche Möglichkeiten blieben ihm?

Obgleich die Polizeikommandantin kurz vor dem Ruhestand stand, war sie keineswegs milde gestimmt, wenn es um Personalentscheide ging. Sie war nicht eine Person, mit der man über gefällte Entscheidungen diskutieren konnte; sie umzustimmen war ein Ding der Unmöglichkeit.

16

Am nächsten Morgen blickte Monti aus seinem Bürofenster. Die Sihl hatte sich beruhigt, schlug nicht mehr an die Mauern des Flussbetts. Der Frühling zeigte sich endlich wieder von seiner besseren Seite. Er fragte sich, ob es klug wäre, eine SMS an Nicole zu schicken, oder besser, den Kopf wie ein Igel einzuziehen und sich nichts anmerken zu lassen. Er entschied sich für die Igelstrategie.

Sein Handy klingelte und holte ihn aus seinen Gedanken. Er nahm es vom Tisch. Eine unbekannte Nummer von einem Mobiltelefon erschien auf dem Display. Er setzte sich an seinen Bürotisch.

«Herr Monti, ich muss Ihnen etwas mitteilen.» Es war Verena Berger, die sprach.

«Was ist passiert?»

«Ein neues Testament ist aufgetaucht.»

«Was meinen Sie damit?»

«Mein Mann hatte ein neues Testament errichtet.»

«Wo haben Sie es gefunden?»

«Nicht ich. Unser Anwalt hat mich soeben darüber informiert.»

«Wieso tauchte es erst jetzt auf?», fragte Monti, der zu spät bemerkte, dass erst zwei Wochen seit dem Tod von Berger vergangen waren.

«Wir waren ganz in der Trauer versunken und mussten das Begräbnis organisieren. Das Testament hatte nicht Priorität, da wir es ja kannten. Erst als ich den Anwalt …» Sie konnte den Satz nicht zu Ende sagen.

«Und was steht im neuen Testament?»

Er hörte ein leises Schluchzen. Die Frau war am Rand eines Nervenzusammenbruchs, dachte er.

«Wir brauchen Ihre Hilfe, Herr Monti.»

Eine halbe Stunde später kam Monti in der Villa in Küsnacht

an. Neben Verena Berger und offenbar ihrem Sohn Luca war eine dritte Person anwesend, die mit dem Telefon am Ohr von einer Seite zur anderen lief und dann wieder zurück. Der Mann nickte Monti zu, während er weiterredete. Erst als Luca vor ihm stand, bemerkte Monti, wie gross und dünn dieser war. Der Junge hatte kein Gramm Fett an sich. Die blonden Haare trug er lässig zur Seite gekämmt.

Eine Minute später hatte der Mann sein Telefonat beendet.

«Beat Bloch. Ich bin der Anwalt der Familie Berger.» Bloch hatte einen kräftigen Händedruck, der zu seiner stattlichen Statur passte.

«Monti. Kriminalpolizei. Ich bin der zuständige Ermittler im Mordfall Marc Berger.»

Der Tisch war mit frischen Gebäcken bestückt. Die Hausangestellte brachte Monti einen Espresso.

Verena Berger ergriff das Wort. «Herr Monti, wir sind schockiert. Wir können uns das alles nicht erklären.»

Eine Träne kullerte über ihre rote Wange. Sie versuchte Haltung zu bewahren, nahm ein Taschentuch aus der Schachtel, die auf dem Tisch lag, und wischte sie sich ab. Sie nickte Bloch zu.

Bloch stand auf, klappte seine Aktenmappe auf und zog ein Dokument vorsichtig heraus. Es war das Testament von Marc Berger, das er nun Wort für Wort mit lauter, aber brüchiger Stimme vorlas.

Testament von Marc Berger

Ich, Marc Berger, geboren am 27. Januar 1965, Bürger von Zürich, wohnhaft an der Kempterstrasse 26, 8032 Zürich, verfüge heute letztwillig Folgendes:

1. *Alle meine bisherigen letztwilligen Verfügungen hebe ich hiermit vollständig auf.*
2. *Meine Ehefrau Verena und mein Sohn Luca sollen enterbt werden gemäss Artikel 477 des Zivilgesetzbuches.*
3. *Mein Erbe soll alleine der neu zu gründenden Stiftung zur Unterstützung der Freiheitlichen Partei Schweiz*

zukommen. Der Stiftungszweck ist im Anhang detailliert erläutert.

4. Als Willensvollstrecker ernenne ich: Stefan Berger, geboren am 15. Februar 1962, wohnhaft an der Plutostrasse 220, 8032 Zürich. Sollte er verstorben sein oder das Amt ablehnen, ernenne ich die Ravens Privatbank AG, Bahnhofstrasse 173, 8001 Zürich.

Notariat Hottingen-Zürich, unterzeichnet von Marc Berger am 18. April.

Monti traute seinen Ohren nicht. Verena Berger starrte mit versteinerter Miene auf das Testament.

Was hatte Marc Berger dazu bewogen, sein Testament abzuändern?

War er unter Druck gesetzt worden?

«Das ist nicht das Testament von Marc!», rief Verena Berger entsetzt und durchbrach die angespannte Stille.

«Leider doch, Frau Berger. Das Testament wurde am Montag, dem 18. April, in Zürich im Notariat Hottingen notariell beglaubigt», sagte Bloch in bedächtigem und leisem Ton.

Am Tag der Gala.

Verena Berger starrte Bloch mit finsterer Miene an, als würde sie ihm im nächsten Moment an die Kehle springen.

«Das mir bekannte Testament von Marc hatte einen ganz anderen Inhalt», sagte sie, und ihre Augen waren feucht.

Monti wurde mit einem Schlag bewusst, dass er es überhaupt verpasst hatte, nach dem Testament zu fragen.

«Ihr Mann hat sein altes Testament widerrufen und durch dieses neue ersetzt», sagte Bloch und zeigte auf die Stelle im Testament, wo dies explizit festgehalten war.

«Warum?», fragte Verena Berger.

«Das müssten wir Ihren Mann fragen.» Feinfühligkeit schien keine Stärke von Bloch zu sein.

«Jemand muss ihn unter Druck gesetzt haben. Das kann doch nicht sein?», sagte Verena Berger ungläubig.

Schweigen.

Eine Leere überkam Verena Berger, ihr Gesicht war blass, und sie sah resigniert aus.

«Wann haben Sie davon erfahren?», fragte Monti und schaute zu Bloch hinüber.

«Der Notar rief mich gestern an und hat mir anschliessend in Absprache mit Frau Berger das Testament geschickt», sagte Bloch.

«Gibt es nicht einen Pflichtanteil?», fragte Luca, was Monti überraschte. Der Sohn schien seine Rechte zu kennen.

«Grundsätzlich ja», antwortete Bloch. «Im vorliegenden Fall war es der Wille des Erblassers, seine Ehefrau und Sie, Herr Berger, zu enterben», wiederholte Bloch. Typisch Anwalt, dachte Monti. Einfache Frage, aber keine klare Antwort darauf.

«Ist das zulässig?», fragte Luca und sah mit empörter Miene zu Bloch.

«Nur in gewissen Fällen.»

«Die da wären?»

«Ich habe im Zivilgesetzbuch nachgeschaut. Eine Enterbung ist nur in zwei Fällen zulässig: Erstens, wenn der Erbe gegen den Erblasser eine schwere Straftat begangen hat, oder zweitens, wenn der Enterbte gegenüber dem Erblasser eine der ihm obliegenden familienrechtlichen Pflichten schwer verletzt hat.»

Monti hatte in seiner Karriere schon vieles erlebt. Eine Mitteilung einer Straftat – übermittelt via Testament – wäre aber auch für einen alten Hasen wie ihn Neuland. Er fragte sich, was mit familienrechtlichen Pflichten gemeint war.

Alle richteten ihre Blicke auf Bloch, als ob er nun als Sündenbock hinhalten müsste.

«Was ist mit obliegenden familienrechtlichen Pflichten gemeint?», fragte Monti.

Bloch konnte keine genaue Antwort darauf geben, war Erbrecht doch nicht sein Spezialgebiet, wie er eingestand.

Verena Berger stand auf, strich eine Haarsträhne aus dem Gesicht und trank einen Schluck Wasser. Sie musterte Bloch und näherte sich ihm. «Herr Bloch, können wir das Testament anfechten?»

«Das steht Ihnen selbstverständlich frei. Ich kann Ihnen jedoch keinen Erfolg versprechen.»

«Ich will das Testament anfechten. Veranlassen Sie bitte alle dafür notwendigen Schritte.»

Wie Monti später von Verena Berger erfuhr, hatte Bloch bereits zuvor zahlreiche schwierige Mandate von Marc Berger erhalten, die er immer erfolgreich und zu vollster Zufriedenheit seines Auftraggebers abschliessen konnte. Dieses Mal musste er sogar gegen den Willen seines verstorbenen Klienten prozessieren.

Änderungen von Testamenten kurz vor dem Tode waren zwar nicht selten, aber sie hinterliessen bei Monti immer einen faden Beigeschmack. So auch dieses Mal.

Erbrecht war nicht Blochs und schon gar nicht Montis Spezialgebiet, obwohl er bereits in einigen Fällen damit tangiert worden war. Er brauchte juristischen Rat von einem Experten. Zähneknirschend bat er Frau Weber, ihm einen halbstündigen Termin bei Müller zu organisieren. Monti wusste, dass dieser seine Doktorarbeit zum Thema Erbrecht geschrieben hatte, stand es doch so in fetter Schrift auf der Urkunde, die hinter dessen Schreibtisch hing.

Müller bat ihn noch am selben Nachmittag zu sich ins Büro und genoss es sichtlich, von Monti um Rat gefragt zu werden. Auf einmal war er viel freundlicher als sonst.

Monti zeigte ihm das Testament. Müller las es langsam und mit grosser Aufmerksamkeit durch. Er kniff seine Lippen zusammen, lehnte sich im Bürostuhl zurück und schaute an die Decke.

«Ist das rechtlich haltbar?», riss ihn Monti aus seinen Gedanken.

«Wohl kaum. Eine Enterbung ist in der Schweiz in der Praxis nur schwer durchzusetzen.»

Er ging zu seinem Bücherregal, wo er das Zivilgesetzbuch

herauszog, das er in der Mitte aufschlug und auf den Bürotisch legte.

«Nach Artikel 477 des Zivilgesetzbuches ist eine Enterbung möglich, wenn der Erbe gegen den Erblasser oder eine ihm nahestehende Person eine schwere Straftat begangen hat oder wenn er gegenüber ihm oder seinen Angehörigen seine familienrechtlichen Pflichten schwer verletzt hat.»

«Was ist damit gemeint?»

«Berger bezog sich wohl auf den zweiten Punkt: Verletzung der familienrechtlichen Pflichten. Ehebruch.»

«Ehebruch ist doch keine Straftat. Zumindest nicht in unseren Hemisphären.»

«Nein, jetzt verdrehen Sie den Absatz. Ehebruch bezieht sich auf den zweiten Punkt – die Verletzung einer familienrechtlichen Pflicht.»

«Reicht das für eine Enterbung?», fragte Monti.

«Es ist unter Rechtsspezialisten umstritten, aber die Gerichtspraxis hat Ehebruch als zulässigen Grund für eine Enterbung anerkannt», führte Müller aus, zuckte mit den Schultern und fügte an: «Mehrfachen Ehebruch, wenn ich mich richtig an das Urteil erinnere.»

«Hat sie eine Chance?»

«Eine rechtmässige Enterbung wird immer anhand der Umstände des konkreten Falls gewürdigt, wo ebenfalls das Verhalten des Erblassers selber mitberücksichtigt wird. Ein Richter befindet darüber. In der Regel braucht es schon ziemlich viel, damit man enterbt wird. Zudem trägt der Begünstigte die Beweispflicht. Scheitert der Nachweis, so behält der Enterbte seinen Pflichtteil.»

«Verstanden.»

«Warum haben Sie mir das Testament nicht schon viel früher gezeigt?»

«Ich habe es erst heute Morgen erhalten.»

«Was?»

«Frau Berger hatte mir das alte Testament gegeben. Erst heute ist das neue aufgetaucht.» Ob Müller seine Lüge durchschaute?

«Auf das hätten Sie doch viel früher kommen müssen. Sie sind doch kein Anfänger mehr.»

«Ich dachte –»

«Monti, wie naiv sind Sie denn?»

Er musste Müller in diesem Punkt recht geben, war er doch wieder einmal über seine Naivität gestolpert. Monti war sich erst jetzt bewusst, dass er nun endgültig beim Notariat die Gültigkeit des von Bloch erhaltenen Testaments überprüfen musste.

Müller schüttelte den Kopf.

«Wenigstens bringt uns das im Fall Berger weiter», sagte Monti.

«Das bleibt zu hoffen.»

In Gedanken versunken lief Monti den Weg zurück zum Hauptgebäude der Kriminalpolizei. Das neue Testament warf neue Fragen auf: Wusste Verena Berger wirklich nichts vom neuen Testament? Oder hatte sie davon Wind bekommen und ihren Ehemann vergiftet, um nicht gänzlich leer auszugehen?

Er entschied sich, bei Lüscher und Urech vorbeizugehen, um ihnen die neuesten Erkenntnisse zu schildern. Er traf die beiden in ihrem Büro im zweiten Stock.

«Warum hat Marc Berger sein Testament abgeändert?», fragte Lüscher.

Monti zuckte mit den Schultern.

«Wie so manch anderer Mann hatte er Ärger mit seiner Frau», erwiderte Urech. Seine Scheidung hatte bleibende und nachhaltige Spuren bei ihm hinterlassen, vor allem auf seinem Bankkonto, wie er Monti einmal gestanden hatte.

«Aber wenn du Ärger hast mit deiner Frau, enterbst du dann auch gleich deinen Sohn?», fragte Monti.

«Der hat sich ihm verweigert. Er wollte ihn als seinen Nachfolger bei der ‹Berger Industries› aufbauen, was dieser vehement ablehnte», sagte Urech.

«Ist das ein Grund, ihn gleich zu enterben?», fragte Monti.

«Das würde ich auch so machen», sagte Urech.

Lüscher und Monti sahen sich fragend an.
«Aber was hat das neue Testament mit dem Mord zu tun?»
«Neues Testament, neue Motive, neue Tatverdächtige», sagte Urech.
«Auf was spielst du an?», fragte Lüscher.
«Wer kriegt den ganzen Kies nun?»
«Darüber habe ich gar nicht nachgedacht», sagte Lüscher.
«Die Freiheitliche Partei», sagte Monti.
«Et voilà», sagte Urech.
«Du meinst doch nicht …», sagte Lüscher.
Es herrschte völlige Stille.
Monti senkte den Kopf. «Häfliger traue ich das nicht zu.»
Er ging zur Pinnwand und schrieb ein Zitat von Winston Churchill darauf: «Je weiter wir in die Vergangenheit schauen können, desto weiter können wir wahrscheinlich in die Zukunft schauen.»

17

«Das ist doch verrückt», rief Luca Berger.

«Wo waren Sie am Montag, dem 18. April?»

«Verdächtigen Sie mich, meinen Vater umgebracht zu haben, Herr Monti?», kam es wie aus der Pistole geschossen. Luca Berger verschränkte demonstrativ seine Arme. Abwehrhaltung. Seine blauen Augen fixierten Monti.

Frau Weber hatte den Termin bereits vor einer Woche organisiert, bevor das neue Testament zum Vorschein kam, da Monti beabsichtigte, sich einen Überblick über die Lebensverhältnisse von Berger junior zu verschaffen.

Berger wohnte in einer Wohngemeinschaft in einer kleinen Dachgeschosswohnung im Sankt-Alban-Quartier in Basel. Berger war alleine in der Wohnung. Er offerierte Monti einen Kaffee, welchen er dankend annahm, da derjenige im Zug viel zu wässerig für Montis Geschmack gewesen war. Die Wohnung war einfach eingerichtet: Ikea-Möbel, so weit das Auge reichte. Das war nicht, was er vom Sohn eines Multimillionärs erwartet hatte.

Sie setzten sich an den Esstisch in der Küche. Luca Berger trug zerrissene Jeans, ein weisses Hemd und einen himmelblauen Blazer. Er strich sich mit den Fingern durch die blonden Haare.

«Woher wissen Sie, dass es Mord war?»

Luca öffnete den Mund, als wollte er etwas sagen, entschied sich dann aber, zu schweigen, und rührte in seinem Grüntee.

Monti musterte ihn. «Also, wo waren Sie?»

«Am Vormittag war ich in Basel an der Schauspielschule. Am späteren Nachmittag ging ich nach Zürich, um am Abend mit einer Freundin ins Kino zu gehen.»

«In welches Kino?»

«Ins Corso am Bellevue.»

«Wie heisst die Freundin?»

«Anna Villiger.»

«Können Sie mir ihre Kontaktdaten angeben?»

Luca nahm sein Handy aus der Tasche und las ihm die Telefonnummer und die Adresse vor.

«Warum waren Sie eigentlich nicht an der Gala?»

«Ich habe mich bei meiner Mutter abgemeldet. Der Anlass ist mir zu öde und zu heuchlerisch.»

Das war nachvollziehbar, dachte Monti. Ein junger, rebellischer Mann inmitten der älteren konservativen Gesellschaft wirkte wie die Faust aufs Auge.

Es klingelte.

«Ich muss kurz runter, das muss die Post sein. Ich erwarte ein Paket.»

«Machen Sie das», sagte Monti, der die Gelegenheit nutzte, um sich die Beine zu vertreten und das Schlafzimmer zu inspizieren. Das Zimmer war klein, karg eingerichtet und dunkel. Die schiefe Dachkante machte den Raum noch enger, als er sonst schon war. Er suchte vergeblich nach Fotos oder sonstigen Erinnerungsstücken von der Familie. Die Wände waren mit neuesten Theater- und Filmplakaten bestückt. Das Klappbett war nicht aufgeräumt, der Bürotisch war überladen mit Magazinen, Büchern und einer Zigarettenschachtel. Dann sah er etwas, das ihn irritierte. Auf dem Nachttisch in der Ecke lag ein blauer zylinderförmiger Gegenstand mit einem weissen Deckel. Seine Neugier ging mit ihm durch, er nahm das Objekt in die Hand und entfernte die Kappe. Eine Spritze kam zum Vorschein, die zweifelsfrei bereits gebraucht worden war.

Er hörte Schritte vom Treppenhaus. Er nahm sein Handy aus dem Sakko und knipste ein Foto, bevor er zurück in die Küche marschierte. Er hatte sich gerade gesetzt, als Luca mit einem kleinen braunen Paket durch die Tür kam, das er neben den Fernseher im Wohnzimmer legte.

«Die neue TV-Box, damit haben wir eine höhere Auflösung für die Netflix-Serien», sagte Luca, und Monti nickte ihm anerkennend zu.

«Wie war Ihr Verhältnis zu Ihrem Vater?»

«Wir hatten unterschiedliche Interessen und Anschauungen.»

«Wie äusserte sich das?»

«Mein Vater wollte mich in seine Firma einbinden.»

«Und Sie wollten das nicht.»

«Nein, ich möchte Schauspieler werden. Ich bin kein Businesstyp.»

«Hatten Sie sich gestritten?»

«In letzter Zeit leider immer häufiger. Mein Vater hörte mir nicht zu, er verstand mich nicht.»

«Wie hat sich der Streit geäussert?»

«Er hat mich nie geschlagen, wenn Sie das meinen. Aber wir haben einige Wortgefechte gehabt, das kann ich nicht abstreiten.»

«Wie war das Verhältnis zwischen Ihrem Vater und Ihrer Mutter?»

«Mein Vater nahm sich immer weniger Zeit für uns, bei ihm drehte sich alles nur noch um seine Firma.»

«Haben Sie von den Schwierigkeiten in der Firma gehört?»

«Klar. Die waren nicht zu übersehen. Das hat ihm stark zugesetzt», sagte Luca, der ihm noch einen Espresso anbieten wollte, den Monti dankend ablehnte.

«Warum haben Sie ihn denn nicht dort unterstützt?»

«Wie gesagt, ich hatte nie Interesse am Geschäftsleben. Das wusste mein Vater.»

«Aber respektiert hat er das nicht?»

Luca zuckte mit den Schultern.

«Was geschah?»

«Er hat mir immer weniger Geld zur Verfügung gestellt und mir gedroht, er werde den Geldhahn ganz zudrehen.»

«Wie haben Sie reagiert?»

«Ich habe ihm klar gesagt, dass ich mich nicht erpressen lasse. Ich wollte ein anderes Leben führen als er, nicht nur Maschinen entwickeln und am Markt verkaufen, sondern andere Sachen sehen, erleben und geniessen. Aber er hörte ja nie zu. Am Schluss hatten wir einen heftigen Streit.»

«Wie endete dieser?»

«Er bezeichnete mich als faulen Sack, und er stellte seine Zahlungen an mich von einem auf den anderen Tag ein.»

«Was hat Ihre Mutter dazu gemeint?»

«Sie war nicht einverstanden. Sie gab mir Geld. Meine Eltern hatten immer separate Konten, meine Mutter wollte nicht abhängig von einem Mann sein.»

«Gibt es noch etwas, was wir wissen sollten?», fragte Monti die Standardfloskel, die er am Ende jedes Gesprächs brachte.

«Nein.»

Die Aussagen von Luca deckten sich mit denjenigen seiner Mutter.

Monti verabschiedete sich, nahm einen letzten Augenschein von der Studentenwohnung und ging ins Treppenhaus. Das Leben in einer Wohngemeinschaft wäre nichts für ihn gewesen; nicht dass seine schulischen Leistungen für die Uni nicht ausgereicht hätten, aber das gemeinsame Wohnen mit fremden Leuten auf so kleinem Raum hätte er sich nicht angetan.

Auf dem Rückweg nach Zürich war er alleine im Zugabteil, was er gleich ausnützte, um die Freundin von Luca Berger zu kontaktieren, um dessen Alibi zu überprüfen. Keine Überraschung. Sie bestätigte es. Für den ganzen Abend – und die ganze Nacht.

Er ging in den Speisewagen, wo er sich ein Risotto Tessiner Art mit Merlot und Cherrytomaten bestellte. Während er auf das Essen wartete, gab ihm das zerrüttete Verhältnis zwischen Luca und seinem Vater zu denken. Monti hatte keine Kinder, und er hatte im Gegensatz zu Nicole auch nicht die Absicht, früher oder später solche in die Welt zu setzen. Das heutige Gespräch bekräftigte ihn in seiner Haltung. Luca Berger lebte in einer anderen Szene, in einer anderen Welt als sein Vater. Der Vater hatte dem Sohn den Geldhahn zugedreht. Eine glückliche Familie sah anders aus.

Der Kellner holte ihn aus seinen Gedanken und servierte

ihm das Risotto, das ihm vorzüglich schmeckte. Auf einen Espresso nach dem Mittagessen verzichtete er.

Um kurz vor zwei Uhr am Nachmittag entstieg er dem Zug am Hauptbahnhof und nahm den rechten Ausgang. Er schlenderte der Zürcher Bahnhofstrasse entlang. Die Geschäfte schienen Hochsaison zu haben. Die Menschen tummelten sich in den Läden, beschwingt vom Frühling, der endlich auch etwas wärmere Temperaturen mit sich brachte, als gäbe es kein Morgen mehr.

Er beabsichtigte, sich einen Überblick über die Vermögenssituation von Marc Berger zu verschaffen. Die Erfahrung lehrte ihn, dass das liebe Geld häufig eine wichtige Rolle bei tragischen Todesfällen spielte.

Er suchte nach der Hausnummer 173 und fand dort ein grosses, unübersehbares goldenes Schild mit dem gesuchten Firmennamen. Die Ravens Privatbank AG hatte ihre Räumlichkeiten im ersten, zweiten und dritten Stock des Gebäudes. Monti meldete sich am Empfang. Die Empfangsdame war informiert über seinen Besuch, führte ihn in ein Sitzungszimmer im ersten Stock und fragte ihn nach seinem Getränkewunsch.

«Einen Espresso mit Zucker, ohne Milch.»

«Gerne.»

Der Raum war stilvoll dekoriert. Ein Bild von Hodler hing gut sichtbar hinter dem runden Sitzungstisch, eine Giacometti-Skulptur stand in der Ecke, und der Bürotisch aus Kirschholz musste ein Vermögen gekostet haben. Monti nahm Rosenduft wahr, obwohl gar keine Rosen im Zimmer standen. Der Duft sollte etwas überdecken.

Dr. Reichlin trat durch die Tür. Reichlin war gross und drahtig, hatte graue Haare und eine Hornbrille mit dicken Rändern aufgesetzt, die vielen älteren Herren wie ihm gut stand. Er trug einen dunkelblauen Anzug mit hellblauem Hemd, eine dunkelblaue Krawatte und ein passendes Einstecktuch. Die braunen italienischen Lederschuhe gefielen Monti. Sicherlich kamen diese aus einer toskanischen Gerberei.

«Herr Dr. Reichlin, ich muss Ihnen ein paar Fragen zur

Vermögenssituation von Marc Berger stellen.» Er zog seinen Dienstausweis aus der Tasche.

Reichlin machte einen gelassenen Eindruck. Ihm war keine Nervosität anzumerken.

«Darf ich eine Kopie davon machen für unsere bankinternen Akten?», fragte er.

«Ja, sicher.»

Die Empfangsdame kam mit dem Espresso für Monti. Sie fragte Reichlin nach seinem Getränkewunsch, den dieser dankend ablehnte. Reichlin beauftragte sie mit der Erstellung der Kopie von Montis Dienstausweis. Sie nahm ihn wortlos entgegen und retournierte ihn fünf Minuten später genauso wortlos.

«Ich habe Frau Berger informiert, dass Sie vorbeikommen und ein paar Fragen zum Familienvermögen stellen werden. Sie hat keine Probleme damit. Sie verzichtet darauf, am Treffen teilzunehmen. Sie wollte auch keinen Anwalt als Vertreter schicken. Sie dürfen mich also alles fragen.»

Der Mann ist professionell. Ein echter Kundenbetreuer, dachte Monti.

«Wie lange kannten Sie Marc Berger?»

«Seit zehn Jahren.»

«Welche Geschäfte haben Sie für ihn erledigt?»

«Unsere Bank war zuständig für seine private Vermögensverwaltung. Wir haben Aktien, Obligationen und Immobilien für ihn erworben, und wir haben auch Versicherungspolicen für ihn abgeschlossen.»

«Gab es etwas Abnormales?»

«Nein, nicht wirklich. Herr Berger verfolgte immer den einfachen, klassischen Anlageansatz. Er wollte immer direkt die Anlagen besitzen, er ging nie über Fonds oder Anlagegefässe.»

«Wieso das denn?»

«Die seien zu wenig transparent und generierten nur viele Gebühren.»

«Verstehe. Wie würden Sie ihn als Person beschreiben?»

«Er war authentisch, fokussiert und ziemlich direkt. Als Investor war er entscheidungsfreudig. Er redete nicht lange um den heissen Brei herum. Unsere Treffen dauerten in der Regel nicht länger als dreissig Minuten.»

«Zeigen Sie mir die Aufstellung über sein Vermögen?», fragte Monti.

Reichlin zückte ein Papier aus seiner Aktenmappe, das die verschiedenen Vermögenspositionen von Marc Berger zeigte. Das Dokument war gut strukturiert und sogar für einen Nichtökonomen wie Monti verständlich. Berger hinterliess neben der Mehrheitsbeteiligung an der «Berger Industries AG» ein grosses Portfolio mit Aktien börsenkotierter in- und ausländischer Gesellschaften. Die Liste schien nicht mehr enden zu wollen, ironischerweise war er sogar Aktionär von der Tellbank. Er besass daneben Staatsobligationen, Mehrfamilienhäuser an bester Lage in Zürich, Basel und Genf sowie ein privates Darlehen als Kreditgeber von zehn Millionen Euro. Letzteres erregte die Aufmerksamkeit von Monti.

«Was ist mit diesem Darlehen?»

«Er hatte einem Freund ein Darlehen gewährt.»

Monti schaute auf die Aufstellung und sah die Bemerkung zum Rückzahlungstermin.

«Müsste es nicht schon zurückbezahlt sein?»

«Eigentlich schon. Aber der Schuldner hat Zahlungsrückstand.»

«Es sind zehn Millionen Euro offen. Verstehe ich die Aufstellung korrekt?»

«Ja, das ist korrekt.»

«Der Zahlungsrückstand scheint gravierend zu sein, der Schuldner hat noch gar nichts zurückbezahlt.»

«Gemäss meinem Wissen konnten sich die Parteien nicht auf einen neuen Rückzahlungsplan einigen», erklärte Reichlin.

«Was war der Standpunkt von Marc Berger in dieser Causa?»

«Das weiss ich leider nicht. Ich war nicht direkt involviert. Herr Berger hat uns in diese Transaktion nicht einbezogen.»

«Hatte Herr Berger noch andere solche Darlehen gewährt?»

«Nein, ist mir nicht bewusst.»

Monti liess es dabei bewenden. Er blickte noch einmal auf die Vermögensaufstellung.

«Das nennt man ein gut diversifiziertes Portfolio in Ihrer Sprache.»

«Ja, Herr Berger war ein besonnener Investor. Ein Value-Investor, er legte stets grossen Wert auf Sicherheit und eine ausgewogene Asset-Allokation.»

«Können Sie mir eine Kopie dieser Unterlagen anfertigen?»

Reichlin war darauf vorbereitet und überreichte ihm zwei dicke schwarze Bundesordner. «Da haben Sie die Übersicht über die Vermögenslage und alle Kontoauszüge von Herrn Berger.»

«Danke. Sehr gut.»

«Können Sie den Erhalt der Dokumente mit Ihrer Unterschrift bestätigen?»

Noch einmal. Die Formalitäten hörten gar nicht mehr auf. Reichlin hielt ihm ein Dokument zur Unterschrift hin.

«Bankgeheimnis. Nicht wahr?»

«Compliance. Wir müssen alle Informationsflüsse streng dokumentieren.»

Monti tat ihm den Gefallen. Die Bankiers brauchten für alles immer eine Unterschrift. Man musste für alle Eventualitäten vorbereitet sein. Er bedankte sich bei Dr. Reichlin für dessen Kooperationsbereitschaft und verliess das Sitzungszimmer. Reichlin wirkte elegant, seriös und besonnen, das kam sicherlich gut an bei den Kunden. Zumindest fand das Monti ziemlich vertrauenerweckend. Ein Bankier der alten Schule, so wie er sie früher kennen- und schätzen gelernt hatte.

Als er aus dem Gebäude trat, fiel ihm ein, dass er dem Namen des Darlehensschuldners bereits begegnet war. Der Name war auch auf der Gästeliste der Gala, die betreffende Person hatte jedoch nicht am Tisch von Marc Berger gesessen.

18

Der Gerichtstermin war auf Freitag, zehn Uhr, angesetzt gewesen, und Monti konnte alle Fragen der Verteidigerin und des Staatsanwaltes ohne grössere Probleme beantworten, und der Angeklagte, der einer Drogenmafia angehörte und einen Dissidenten umgebracht hatte, würde sicherlich überführt. Der Fall hatte vor zwei Jahren mediale Aufmerksamkeit erregt, welche die gewünschte Abschreckungswirkung der Drogenmafia akzentuierte, da der Leichnam in einer Schubkarre auf dem Sechseläutenplatz aufgebahrt worden war.

Monti konnte bereits eine Stunde nach Verhandlungsbeginn das Bezirksgericht verlassen und lief die Badenerstrasse runter zum Stauffacher. Das schöne Wetter hatte zur Folge, dass die Cafés und Restaurants draussen gut frequentiert waren, man gönnte sich bereits zur Mittagszeit ein Bier oder ein Cüpli. Männer und Frauen mit grossen Sonnenbrillen und noch grösseren Plastiktaschen in der Hand flanierten auf und ab wie fleissige Bienen, die Nahrung zurück in ihren Stock liefern mussten.

Kurz bevor er am Stauffacher abzweigen musste, sah er einen Glacé-Stand, den er nicht ignorieren konnte. Er dachte sich, dass er besser noch einmal zuschlug, stand doch in drei Tagen, am Montag, der Check-up-Termin bei seinem Hausarzt an, der ihm sicherlich wieder eine Reduktion von zuckerhaltigen Schlemmereien vorschlagen wollte. Er nahm eine Kugel Stracciatella, die vorzüglich schmeckte, cremig und weich, wie er es mochte. Nicole brachte immer die Eiscreme in der Packung nach Hause, die zwar nicht schlecht war, aber nie an ein richtiges Gelato herankam. Als Monti sich mit dem Gelato in der Hand aufmachte, hörte er ein Vogelzwitschern, das nicht echt tönte, es musste aus Lautsprechern kommen, was sich wenige Sekunden später bestätigte. Vor dem Coop hielten junge Leute von der Grünen Partei eine Demonstration ab. Die Plakate zeigten den Grund für den Anlass: «Stimmt für die Vogelschutzinitiative!», «Rettet die Vögel!» oder «Stopp dem Raubbau an der Erde!».

Eine junge Dame näherte sich ihm und fragte, ob er ihr eine Unterschrift für eine Initiative gebe. Er hörte sich die Argumente der Frau kurz an und setzte dann seine Unterschrift auf den Bogen. Zum Glück war Urech nicht bei ihm, der hätte sicherlich eine wilde Diskussion mit den Demonstranten angefangen.

Als Monti wenig später sein Büro betrat, marschierte er schnurstracks zur Pinnwand und schaute sich die Gästeliste der Gala an. Der Name des Darlehensschuldners war auf der Gästeliste, wie er es gestern Abend vermutet hatte.

Dieter Schultz.

Er setzte sich an den Computer und gab den Namen in die Google-Suchmaschine ein, die über eine Million Ergebnisse dazu fand. Er klickte auf den Wikipedia-Link. Schultz war ein deutscher Schauspieler, der in Fernsehserien, Kriminalfilmen und Theateraufführungen mitspielte, meist in der Rolle des Bösewichts. Sein Kopf oder vielmehr seine blonden Haare mussten auch mal für eine Shampoowerbung hinhalten. Es traf sich gut, dass die Sachbearbeitersitzung bevorstand.

Alle Mitarbeiter der Kriminalpolizei trafen sich einmal im Monat zu einer gemeinsamen Besprechung, wo sie sich kurz zu verschiedenen aktuellen Themen austauschten. Ziel sollte es sein, von den gegenseitigen Erfahrungen zu profitieren. Meist endeten die Diskussionen jedoch in einem netten Kaffeekränzchen, was zumindest zur Verbesserung der Stimmung unter den Kollegen beitrug.

Monti informierte sich bei seinen Kollegen über den Schauspieler Dieter Schultz. Der war als nächster Gesprächspartner auf seiner Liste. Zu seiner Überraschung kannten ihn mehrere. Einige klopften ein paar Sprüche über das scheinbar wilde Leben, das er während seiner besseren Tage angeblich gelebt haben sollte. Selbst Frau Weber kam – für ihre Verhältnisse – geradezu ins Schwärmen, vor allem über die blonde Mähne und die blauen Augen. Nach dem Ende der Sitzung ging Monti zu ihr ins Büro.

«Frau Weber, Sie scheinen sich ziemlich gut mit der Schauspielerei auszukennen.»

«Jetzt übertreiben Sie aber, Herr Monti.»

«Könnten Sie mir einen Abriss über die wichtigsten Eckpunkte des Lebens und der Karriere von Schultz machen?»

«Das mache ich sehr gerne.»

Er forderte sie auf, einen Termin bei Schultz für heute Nachmittag oder den frühen Abend zu arrangieren.

Am frühen Nachmittag sass Monti am Bildschirm von Frau Webers Computer. Sie zeigte ihm alte Videoaufnahmen von Schultz auf YouTube. Sie war sichtlich angetan von dessen gutem Aussehen, weniger von dessen schauspielerischen Fähigkeiten. Monti runzelte die Stirn und schnaufte laut durch seine Nase ein, aber Frau Weber verstand das Signal nicht. Er stoppte sie, als sie ihm ein neues Video vorführen wollte.

«Frau Weber, was haben Sie über ihn herausgefunden?»

Frau Weber setzte nun ihre braune Lesebrille auf und begann, chronologisch die wichtigsten Daten im Lebenslauf von Schultz zu zitieren, den sie sich auf ihrem Notizblock aufgeschrieben hatte.

«Geboren in Essen am 1. August 1962. Ein typisches Ruhrpottkind aus bescheidenen Verhältnissen, sein Vater war Handwerker und seine Mutter Lehrerin an der Volksschule. 1985 heiratete er ein ehemaliges Fotomodell. Die Scheidung folgte zwei Jahre später, da er es mit der Treue nicht so genau nahm, munkelte man damals, aber das habe ich nicht von Wikipedia, sondern von einer Kollegin.»

«Wo lebt er heute?»

«Er lebt an der Goldküste, in Zollikon, was ich dank dem alten Telefonbuch herausgefunden habe. Im Internet habe ich die Adresse nicht gefunden.»

Sie zeigte auf das dicke Exemplar auf ihrem Schreibtisch.

«Was hatte er nach seiner Schauspielerkarriere so unternommen?», fragte Monti weiter.

«Er schloss Werbeverträge ab und spielte in einigen Theaterstücken mit. Ich wohnte der Uraufführung von ‹Bankgeheimnisse› im Theaterhaus Gessnerallee bei, wo er einen arroganten Banker spielte. Das hätte Ihnen gefallen, Herr Monti. Eine amüsante Satire.» Sie zeigte ihm eine Liste von Theaterstücken, in denen Schultz meist die Hauptrolle innehatte.

Frau Weber hatte den Termin mit Schultz auf vier Uhr am Nachmittag anberaumt.

Wenig später setzte sich Monti in seinen Wagen, den er aus dem Parkhaus Feldegg holte, und schaute auf sein Handy, auf dem eine Nachricht von Nicole aufleuchtete.

«Komm morgen Abend zu mir. Passt acht Uhr? Ich möchte mit dir sprechen. Es ist wichtig.»

Monti bestätigte mit einem «Okay» und einem roten Herz-Emoji.

Das tönte nach einer weiteren Aussprache. Dieses Mal würde er es nicht vergeigen, dachte und hoffte er.

Er fuhr die Seestrasse entlang. Im Frühling gefiel ihm der Zürichsee am besten. Er schien zu ruhen, nur einige wenige Boote waren zu sehen. Die wenigen Fischerboote, die es auf dem See noch gab, waren um diese Zeit längst eingekehrt.

In Zollikon angekommen, führte ihn sein Navigationsgerät in ein Wohnquartier. Schultz wohnte in einem schönen, modernen Einfamilienhaus mit einer grossen Fensterfront an bester Lage, nicht unweit vom Seeanstoss entfernt.

Monti klingelte. Niemand meldete sich. Er hielt nun seinen Finger länger auf der Klingel. Nun hörte er Schritte und eine fluchende Stimme.

Ein Mann riss die Tür auf.

«Monti, Kriminalpolizei Zürich. Sind Sie Herr Dieter Schultz?»

«Ja, höchstpersönlich.»

«Ich muss Ihnen ein paar Fragen zum Tod von Herrn Marc Berger stellen.»

«Ihre charmante Assistentin hat Sie bereits angekündigt. Kommen Sie rein. Womit kann ich Ihnen dienen?»

Im Hereingehen musterte er Schultz. Die Fotos, die ihm Frau Weber gezeigt hatte, zeigten einen jüngeren, schlanken Casanova. Das musste schon eine Zeit her sein. Seine blonden Haare waren nicht mehr ganz so voll, einige graue waren zu erblicken und die Falten im Gesicht zahlreicher geworden, und er hatte etwas an Gewicht zugelegt.

Monti hörte Gitarrenklänge, die lauter wurden, während sie dem Flur entlangliefen, und als Schultz ihn ins Wohnzimmer führte, kam eine kreischende Stimme hinzu. Er sah Schallplattenhüllen von Janis Joplin und Jimi Hendrix auf dem Sofa liegen. Schultz sammelte die Hüllen auf, und wies ihn an, auf der Couch Platz zu nehmen. Während sich Monti hinsetzte, stellte Schultz den Plattenspieler aus, nahm die Scheibe vom Plattenteller und stülpte eine Schutzhülle darüber, bevor er sie ins Album-Cover steckte und im Gestell an der hinteren Wand einordnete.

«Was liegt Ihnen auf dem Herzen?», fragte Schultz und liess sich auf den Polsterstuhl vis-à-vis von Monti fallen.

«Wie war Ihre Beziehung zu Marc Berger?»

«Wir kannten uns seit langer Zeit. Marc hatte mich vor dreissig Jahren nach Zürich geholt. Er hat mich als Markenbotschafter für die ‹Berger Industries› engagiert.»

«Was war dort Ihre Aufgabe?»

«Als Markenbotschafter ging ich an Messen, Kongresse und wichtige Kundentreffen. Ich versuchte, die mir entgegengebrachten Sympathien für das Image der Firma zu nutzen.»

«Machen Sie das heute immer noch?»

«Nein. Wir leben in einer anderen Zeit. Die heutigen Geschäftsleiter ticken anders.»

Monti gefiel der Ruhrpottdialekt von Schultz, dieser hatte etwas Raues, etwas Bodenständiges, aber auch einen gewissen Charme.

«Inwiefern?»

«Die entscheiden weniger emotional und machen nur noch Dienst nach Vorschrift.»

«Was bedeutete das für Sie?»

«Marc und ich sind vor fünf Jahren zum Schluss gekommen, die Zusammenarbeit zu beenden.»

«Waren Ihre Schulden in der Höhe von zehn Millionen bei Berger der Grund dafür?»

Schultz war sichtlich überrascht über diese Frage.

«Weshalb haben Sie sich bei ihm verschuldet?», fragte Monti.

«Ich kaufte ein paar Immobilien auf Mallorca.»

Schultz bestritt den Betrag nicht. Monti war erstaunt über die an den Tag gelegte Gleichgültigkeit, als Schultz ihm die Zahl nannte. Wie konnte jemand bei einem so hohen Betrag keine Regung zeigen? Er selber hätte mit Sicherheit schlaflose Nächte, falls er hohe Schulden hätte, und Nicole würde ihm die Hölle heissmachen.

«Welche Sicherheiten mussten Sie hinterlegen?»

«Keine.»

Berger, der Geschäftsmann, verlangte keine Sicherheiten? War das möglich?

«Wieso stockten die Rückzahlungen?»

Schultz überlegte kurz und sagte: «Ich wollte nächstens mit der Rückzahlung beginnen.»

«Wie hat Marc Berger reagiert?»

«Er war gelassen. Für ihn war das Geld aus der Portokasse.»

Zehn Millionen Euro. Portokasse?

Monti ging mit Schultz den Ablauf der Gala durch, aber Schultz brachte keine neuen Erkenntnisse, ausser dass dieser alle ausgeschenkten Weine und Champagner inklusive Jahrgang fehlerfrei aufzählen konnte.

«Herr Monti, ich möchte nicht unhöflich sein, aber ich habe einen Arzttermin, und ich bin schon etwas spät dran.» Schultz erhob sich vom Sofa.

Monti bemerkte erst jetzt, wie gross Schultz war, überragte dieser ihn um gut und gerne zehn Zentimeter.

«Geht es Ihnen nicht gut?»

«Doch, doch, nur eine Routineuntersuchung. Ich muss meinen Pen wieder richtig einstellen und meinen Zucker testen.»

«Leiden Sie an Zucker?»

«Ja, Diabetes, aber alles unter Kontrolle.»

«Dann will ich Sie nicht länger aufhalten, Herr Schultz.»

Hohe Schulden waren oft Motive in Mordfällen, dachte Monti, als er das Haus verliess und sich in sein Auto setzte. Das Darlehen ging ihm nicht mehr aus dem Kopf. Einmal Schauspieler – immer Schauspieler. Zehn Millionen waren nicht gerade ein Klacks, Schultz mimte den Unbekümmerten.

Es ergab für ihn keinen Sinn, dass ein knallharter Geschäftsmann wie Marc Berger sich nicht für die Rückzahlung des Darlehens interessiert hatte. Oder waren zehn Millionen für ihn tatsächlich lediglich Kleingeld, das man in der Portokasse aufbewahrte?

19

«Wir liegen am südlichen Rand des Hochs Angela, dessen Zentrum sich heute über der Nordsee befindet. Der Luftdruckunterschied zwischen Bodensee und Genfersee führt morgen, Sonntag, zu einer starken Bise im Mittelland. Wir rechnen mit starken Windstürmen.»

Monti wechselte den Sender. Seine Kollegen von der Schachgesellschaft Zürich gingen noch ein Glas Wein im ‹Bohemia› am Kreuzplatz trinken, um auf den Auswärtssieg im Derby gegen Winterthur anzustossen. Endlich hatten sie den Erzrivalen wieder einmal besiegt, wobei er einen schönen Sieg mit den schwarzen Steinen dazu beigetragen hatte, überraschte er doch seinen Gegner mit der Leningrader Variante in der Holländischen Verteidigung. Gerne wäre er mitgegangen, aber er entschloss sich, direkt nach Hause zu gehen. Er wollte sich frisch machen, bevor er sich auf den Weg zu Nicole machte. Es stand ja schliesslich viel auf dem Spiel. Das Tram fuhr im Schneckentempo vor ihm und versperrte ihm die Überholspur. Monti fluchte, er kam kaum voran und brauchte zehn Minuten länger, um zu Hause in seiner Wohnung im Seefeld anzukommen.

Er nahm eine Dusche und zog seinen Lieblingsanzug mit hellblauem Hemd an, bevor er mit dem Auto nach Oerlikon fuhr, wo Nicole nun bei ihrer Freundin Karin wohnte. Er hatte Glück und fand einen freien Parkplatz nur hundert Meter von der Wohnung entfernt. Er rauchte eine Zigarette und trat den kurzen Marsch an. Er klingelte, und ohne Nachfrage wurde ihm die Tür geöffnet.

Nicole hatte sich – wie immer – zurechtgemacht. Sie trug einen schwarzen Hosenanzug mit Blazer und darunter eine weisse Bluse. Ihre Haare waren mit Haarklemmen hochgesteckt. Sie trug ihre schwarze Brille, was selten vorkam, die ihr eine gewisse Strenge verlieh.

Monti trat ins Wohnzimmer ein. Der Tisch war ungedeckt, das bedeutete, dass Nicole kein Abendessen vorbereitet hatte. Sein Magen knurrte.

Sie trug einen Krug Wasser auf den Tisch. Das war es dann auch schon. Es schien ihm mehr ein Verhör à la Urech als ein romantisches Rendez-vous zu werden.

«Fabio, so kann es nicht mehr weitergehen mit uns.»

«Ich gelobe Besserung.»

«Ich will keine wilde Ehe mit einem Mann, der andauernd seinen Beruf über die Beziehung stellt. Unsere Beziehung ist stehen geblieben. Wir müssen den nächsten Schritt wagen, und zwar zusammen.»

«Was möchtest du?»

«Eine Perspektive. Eine gemeinsame Zukunft.»

«Wie sollte die aussehen?»

«Ich denke, es ist an der Zeit, Nägel mit Köpfen zu machen.»

«Du denkst ans ...» Monti wagte es nicht, das Wort auszusprechen.

«Ich möchte heiraten und eine Familie gründen. Mit dir, Fabio. Du hast mir gefehlt.»

Nicole spürt ihre innere Uhr ticken, dachte Monti. Sie wünscht sich eine Familie mit Kindern. Es war nicht das erste Mal, dass sie dieses Thema ansprach. Monti gelang es bisher immer, dieses Thema mehr oder weniger elegant zu umschiffen. Bis heute. Nun machte Nicole Ernst.

«Bin ich nicht zu alt dafür?»

«Wo ist dein italienisches Blut geblieben?»

«Die armen Kinder. Einen Polizisten als Vater zu haben.»

«Du wärst nicht der erste. Kinder halten dich jung und geben dir eine andere Perspektive. Etwas Ablenkung von deinem stressigen Job kann nur gut sein.»

Punkt für Nicole.

Eine Revolution statt einer Evolution. Das war Monti bewusst.

«Du musst dich verändern, ansonsten bin ich für immer weg. Ich kann und will so nicht weitermachen.»

Ein Ultimatum.

Das Ultimatum war wohl der einzige Ausweg, die einzige Möglichkeit, die Nicole sah, um ihre Beziehung zu retten. Manchmal musste man zu seinem Glück gezwungen werden.

«Ich brauche etwas Zeit, um darüber nachzudenken», sagte Monti.

Familie und Kinder. Er war sich bewusst, dass es dafür eines radikalen Richtungswechsels bedurfte. Was er nicht wusste, war, ob er dafür bereit war.

20

Am Sonntagmorgen erwachte Monti früher als gewohnt, obwohl es eigentlich keinen Anlass dafür gab, der ihm seine geliebte Morgenruhe am freien Tag verdarb. Das Gespräch vom Vorabend mit Nicole hallte nach und liess ihm keine Ruhe. Er stand auf, schaute zum Fenster hinaus und stellte fest, dass wenigstens das Wetter es gut mit ihm meinte. Er ging in die Küche und schaltete die Siebträgermaschine ein, die ihm Nicole zum fünfzigsten Geburtstag geschenkt hatte. Die Kaffeemaschine aus Edelstahl verfügte über eine Vibrationspumpe, einen Drei-Liter-Wassertank und eine integrierte Kaffeemühle mit verstellbarer Dosierung. Er nahm den Kolben von der Haltevorrichtung, fügte das gemahlene Kaffeepulver ein, drückte es mit dem Tamper flach in den Filtereinsatz und drehte den Kolben in die Haltevorrichtung. Er drückte auf den Espressoknopf und stellte eine vorgewärmte Tasse auf die Tropfschale. Die Maschine heulte auf, er kontrollierte die Druckanzeige, und die goldig braune Flüssigkeit floss in die Tasse. Er süsste den Espresso mit einem Teelöffel Zucker und rührte vorsichtig, bevor er den Espresso trank.

Nachdem er eine Dusche genommen und seine gestrige Schachpartie an seinem Schachbrett, das aus feinem Nussbaum und Ahorn gefertigt war, nachgespielt und analysiert hatte, entschied er sich, im La Stanza zu frühstücken und danach kurz ins Büro zu gehen.

Er überquerte die Quaibrücke beim Bellevue. Die kräftige rötliche Sonne, die sich im Zürichsee spiegelte, erhellte sein Gemüt.

Im La Stanza angekommen, nahm er seine Sonnenbrille ab und bestellte einen Espresso. Er lief zur Vitrine mit den Backwaren. Es gab nichts zu feiern, ganz im Gegenteil, dachte er. Alles lief gegen ihn. Nicole stellte ihm ein Ultimatum, im Mordfall Berger schien er in einer Sackgasse festzustecken, und die Polizeikommandantin wollte ihn ins Wallis verbannen. Einzig der gestrige Sieg am Schachbrett gegen die Schachgesellschaft Winterthur gab ihm Anlass zur Freude, weshalb er ein Cornetto con marmellata vom Tablar nahm.

Nicole hatte recht. Es war an der Zeit, Nägel mit Köpfen zu machen. Sie war die richtige Frau für ihn, daran zweifelte er keinen Moment. Seine Arbeitssituation würde sich in Kürze verändern und beruhigen, aber er würde unter der Woche im Wallis in einem Büro in Brig oder Sion Däumchen drehen und strategisch wichtige Berichte verfassen, die dann bei einem Walliser Staatsrat in einer Schublade landeten. Er fragte sich, ob die räumliche Distanz seine Beziehung zu Nicole nicht wieder aufs Neue gefährdete. Vielleicht müsste er bei der Polizei kündigen und als freier Detektiv arbeiten, so könnte er in Zürich bleiben. Es sprach vieles dafür, den nächsten Schritt zu gehen.

Der Bleicherweg war wie leer gefegt, die meisten Restaurants waren geschlossen, lediglich ein vorbeifahrendes Tram und der starke Wind erzeugten ein wenig Lärm. Monti bog rechts ab und lief die Stockerstrasse und die Selnaustrasse hoch, bis er die Stauffacherbrücke erreicht hatte. Er schaute auf die Sihl runter, die wenig Wasser führte und gemächlich floss.

Die Pinnwand in seinem Büro war übersät mit Zeitungsausschnitten, Fotos und Notizzetteln. Alle potenziellen Tatverdächtigen waren mit einem Bild aufgeführt:

Verena Berger
Paul Keller (+ Claudia Mäder)
RRH
?
Dieter Schultz
~~*Luca Berger*~~

Unter jedem Porträt oder, im Falle von RRH, Regierungsrat Reto Häfliger, einem Symbol waren mögliche Mordmotive aufgeführt. Rechts hing die Liste der hundert Galagäste, die mit Reissnägeln befestigt war. Weiter unten auf der Pinnwand befand sich eine Liste mit offenen Fragen:

- *Was wusste Berger über Kellers dubiose Finanzgeschäfte? Hatte er ihn erpresst?*
- *Welche Motivation hatte Keller für seinen Insiderhandel?*
- *Weshalb hatte die Tellbank die Kredite nicht verlängert?*
- *Hatte Keller eine Affäre mit Verena Berger?*
- *Waren es ein oder mehrere Mörder?*
- *Warum hatte Berger Schultz ein Darlehen gewährt?*
- *Warum hatte Berger das Darlehen von Schultz nicht zurückverlangt?*
- *Hatte Berger eine Affäre?*
- *Warum hatte Berger sein Testament abgeändert?*
- *Ist Luca Berger in der Drogenszene aktiv?*
- *Hatte Berger ein krummes Geschäft gedreht?*
- *Wie und wo wurde das Gift beschafft?*

Bei einigen Fragen stand ein kleines rotes Häkchen. Gar nicht zufriedenstellend war jedoch, dass der Mörder sich immer noch auf freiem Fuss bewegte. Die Zeit drängte. Für Monti. Neun Tage blieben noch, falls die Kommandantin nicht eine Kehrtwende vollzog und von ihrer Frist Abstand nahm. Seine Versetzung nahte. Er wollte diesen Fall jedoch erfolgreich abschliessen und die Ermittlungsabteilung Gewaltkriminalität mit einem positiven Ergebnis verlassen. Die Kollegen oder zumindest die Mehrheit davon sollten ihn mit einem positiven Ereignis in Erinnerung behalten. Offene Fälle, insbesondere offene Mordfälle, wollte niemand übergeben und, noch weniger, solche übernehmen.

Es war zum Verzweifeln. Sie drehten sich im Kreis. Immer wieder die gleichen Fragen, die sie einander an den Kopf warfen. Immer wieder die gleichen Antworten.

21

Die junge, blonde Frau mit weissem Kittel bückte sich über ihn, rasierte ihm die Brusthaare und verteilte sechs dicke Metallknöpfe, die ihn vor Kälte zusammenzucken liessen, auf seinem Oberkörper.

«Sie können jetzt aufstehen und sich aufs Velo setzen», sagte die medizinische Praxisassistentin.

Monti schwang sich auf das schwarze Fahrrad und trat in die Pedale. Dreissig Minuten Sport in Form des jährlichen Belastungs-EKGs standen vor ihm.

Die Praxisassistentin kontrollierte, ob die angeschlossenen Kabel auch die Herzfrequenzen auf den vor ihr stehenden Monitor übertrugen und aufzeichneten. «Ich gehe ins Labor und analysiere Ihre Blut- und Urinwerte. Bis später.»

Nicole bestand auf seinem jährlichen medizinischen Checkup, da sie die Meinung vertrat, dass er sich zu wenig bewegte, und der Zigarettenkonsum und sein obligates Glas Rotwein seien seiner Gesundheit nicht förderlich, wobei Letzteres gemäss seinem Hausarzt wissenschaftlich nicht belegt war. An diesem Montagmorgen hatte er sich überlegt, ob er den Arzttermin verschieben sollte, entschied sich dann aber dagegen, um Nicole nicht gleich wieder zu verärgern.

Eine halbe Stunde später fand sich Monti verschwitzt im Wartezimmer wieder, wo er in einem der alten, abgegriffenen Gesundheitsmagazine blätterte, die einem mit ihren zahlreichen Artikeln über gesunde Ernährung und sportliche Aktivitäten ein schlechtes Gewissen machten. Dr. Blum riss ihn aus seinen Gedanken, als er ins Zimmer kam und ihn zu sich rief.

Sie gingen ins Sprechzimmer, wo Dr. Blum ohne Umschweife gleich zum Punkt kam.

«Haben Sie Stress bei der Arbeit?»

«Mörder jagen ist kein Picknick.»

Dr. Blum schaute ihn mit einem kritischen Blick an, als ob ihn die Antwort nicht restlos überzeugte. Er schaute auf die Patientenakte vor ihm. «Ihre Werte waren auch schon besser.»

Kam die nächste Hiobsbotschaft auf ihn zu?

«Wirklich?»

«Sie haben ein paar Kilogramm zugenommen, aber das Gewicht ist immer noch in der Norm. Aber Ihr Cholesterinspiegel hat sich erhöht, und der Blutzuckerspiegel ist auf ein Rekordhoch angestiegen.»

«Was bedeutet das?»

«Sie müssen aufpassen, damit Sie nicht ins Diabetes-Messer laufen.»

«Diabetes?»

«Ja, es besteht ein Risiko, wenn Sie Ihren Lebensstil nicht ändern.»

«Was muss ich tun?»

«Sie sollten mehr Sport treiben, weniger essen und weniger Alkohol trinken. Oder besser eine Kombination von allem.»

Sport hatte er nicht mehr betrieben, seit er die Polizeischule verlassen hatte. Essen war seine Leidenschaft, schon bevor er zur Schule ging. Ein Glas Rotwein gehörte bei ihm zum Essen dazu, da konnte und wollte er keine Abstriche machen.

«Gibt es Alternativen?»

«Nicht wirklich. Prävention ist besser als Therapie.»

Dr. Blum ging hinter seinen Schreibtisch, setzte sich und tippte auf die Tastatur des Computers. Eine Minute später ratterte der Ventilator des Druckers, der ein Dokument ausspuckte. Dr. Blum kramte in der untersten Schublade des Bürotischs und fand, was er suchte. Er stand auf, ging zum Drucker und nahm das Blatt in die linke Hand. Er überprüfte den Inhalt, bevor er es an Monti übergab. Es war eine Verschreibung für einen Cholesterinsenker. In der rechten Hand hielt er ein Merkblatt über Diabetes, dessen Titelseite von Insulinpumpen, Spritzen und Pens überragt wurde, was umgehend eine abschreckende Wirkung auf Monti entfaltete.

Als er wieder draussen an der frischen Luft war, entschied

er sich, Nicole anzurufen. Er atmete dreimal tief durch, nahm sein Handy hervor und drückte auf die Anruftaste.

«Ich habe mich entschieden», sagte er.

«Das ging aber schnell.»

«Du hast recht. Wir gehören zusammen. Wir sollten eine richtige Familie werden.»

Es war still in der Leitung. Nicole hatte es die Sprache verschlagen, und er war selber überrascht über seine Wortwahl, die einen Schockeffekt bei Nicole auszulösen schien.

«Bist du noch dran, Nicole?»

Er hörte, wie sie tief ein- und ausatmete.

«Ja. Bist du sicher, dass du das auch wirklich möchtest?»

«Hundert Prozent.»

«Kannst du dich auch ändern?»

«Ich werde es zumindest versuchen.»

Das war seine ehrliche Antwort. Der Weg war das Ziel.

«Das freut mich sehr», sagte sie mit brüchiger Stimme. Er spürte, dass sie den Tränen nahe war.

«Du kannst also wieder bei mir einziehen. Bei uns, meine ich.»

«Ich habe ja immer noch den Wohnungsschlüssel.»

«Dann bis bald. Ich liebe dich.»

«Ich liebe dich auch, Fabio.»

Im La Stanza schnappte er sich das letzte frei herumliegende «Zürcher Volksblatt». Im lokalen Teil blieb er hängen, las einen Artikel über ein tragisches Beziehungsdelikt in der Ostschweiz. Ein Mann wurde vom Geliebten seiner Frau erschossen. Zuvor hatte das Liebespaar bereits mehrmals versucht, den Mann zu töten, so hatten sie einmal die Bremsen seines Autos manipuliert, was aber nur mit einem Blechschaden endete. Die meisten Morde waren Beziehungsdelikte. Die Presse liebte es, darüber zu schreiben, denn die Geschichten fesselten die Leser über mehrere Tage. Jeden Tag kam wieder etwas Neues aus der Beziehung ans Tageslicht.

Giuseppe brachte ihm einen Espresso, und er gönnte sich

zwei Cornetti heute, um seinem Hunger beizukommen, und der zusätzliche Zucker würde seinen tiefen Blutzuckerspiegel wieder in die Höhe treiben. Das war seine Diabetes-Therapie, dachte er. In den letzten Monaten nickte er häufig an seinem Arbeitsplatz ein, was nicht ungefährlich war. Einmal trug er sogar eine kleine Schramme an der Stirn davon, schlug er doch mit dem Kopf gegen seinen silbrigen Fünfundzwanzig-Zoll-Monitor.

Sein privates Problem hatte er gelöst. Der Mordfall blieb aber immer noch rätselhaft. Seine Gedanken liessen ihm keine Ruhe, hatte er doch das Gefühl, etwas im Mordfall Berger übersehen zu haben. Etwas, was vor seiner Nase lag. Sie hatten auch schon Fälle gelöst, wo sie weniger Anhaltspunkte hatten. Sie brauchten einfach noch etwas Geduld. Etwas mehr Zeit. Zeit, die er nicht hatte und die er nicht mehr bekam.

Hatten sie sich von der FINMA-Untersuchung blenden lassen?

Gab es wirklich einen Zusammenhang zwischen dem Insiderhandel und dem Mord?

Oder war es nur Zufall?

Das Koffein und der Zuckerschub verliehen seiner Vorstellungskraft neuen Schub, und er kam auf neue Gedanken. Wie vom Blitz getroffen stand er auf, legte eine Zwanzigernote auf den Bartresen und verliess das Café, als ob er von einer Tarantel gestochen worden wäre. Giuseppe blickte ihm verwundert hinterher.

Monti rannte förmlich ins Büro – etwas, was in den letzten zwölf Monaten Seltenheitswert hatte. Als er ausser Atem an seinem Arbeitsplatz ankam, schaute er sich die Fotos der Tatverdächtigen an der Pinnwand an. Er nahm sie einzeln ab, ordnete sie neu und legte sie in einer Reihe auf den Tisch. Er atmete tief durch. Er war wirklich nicht mehr in guter gesundheitlicher Verfassung. Sein Atem war schwer, und sein Puls schlug wie wild.

Er ging zurück zu seinem Bürotisch und kramte in seiner rechten inneren Jackentasche. Als er seine Zigarettenpackung herauszerrte, fiel das Merkblatt, das ihm Dr. Blum ausgehändigt hatte, auf den Boden. Er hob es auf, dachte kurz darüber nach, es in den Papierkorb zu werfen. Er entschied sich dann anders und legte es auf den Tisch. Die Sorge um seinen verschlechterten Gesundheitszustand hatte gesiegt, wenn auch nur kurzfristig, machte er sich doch gleich auf den Weg nach draussen für eine Rauchpause. Im Treppenaufgang traf er auf Urech, der sich zu ihm gesellte. Zum Glück hatte die Polizeikommandantin bis heute keine elektronische Zeiterfassung eingeführt, sonst wäre Urechs Pensionierung um Jahre nach hinten verschoben worden.

«Wir müssen noch einmal im Umfeld der Familie unsere Fühler ausstrecken», sagte Monti mit ernster Miene.

Urech hatte sich verschluckt und hustete drei Mal schwer. Man brauchte kein Stethoskop, um zu hören, dass die Lunge stark in Mitleidenschaft gezogen wurde.

«Fabio, wir haben unseren Banker bisher mit Samthandschuhen angefasst. Vielleicht müssen wir den Schraubstock etwas fester anziehen.»

Samthandschuhe. Keller. Die vorläufige Festnahme hat seine Karriere ruiniert, lieber Kollege, dachte Monti. «Was schwebt dir vor?», fragte er.

«Vielleicht hatte er eine Affäre mit Verena Berger?»

«Und? Sie war nicht mehr mit Marc Berger zusammen. Sie konnte tun und lassen, was sie wollte.»

«Er hatte sicher seine Finger im Spiel. Der alte Casanova.» Urech wollte gerade zu einem Lachen ansetzen, als er einen weiteren Hustenanfall erlitt.

Monti nahm seine Zigarette aus dem Mund und runzelte die Stirn.

«Ja, das ist es!», schrie Monti und legte die Hand auf seinen Mund, als er bemerkte, wie laut er sich geäussert hatte.

Er ging auf Urech zu, umarmte ihn und klopfte ihm auf den Rücken. Das löste einen weiteren Hustenfall bei diesem aus. Urech verstand den plötzlichen Stimmungswandel bei Monti nicht und schaute ihn mit grossen, offenen Augen an.

«Was ist denn mir dir los?», fragte Urech.

Monti drückte rasch seine Zigarette aus und schmiss sie in den Aschenbecher, der vor dem Polizeigebäude befestigt war, und sagte zu Urech: «Das sag ich dir später.»

Monti eilte in sein Büro zurück, als liefe er um sein Leben. Er setzte sich an den Schreibtisch und guckte auf das vor ihm liegende Merkblatt. Diabetes.

Er hielt es nicht mehr aus. Er konnte an nichts anderes mehr denken. Die Frage liess ihn nicht mehr los. Er musste Dr. Blum anrufen. Sofort. Er konnte nicht mehr warten. Sein Puls war schon auf hundertachtzig, sogar viel höher als beim Belastungs-EKG, wo er auch tüchtig ins Schwitzen geraten war.

Monti wählte die Telefonnummer der Praxis. Die Assistentin wollte ihn auf einen späteren Zeitpunkt vertrösten, aber er liess nicht locker, bis er Dr. Blum am Hörer hatte.

«Herr Monti, was ist so dringend, dass Sie mich aus der Sprechstunde herausholen?»

«Herr Dr. Blum, ist Diabetes vererbbar?»

«Es gibt zwei Typen von Diabetes mit unterschiedlichen Ursachen für die Erkrankung.»

Typisch Blum. Man stellte eine einfache Frage und erhielt eine komplizierte Antwort.

«Was nun?» Monti stand von seinem Bürostuhl auf und lief auf und ab.

«Sie müssen zwischen den verschiedenen Typen von Diabetes differenzieren.»

«Die wären?»

«Für Sie, Herr Monti, besteht das Risiko, am zweiten Typus zu erkranken. Dort sind die Ursachen, neben familiären Faktoren, Übergewicht, Fehlernährung und mangelnde körperliche Aktivität.»

«Es geht nicht um mich.»

«Um wen dann?»

«Einen Tatverdächtigen.»

«Und was verlangen Sie von mir? Eine Ferndiagnose?»

«Nein, ich möchte nur wissen, ob Diabetes vererbbar ist.»

«Die Wahrscheinlichkeit, an Diabetes zu erkranken, liegt viel höher, wenn die Eltern bereits an Diabetes erkrankt sind, aber wie gesagt, gibt es viele Einflussfaktoren. Beim ersten Typus kennen wir die Faktoren noch zu wenig, aber auch hier spielt die genetische Veranlagung eine Rolle.»

Volltreffer.

«Was gibt es für Therapien dagegen?»

«In der Regel injizieren sich die Patienten das Insulin selber mit einem Pen oder, was heute selten vorkommt, mit einer Spritze.»

«Besten Dank. Sie waren mir eine grosse Hilfe.»

Monti legte auf und ballte die Faust. Er setzte sich wieder an seinen Arbeitsplatz und startete den Internetbrowser. Er suchte nach ein paar Bildern zu Insulinpens.

Das war die Bestätigung für seine Vermutung.

Endlich. Er fühlte, dass er nun auf der richtigen Spur war.

Monti nahm ein gelbes Post-it zur Hand und schrieb mit rotem Filzstift zwei Wörter in Grossbuchstaben darauf. Er setzte den Zettel in die Mitte der Pinnwand und zeichnete zwei Linien mit Pfeilen an beiden Enden ein.

Monti schloss die Augen und atmete tief durch. Er hatte das entscheidende Puzzleteil gefunden, das ihm bei der Auflösung des Falls helfen würde, davon war er überzeugt.

In der Mitte der Pinnwand stand in roter, kaum lesbarer Handschrift der Schlüssel zum Mordfall.

«Uneheliches Kind!»

Überrascht war er eigentlich nicht, vielmehr erleichtert, und er wollte seine Vermutung gründlich abklären lassen, sie würde ihm sonst keine Ruhe lassen. Er brauchte nun zwei DNA-Analysen, damit er seine Hypothese mit einem eindeutigen Beweis unterlegen konnte; ob dieser vor Gericht verwendet würde, stand auf einem anderen Blatt. Das Einsammeln von DNA-Speichelproben war ein heikler Eingriff in die Persönlichkeitsrechte, der bei vielen Personen ein Unwohlsein auslöste. Der Polizist brauchte meist eine hohe Überzeugungskraft. Dafür kam nur eine Person in Frage.

Peter Urech.

Monti rief Urech zu sich ins Büro, der zwei DNA-Kits im Keller holen und mitbringen sollte.

Unterdessen telefonierte er mit Müller, erklärte ihm seine Hypothese und forderte dessen Einverständnis für die Speichelprobe und das Erstellen der DNA-Profile. Ohne diese würde das Institut für Rechtsmedizin die DNA nicht auswerten.

«Klammern Sie sich nicht an einen Strohhalm, Monti?», fragte Müller.

«Es ist der Schlüssel zur Aufklärung. Ich bin mir sicher.»

«Meinetwegen. Wenigstens haben wir eine Spur, und Häfliger kann uns nicht vorwerfen, wir hätten nicht jeden Stein umgedreht», sagte Müller.

Urech trampte in Montis Büro und legte die DNA-Kits auf den Besprechungstisch. Jeder bestand aus einer kleinen Kartonbox, die mit einer leeren zylinderförmigen Ampulle, einem schwarzen Beutel und einer Etikette bestückt war.

«Um Himmelsgotts willen! Jetzt erzähl schon. Was hast du herausgefunden? Was willst du mit den Kits machen?», fragte Urech.

«Wir brauchen DNA-Profile von Luca Berger und Dieter Schultz», sagte Monti zu Urech und führte ihn durch seine Vermutung anhand seiner Skizzen an der Pinnwand.

«Du heiliger Bimbam! Ein Kuckuckskind?» Urech schaute Monti ungläubig an.

«Ja. Aber wir brauchen jetzt einen hieb- und stichfesten Plan, um den Mörder zu überführen.» Er führte Urech, der mit offenem Mund zuhörte, durch seine Gedankengänge.

«Und wenn einer der beiden die Analyse verweigert?»

«Dann sag, dass wir Spuren in Bergers Wohnung gefunden hätten, die uns möglicherweise zum Täter führen würden. Das hat bei Keller für die Fingerabdrücke funktioniert, das wird bei Luca Berger und Schultz auch funktionieren. Der Täter weiss, dass der Mord nicht in der Wohnung begangen wurde, weshalb er in die DNA-Analyse einwilligen wird.»

«Mit oder ohne Voranmeldung?», fragte Urech.

Monti meinte, es wäre besser, die beiden ohne Voranmeldung aufzusuchen. Er hatte die Erfahrung gemacht, dass es besser war, die Personen mit der DNA-Analyse zu überraschen, ansonsten kämen diese nur auf dumme Gedanken und würden einen Anwalt beiziehen.

«Bist du sicher?», fragte Urech.

«Jetzt geh los! Die Zeit rennt uns davon.»

22

«Ich habe sie», schrie Monti.

Frau Weber öffnete langsam die Tür und streckte ihren Kopf herein. Die Luft war rein, Frau Weber kam mit bedächtigen Schritten näher, dankte ihm und setzte sich wieder an ihren Arbeitsplatz. Monti hatte gerade ein Wasserglas über die Spinne gestülpt, die in der Ecke neben Frau Webers Schreibtisch die Wand hochgekrabbelt war und dazu führte, dass Frau Weber schreiend am frühen Dienstagmorgen in Montis Büro gestürmt kam.

Monti lief vorsichtig mit dem Achtbeiner im Glas und mit der Mausmatte von Frau Weber als Unterlage die Treppe hinunter, als er mit Urech zusammenprallte, der viel zu schnell um die Ecke kam. Monti verlor das Gleichgewicht, fiel seitlich auf den Boden und drehte sich ab, damit er das Glas nicht aus der Hand verlor. Urech stand stramm wie eine Tanne. Monti spürte das Newton'sche Gesetz am eigenen Leib.

«*Dio mio!*», fluchte Monti und schaute zu Urech hoch.

«Züchtest du neuerdings Spinnen?», fragte Urech, als er den Inhalt des Glases betrachtete, den Monti mit der rechten Hand hochhielt, als präsentierte er eine Trophäe.

Urech half ihm auf und begleitete ihn nach draussen, wo Monti die Spinne in die Freiheit entliess.

«Mission erfüllt», sagte Urech mit stolzer Miene. Er meinte damit aber nicht die Rettung der Spinne, sondern er deutete auf den schwarzen Rucksack, den er über die Schulter trug. «Ich habe beide Speichelproben.»

Urech schaute gespannt auf Monti, der ihm einen satten Klaps auf den linken Oberarm gab, eine Art Revanche für den Bodycheck im Treppenhaus.

«Gab es Probleme?»

«Nur Schultz machte anfänglich ein paar Kapriolen.»

Monti wollte nicht weiter mit anhören, wie Urech diesen

zum Einlenken bewegen konnte, er nahm Urech den Rucksack ab und dankte ihm. Er machte sich sogleich auf den Weg an die Winterthurerstrasse 190.

Das Büro von Professor Oberholzer am Institut für Rechtsmedizin war so steril eingerichtet, dass Monti sich fragte, ob Oberholzer die Leichen gleich hier auf seinem Schreibtisch anstatt im Obduktionssaal sezierte.

«Monti, wie schreiten Ihre Ermittlungsarbeiten voran?»

«Zu langsam. Müller sitzt mir ständig im Nacken, was die Sache auch nicht besser macht.»

«Das ist die heutige Zeit. Alles muss schnell gehen, darunter leidet die Qualität.»

«Ist das bei Ihnen am Institut ebenfalls so?»

«Es hält sich in Grenzen. Wir haben den Vorteil, dass unsere politischen Vorgesetzten unsere Tätigkeit nicht verstehen. Sie halten sich auf Distanz, was ich zu schätzen weiss.»

«Das mag ich Ihnen gönnen.»

«Sie sind aber sicherlich nicht zu mir gekommen, um ein Gespräch über mein persönliches Wohlbefinden zu führen.»

Monti lächelte und schüttelte den Kopf. «Können Sie mir einen Gefallen tun?»

«Das hängt davon ab, was es zu tun gibt.»

Oberholzer schaute Monti an und zog dabei die Augenbrauen hoch. Er war sich gewohnt, von Monti um sogenannte Spezialaufträge gebeten zu werden, die immer express durchgeführt werden mussten.

Monti erläuterte ihm seine Vermutung. Oberholzer nahm dies ohne die geringste Regung entgegen, war er Wissenschaftler durch und durch. Emotionen zeigte er nur ganz selten.

Oberholzer verlangte die schriftliche Verfügung von der Staatsanwaltschaft, die Monti ruckartig aus seiner Mappe zog und ihm überreichte.

«Wir führen die Analyse so schnell wie möglich durch. Sie haben die Ergebnisse in spätestens vierundzwanzig Stunden.»

23

Die Luft im Empfangsraum roch am nächsten Morgen nach Ethanol.

Die Empfangsdame des Instituts für Rechtsmedizin kannte ihn, was ihm das mühsame Einschreibe- und Ausweisprozedere ersparte. Sie führte ihn ins Büro von Oberholzer.

«Sie sind zu früh. Herr Professor Oberholzer kommt gleich. Er ist noch in einer Besprechung. Möchten Sie einen Espresso?»

«Gerne.»

«Schwarz mit Zucker?»

«Ja, danke, genau so.»

Die Empfangsdame kam mit dem Espresso und einem kleinen Schokoladenstück. Das Koffein verstärkte seine Anspannung. Er fühlte sich, als ob er als letzter und entscheidender Schütze beim Elfmeterschiessen im Weltmeisterschaftsfinal antreten müsste.

Die DNA-Analyse ging ihm die ganze Nacht nicht mehr aus dem Kopf. Er schlief kurz und schlecht, da er zu aufgeregt war. Der Tag der Entscheidung war gekommen. Was würde er machen, falls seine Hypothese widerlegt wurde? «Wir überqueren die Brücke, wenn wir da sind», besagte ein Sprichwort, aber er musste nun einen Treffer landen, ansonsten würde seine Motivation einen drastischen Knick erfahren.

Eine gefühlte Ewigkeit später platzte Oberholzer herein und legte ein gelbes und ein grünes Mäppchen vor Monti auf den Tisch.

«Die Genetik hat Ihren Auftrag ausgeführt. Die Ergebnisse der DNA-Analysen liegen vor Ihnen auf dem Tisch.»

Monti nahm die gelbe Mappe in die Hand. Sie beinhaltete ein Bündel von Dokumenten. Monti musterte die andere, grüne Mappe, rümpfte die Nase und schaute hoch zu Oberholzer.

«Und was haben Sie herausgefunden?»

Oberholzer lehnte sich zurück und genoss die Spannung.
«Ich glaube, Sie haben einen Volltreffer gelandet.»
«Das wäre dringend nötig, sonst kann ich mir bald einen neuen Job suchen.»
«Das wollen wir doch nicht. Nehmen Sie die erste Seite aus der gelben und grünen Mappe heraus.»
Monti zog die Seiten heraus und legte sie vor sich auf den Tisch.
«Was fällt Ihnen auf?», fragte Oberholzer.
Auf dem Blatt standen lauter kleine Buchstaben und Ziffern. Monti nahm seine Lesebrille aus seiner Weste heraus, setzte sie auf und studierte die verschiedenen Codes, die vor ihm lagen.
«Wollen Sie Sudoku mit mir spielen?», fragte Monti.
Monti sah sich die beiden Blätter noch einmal genauer an. Er hielt den Schlüssel zur Lösung des Falls in der Hand, da war er sich nun sicher. «Die zwei Codes stimmen überein», sagte er und schaute zu Oberholzer auf.
«Korrekt. Das sind die genetischen Fingerabdrücke, wie ihr Laien das nennt. Gelb und Grün sind blutsverwandt.»
Monti drehte die beiden Mappen um. In der Mitte standen die Namen und die AHV-Nummern der Personen. Er atmete tief durch.
Schach. Der König war umzingelt. Jetzt galt es, ihn noch mattzusetzen. Er hatte das entscheidende, fehlende Puzzleteil entdeckt.
Oberholzer genoss die Stille. Monti setzte seine Lesebrille ab, erhob sich und marschierte auf Oberholzer zu. Monti umarmte ihn und gab ihm einen Kuss auf die Wange.
«Das reicht jetzt.»
Oberholzer war sich nicht gewohnt, so viel Zuneigung zu erhalten.
«Noch eine letzte Frage. Wie zuverlässig ist die Analyse?»
«Neunundneunzig Komma neun Prozent.»

Am Nachmittag stand ein Weiterbildungskurs zur Theorie und Praxis der Verdachtslehre, Beweis- und Aktenführung an. Der Kurs fand in den Räumlichkeiten der Polizeischule, gleich neben dem Hauptgebäude der Kriminalpolizei, statt. Der Referent fokussierte sich auf die Praxis, gab viele Fallbeispiele wieder und nahm sich auch der Fragen der zehn Kursteilnehmer an, was Monti gefiel.

Nachdem er noch einmal kurz ins Büro gegangen war, um seine E-Mails zu überprüfen, um mit Freude festzustellen, dass ihm Oberholzer die Ergebnisse auch noch einmal schriftlich bestätigte, entschloss er sich, zu Fuss nach Hause zu gehen. Frische Luft und Bewegung taten ihm gut, das hatte auch Dr. Blum gesagt.

Monti flanierte über die Quaibrücke und blickte auf die Alpen, die immer noch schneebedeckt waren und nichts von ihrer majestätischen Anmut verloren hatten. Endlich ein warmer, sonniger Maitag, der sein Gemüt verbesserte. Etwas anderes liess sein Herz höherschlagen. Nicole hatte ihm eine Nachricht geschickt und mitgeteilt, dass sie wieder bei ihm eingezogen sei.

Als er die Tür zu seiner Wohnung öffnete, kam ihm der Geruch von Zwiebeln, Rosmarin und Speck entgegen.

Brasato al Barolo.

Das war eine seiner Lieblingsspeisen, obwohl sie nicht typisch toskanisch war. Nicole bereitete das Gericht auf ihre eigene Weise zu, verwendete kleine Speckwürfel, die dem Essen zusätzlichen Geschmack und Würze verliehen. Nicole rührte gerade in einer der Pfannen, als er sie von hinten umarmte und innig küsste. Sie sah ihn ungläubig an.

«Hast du im Lotto gewonnen?»

«Besser», sagte Monti, «Ich habe dich zurück.»

«Schmeichler.» Nicole und gab ihm einen Kuss und fragte: «Hast du etwas verbrochen?»

«Noch nicht.»

Er lächelte sie an.

«Was ist denn mit dir los?»

«Ich bin einfach glücklich, dass du wieder da bist.»

«Ich bin auch froh, dass wir wieder zusammen sind und dass wir gemeinsam in die Zukunft schreiten.»

«Schön gesagt.»
«Wie läuft dein Fall?»
«Wir sind dem Täter auf die Spur gekommen.»
«Wie das denn?»
«Dr. Blum und Urech haben mich auf die richtige Spur gebracht.»
«Was hat dein Hausarzt mit dem Fall zu tun?»
«Das ist eine lange Vorgeschichte.»
Er wollte ihr nicht von seinen schlechten Cholesterinwerten erzählen, um die gute Stimmung nicht zu gefährden.
«War es also doch der Banker? Habt ihr genug Beweise gegen ihn?»
Monti erzählte ihr kurz von den neuesten Erkenntnissen. Sie konzentrierte sich mehr auf die Pfannen auf der Herdplatte, wo die Zwiebeln dünsteten und der Speck angebraten wurde, als auf seine emotional vorgetragenen Erläuterungen. Als er den Namen des mutmasslichen Täters nannte, liess sie den Schwingbesen fallen und drehte sich zu ihm um. Sie kniff ihre Augen zusammen und schüttelte den Kopf.
«Das hätte ich nicht gedacht.»
«Wir alle können uns täuschen.»
«Das liebe Geld. Immer nur das Geld.»
«… und die Liebe.»
Monti zwinkerte Nicole zu.
«Bist du dir sicher, Fabio?»
«Hundert Prozent.»
«Nicht dass es wieder Komplikationen gibt.» Sie erinnerte ihn an einen Mordfall, in dem sie eine Abkürzung genommen hatten, da sie von Fluchtgefahr ausgegangen waren, indem sie – ohne die notwendige richterliche Genehmigung dafür vorgängig einzuholen – das Telefon des Tatverdächtigen abgehört und ihn mit diesen Aufzeichnungen dann auch prompt überführt hatten. Müller hatte wie ein Rohrspatz geflucht, da er befürchtete, dass er die Aufzeichnungen vor Gericht nicht verwenden könnte. Bitterli hatte einen Vermerk in seine Personalakte schreiben lassen, erinnerte er sich.

Monti überlegte einen Moment, was er sagen sollte. «Nein, das können wir uns nicht mehr leisten.»

Sie zog ihre Mundwinkel hoch, drehte sich wieder um und nahm eine der Pfannen vom Herd. «Wann können wir das veröffentlichen?»

«Warte noch damit.»

«Können meine Kollegen wenigstens ein Interview mit dir führen?»

Nicoles Journalisteninstinkt war allgegenwärtig. Sie wollte immer die Erste sein in der Berichterstattung. Das war in der heutigen Zeit mit den sozialen Medien wichtiger als vor zehn Jahren, heute konkurrierte das Privatfernsehen nicht nur mit dem übermächtigen, gebührenfinanzierten staatlichen Fernsehen, sondern auch mit den sozialen Medien.

«Ich muss zuerst Müller informieren und sein Einverständnis für meinen Plan abholen.»

«Aber du musst mich sofort informieren. Ich muss die Erste sein, die informiert wird. Versprochen?»

Er nickte und gab ihr einen Kuss auf die Wange.

«Geht mein Sherlock Holmes jetzt einen guten Wein im Keller holen?»

«Chianti?»

«Nein, einen Barolo. Der passt besser dazu.»

«Zu Befehl, Signora!»

Der Hauptgang schmeckte vorzüglich. Und die Tatsache, dass Nicole wieder zurück war, beflügelte Monti zusätzlich. Die Tortine di ricotta con frutta waren ein herrlicher Abschluss. Es schien heute sein Glückstag zu sein. Er half Nicole beim Abräumen des Tisches, bevor er ins Wohnzimmer ging und sich zufrieden auf seinen Polsterstuhl setzte, an seinem Weinglas nippte und kurz nachdachte, ob er Nicole endlich in seine drohende Abkommandierung ins Wallis einweihen sollte. Dazu bestand kein Anlass, das letzte Wort mit der Kommandantin war noch nicht gesprochen, redete er sich ein.

24

Die gemeinsame Nacht mit Nicole verlieh ihm neue Energie, obwohl sie beide nicht viel geschlafen hatten. Sein Adrenalinspiegel war auf einem Rekordniveau. Um halb sechs Uhr konnte er nicht mehr einschlafen, weshalb er Nicole einen Kuss auf die Stirn gab, und nach einer ausgiebigen Dusche auf direktem Weg ins Büro eilte. Nicht einmal Zeit für einen Espresso im La Stanza hatte er, das öffnete erst um sieben Uhr. Am Haupteingang traf er auf Urech, der bereits seine erste Raucherpause einlegte.

«Was machst du denn so früh hier?», fragte Urech.

«Senile Bettflucht. Mach die Zigarette aus. Ich muss dir etwas zeigen.»

Urech nahm einen letzten tiefen Zug und drückte die Zigarette im Aschenbecher aus.

Als sie ins Büro eintraten, zog Monti die unterste Schublade heraus und legte die DNA-Analyse-Berichte von Oberholzer auf den Tisch.

«Haben wir es mit einem Kuckuckskind zu tun?», fragte Urech.

«Ja. Aber das ist noch nicht alles. Ich habe den fehlenden Zusammenhang entdeckt.»

«Und der wäre?»

«Berger hat sein Testament nicht geändert, weil er Streit mit seinem Sohn bezüglich seiner Nachfolge im Unternehmen hatte. Falls dies so gewesen wäre, hätte er nicht auch gleich seine Frau enterben müssen.»

Urech nickte und hörte andächtig zu.

«Nein, Berger hatte herausgefunden, dass Luca gar nicht sein leiblicher Sohn war, und hat deshalb seinen Sohn und seine Frau enterbt. Seine Frau hatte ihn vor über zwanzig Jahren mit einem anderen Mann betrogen, und Berger war den beiden auf den Leim gekrochen.»

«Dieses Miststück», sagte Urech.

«Verena Berger hatte eine Affäre mit ihrem damaligen Schauspielkollegen Dieter Schultz. Die DNA-Analysen belegen es schwarz auf weiss.»

«Das mag so sein. Aber was hat das mit unserem Mordfall zu tun?»

«Ein mittelmässiger Schauspieler schwängerte seine Frau. Das muss für einen so erfolgreichen Mann aus der Wirtschaft und Politik eine schwerwiegende Niederlage gewesen sein, und danach müssen bei ihm die Sicherungen durchgebrannt sein.»

«Aber halt! Warum hat er niemanden über die Änderung des Testaments informiert?», fragte Urech.

«Möglicherweise wollte er zuerst die Beweiskette sicherstellen und seine Vaterschaft juristisch annullieren», sagte Monti und notierte sich, dass er noch abklären musste, ob eine Annullation der Vaterschaft nach so langer Zeit rechtlich überhaupt möglich war.

«Und wie weiter?»

«Es muss zum Streit mit der Ehefrau gekommen sein.»

«Das böse Weib hat ihn über all diese Zeit hinters Licht geführt.»

«Sie war eine gute Schauspielerin.» Monti setzte seine Erklärung fort: «Der Täter arbeitete bemerkenswert methodisch. Das Gift musste mühsam beschafft und die Verabreichung minutiös geplant werden. Die Tat war gerissen, hinterhältig und kreativ. Der Mord geschah in der Öffentlichkeit, was unüblich und riskant ist für einen Giftmord.»

Monti legte zwei Seiten Papier auf den Tisch. Es war eine ausgedruckte E-Mail mit einem Anhang.

Urech überflog die Papiere, zuckte mit den Schultern und richtete den Blick auf Monti. «Was willst du damit zeigen?»

«Der Mörder musste den Menüplan und die Sitzordnung bei der Gala kennen, um dem Opfer das Gift zum richtigen Zeitpunkt zu verabreichen, ohne dabei ertappt zu werden.»

Bei Urech ging ein Licht an. Er realisierte, wer der Täter

gewesen sein musste. «Du hast recht. Darauf hätten wir schon früher kommen können.»

«Im Nachhinein ist man immer klüger», sagte Monti und neigte den Kopf zur Seite.

«Ich kann deiner Argumentationslogik folgen, aber hast du konkrete Beweise dafür?»

«Nur fur die leibliche Vaterschaft. Nicht aber für den Mord.»

Urech schüttelte den Kopf. «Die Staatsanwaltschaft wird keine Anklage auf der Basis von blossen Vermutungen stellen, schon gar nicht Müller.»

Nein, das würde dieser nicht machen, dachte Monti.

«Es steht noch etwas Arbeit vor uns.»

«Wir werden uns die Zähne an diesem Fall ausbeissen. Alle Spuren sind verwischt. Wir haben nur Indizien. Das reicht nie und nimmer vor Gericht für eine Verurteilung aus», sagte Urech und sah Monti fragend an.

«Du hast recht, aber ich habe einen Plan.»

«Und der wäre?»

«Wir brauchen ein Geständnis.»

Urech lachte laut und sagte: «Du bist ein Scherzkeks. Das ist Wunschdenken. Wie willst du das erreichen?»

Monti erklärte Urech seinen Plan, dieser hörte gespannt zu.

«Pragmatisch. Schlau. Zielgerichtet», sagte Urech, nickte Monti zu und fügte an: «Ich bin dabei.»

«Wir müssen nun Müller über das Vorgehen informieren.»

Das war die erste Hürde.

«Wie willst du ihn vom Vorgehen überzeugen?», fragte Urech.

«Müller wird mir vertrauen. Vertrauen müssen.»

Wahrscheinlich. Sicher war Monti sich nicht, aber er hatte keine andere Wahl. Die Zeit drängte.

Eine Dreiviertelstunde später, er hatte gerade sein Handy hervorgenommen, um eine SMS an Müller zu verfassen, als dieser ihn endlich zurückrief. Monti legte ihm seine Hypothese dar. Müller war für eine kurze Zeit perplex und sprachlos. Nachdem er sich gefasst hatte, forderte er Monti auf, ihm die Resultate der DNA-Analysen zu schicken. Monti leitete die E-Mail von Oberholzer inklusive der Anhänge weiter, während er auf Müller einredete und ihm seinen Plan schmackhaft machte.

Müller schluckte einmal leer und atmete schwer. «Monti, haben Sie endgültig den Verstand verloren?»

«Ich gebe zu, das Vorgehen ist speziell.»

«Speziell? Das ist wieder einmal typisch Monti: Warum einfach, wenn es kompliziert geht?», sagte Müller mit einem ironischen Unterton. Er hatte sich erholt vom ersten Schock.

Pause. Etwas Zeit geben zum Nachdenken und dann zum letzten Schlag ansetzen, dachte Monti.

«Wenn der Plan aufgeht, ersparen wir uns viel Arbeit und ein langes Gerichtsverfahren.»

Müller blieb kurz still. Zeit für Monti, um einen letzten Nadelstich zu setzen.

«Wer nicht wagt, der nicht gewinnt.»

Müller atmete tief, bevor er antwortete: «Das haben wir noch nie so gemacht. Der Plan ist waghalsig, verrückt und riskant, aber er ist zumindest gesetzeskonform. Die Fluchtgefahr schätze ich gering ein, und auf ein langwieriges Gerichtsverfahren habe ich keine Lust. Davon habe ich bereits zu viele am Hals.»

«Das heisst?»

«Ich bin mit Ihrem Plan einverstanden. Bis auf eine Ausnahme: Häfliger und seine Frau bestelle ich morgen nicht ins Savoy.»

Monti nickte heftig, als ob ihn Müller sehen könnte. «Sie werden es nicht bereuen.»

«Rufen Sie mich heute Abend auf dem Mobiltelefon an und rapportieren Sie, ob der erste Teil Ihres kühnen Plans aufgegangen ist. Ich halte mich bereit.»

Keine fünf Minuten später sassen Urech und Monti im Subaru Impreza und waren auf dem Weg an die Goldküste. Urech fuhr die Seestrasse entlang, während Monti auf dem Beifahrersitz seine letzten Notizen in sein Moleskine-Buch schrieb und Nicole mitteilte, dass er heute später nach Hause kommen werde. Sein Vorsatz, die Beziehung an erster Stelle zu halten, musste noch etwas auf seine Umsetzung warten.

«Was hat dich eigentlich auf die Idee gebracht, dass Schultz der leibliche Vater von Luca ist?», fragte Urech und schaute zu Monti rüber, der in sein Notizbuch vertieft war.

«Ich habe einen Injektionspen in Lucas Zimmer gefunden, den ich zu diesem Zeitpunkt nicht einordnen konnte. Als mir dann Schultz gestand, dass er an Diabetes leidet und seine Dosierung für die Injektionen überprüfen müsse, fiel der Groschen bei mir. Beide hatten die Zuckerkrankheit, für die es eine genetisch bedingte Veranlagung gibt, und beide haben blaue Augen und blonde Haare.»

Die Tatsache, dass Dr. Blum ihn selber für diabetesgefährdet hielt, wenn er seinen Lebensstil nicht änderte, verschwieg er.

Sie erreichten das Haus von Dieter Schultz ohne Probleme. Urech hätte das Haus auch ohne die Hilfe eines Navigationsgerätes oder Monti gefunden, kannte er die Gegend gut aus eigener, wenn auch nicht positiver Erfahrung, stammte doch seine Ex-Frau aus Zollikon; leider nicht aus diesem vornehmen Quartier, wie er Monti bei der Fahrt mitteilte.

Urech drückte dreimal auf die Klingel. Eine junge, gross gewachsene Frau öffnete die Tür. Ihre blonden Haare waren offen und nass, sie schien überrascht zu sein, dass um diese Zeit unangemeldeter Besuch kam.

«Guten Tag, wir sind von der Kriminalpolizei. Wir müssen mit Herrn Schultz sprechen», sagte Monti.

«In welcher Angelegenheit, wenn ich fragen darf?»

«Das werde ich ihm persönlich sagen.»

«Einen Moment. Ich hole ihn.»

Sie hörten, wie die Frau mit ihren Stöckelschuhen den Flur entlangschritt. Ein paar Minuten später kam Schultz zur Tür.

Seine blonden Haare waren auch nass, er trug Jeans und ein weit geöffnetes weisses Hemd, wo seine grauen Brusthaare hervorquollen.

«Sie haben aber eine hübsche Tochter, Herr Schultz», sagte Urech und erntete von Monti einen strafenden Blick.

«Das ist nicht meine Tochter», sagte Schultz.

Urech zuckte kurz zusammen.

Die Frauen schienen Schultz immer noch zu mögen, obwohl er nun nicht mehr der Jüngste war, vielleicht half das Geld etwas nach, überlegte Monti.

«Was wollen Sie denn schon wieder von mir? Sie kommen ziemlich ungelegen», sagte Schultz und verwarf die Hände.

«Wir werden es kurz machen», sagte Monti.

«Wenn es denn sein muss. Kommen Sie rein.»

«Wie war Ihre Beziehung zu Marc Berger?», fragte Monti.

«Wir waren Freunde. Ich kannte Marc, seit ich in der Schweiz wohne. Das sind bald dreissig Jahre. Aber das habe ich Ihnen, Herr Monti, doch bereits erzählt. Führen Sie keine Protokolle?»

«Uns ist zu Ohren gekommen, dass die Freundschaft in letzter Zeit etwas gelitten hatte», sagte Urech, der nun in seinem Element war.

Schultz stritt ab, dass es zwischen ihnen zum Streit gekommen war. Er war nun auf Betriebstemperatur gekommen. Gesprächig war der gute Mann, dachte Monti. Es war an der Zeit, die Bombe platzen zu lassen. Urech nahm ein Bündel Dokumente aus seiner Aktentasche und warf sie wuchtig vor Schultz auf den Tisch.

Schultz schaute ihn ungläubig an. «Was soll das?»

«Das sind die Resultate der DNA-Analysen, die wir in Auftrag gegeben haben», sagte Monti in ruhigem Ton.

«Und?»

«Herr Schultz, Sie sind der leibliche Vater von Luca Berger.»

Schultz verharrte in einer Art Schockstarre wie eine Schildkröte im Winterschlaf. Im Gegensatz zu den Kriechtieren erhöhte sich sein Puls spürbar, seine Halsschlagader war nun dicker, und sein Kopf war rot angelaufen wie eine Tomate. Aber es kam noch schlimmer für ihn.

«Wir verhaften Sie.»

Draussen stiegen sie zu dritt in den Subaru, Schultz nahm hinten Platz, und Urech legte ihm Handschellen an.

Monti rief Müller an und bat ihn, zum Kasernenareal für die Einvernahme von Schultz zu kommen.

Schultz hatte in der Zwischenzeit einen Anwalt beigezogen, was die nachfolgende Befragung zwar in die Länge zog, aber kurz nach Mitternacht war das Ziel erreicht. Schultz rückte mit der Wahrheit heraus und legte ein umfassendes Geständnis ab.

Protokoll unterschrieben.

Sie hatten den ersten Teil von Montis Plan erfolgreich abgeschlossen.

25

«Es ist die Inquisition», sagte Luca Berger zu seiner Mutter.

«Jetzt sollte der Henker aber endlich auftauchen», scherzte Keller.

Der Zürichsee lag an diesem Morgen verborgen unter einer dicken Nebeldecke, die eigentlich untypisch für diese Jahreszeit war.

Pünktlich um zehn Uhr versammelten sich Verena Berger, Luca Berger, Paul Keller, der mit seinem Anwalt Moritz Wipf und seiner Freundin Claudia Mäder erschien, sowie Müller in der Lobby des Hotels Savoy. Müller hatte sie vorgeladen.

Das war der zweite Teil von Montis Plan.

«Was soll das? Ich habe wirklich Wichtigeres zu tun, als meinen Morgen in einer Hotellobby zu verbringen», murrte Keller.

Die Gruppe stand ungeduldig am Eingang zum Hotel Savoy.

Monti stiess mit ein paar Minuten Verspätung zu ihnen, in Begleitung von Urech und Dieter Schultz sowie zwei uniformierten Polizeibeamten. Schultz war über die Nacht um Jahre gealtert. Fluchtgefahr bestand keine; so wie er aussah, hätte er es nicht einmal zum Hauptbahnhof geschafft.

«Es tut mir leid, meine Damen und Herren. Ich musste noch einem Hinweis nachgehen. Aber nun bin ich voll und ganz für Sie da», sagte Monti. Er wies sie in den Speisesaal. Herr Fasoli hatte den Tisch von Marc Berger genauso herrichten lassen wie am Vorabend des Todes von Marc Berger. Er war mit Besteck, Suppenteller, Servietten, Salz- und Pfeffermühle sowie der grünen Tabascoflasche gedeckt.

Als Monti mit seinen Ausführungen begann, stieg die Spannung im Raum förmlich. Elf Augenpaare richteten sich auf ihn. Sie drückten ihre Anspannung, Neugier und Wachsamkeit aus.

«Nehmen Sie doch bitte alle dort Platz, wo Sie am Galaabend gesessen haben. Herr Müller, Sie nehmen den Platz von Herrn Häfliger ein.»

Nachdem alle ihren Platz gefunden hatten, begann Monti mit seinen Ausführungen.

«Das Institut für Rechtsmedizin stellte zu Beginn der Ermittlungen die Substanz Parathion als Todesursache fest, weitere Hinweise gab es keine. Wir tappten lange im Dunkeln. Die erste Frage, die es zu klären galt, war, ob es sich um einen Unfall, Selbstmord oder Mord handelte.»

Monti stimmte die Anwesenden auf die Urteilsverkündung ein. Er kostete jeden Moment davon aus, dessen war er sich bewusst.

«Einen unbeabsichtigten Unfall als Todesursache konnten wir rasch ausschliessen. Das verabreichte Gift Parathion ist seit 2002 in Europa offiziell nicht mehr erhältlich. Selbst wenn ein Gemüse irrtümlicherweise mit dem Giftmittel in Berührung gekommen wäre, hätte die Menge nicht ausgereicht, um Marc Berger, und nur ihn, ins Jenseits zu befördern», schloss Monti seine erste Argumentationslinie ab.

«Ein Unfall stand, glaube ich, auch nie zur Diskussion», sagte Verena Berger etwas genervt.

«*Giusto.* Blieben Selbstmord oder Mord.»

Monti hielt einen Moment inne und führte dann seine Aussagen fort. «Selbstmord erschien für die Medien zu Beginn der Ermittlungen als das wahrscheinlichste Szenario.»

Monti erinnerte sich an die Schlagzeilen in der Boulevardpresse und die geführten Diskussionen mit der Staatsanwaltschaft.

«Die Probleme in der ‹Berger Industries›, die Streitigkeiten mit seinem Sohn und die kriselnde Ehe haben ein starkes Fundament für die Selbstmordhypothese gebildet, was für die Presse schon reichte, um Selbstmord als Todesursache in den Raum zu stellen. In der Regel schreiben Manager jedoch einen Abschiedsbrief, wo sie ihre Beweggründe für den Suizid darlegen. Wir haben keinen Brief gefunden.»

«Machen Sie es nicht so spannend, Herr Monti. Wir möchten wissen, wer der Mörder ist», sagte Luca laut.

«Noch etwas Geduld, mein junger Herr.»

Monti lief auf und ab. «Es war – aus zwei Gründen – kein Selbstmord. Marc Berger hat noch während der Veranstaltung spontan einen Termin mit Herrn Häfliger für den nächsten Tag vereinbart. Er hat sogar eine E-Mail mit seinem Handy an seine Assistentin geschickt mit der Bitte, einen Tisch im ‹Storchen› zu reservieren. Würde das eine Person machen, wenn sie in Kürze Suizid begehen möchte?»

«Und der zweite Grund?», fragte Keller.

«Berger war völlig überrascht über seine plötzliche Übelkeit. Er schaffte es nicht einmal bis zur WC-Schüssel, übergab er sich doch schon vorher. Ich bin überzeugt, dass ein so gut organisierter Mensch wie Marc Berger sich über die Folgen eines Selbstmordes mit einem Giftmittel informiert hätte, und er hätte wohl ein anderes Mittel verwendet oder einen anderen Ort gewählt», sagte Monti.

Er schaute den Protagonisten in die Augen.

«*Conclusio.* Es war Mord.»

«Ich kann Ihrer Argumentationslogik bis hierhin folgen. Aber wer hat es getan? Das ist die Frage», sagte Keller.

«Jede der anwesenden Personen, die am Tisch mit Marc Berger sassen, hatte ein mögliches Motiv für den Mord. Mit Ausnahme von Frau Häfliger und Ihnen», sagte Monti und schaute die Freundin von Keller an, deren Name ihm entfallen war.

«Das ist doch Unsinn», sagte Keller, der nun von seinem Anwalt einen Seitenhieb erhielt.

«Herr Keller, Sie hatten ein Tatmotiv. Die Untersuchung wegen Insiderhandels hatte Sie stark mitgenommen. Marc Berger drohte Ihnen. Er hätte sie bei der FINMA schwer belasten können, falls er ausgesagt hätte – was durch seinen Tod verhindert wurde.»

Kellers Wangen liefen feuerrot an.

«Ich gehe davon aus, dass die FINMA ein Berufsverbot gegen

Sie ausgesprochen hätte, und das Verfahren der Bundesanwaltschaft kennen Sie ja besser als ich. Das wäre das Ende Ihrer Bankerkarriere gewesen.»

«Das Ende kam dann durch die ungerechtfertigte Verhaftung Ihrer Kollegen», schrie Keller Monti ins Gesicht.

«Die Gerechtigkeit obsiegte, wenn auch nicht durch ein juristisch korrektes Verfahren, sondern durch einen Schachzug auf einem anderen Spielfeld. Herr Keller, ich kann Sie nicht wegen Insiderhandels verhaften und anklagen. Diese Abklärungen überlasse ich der Bundesanwaltschaft.»

Monti legte eine Pause ein. Es herrschte Totenstille im Raum.

«Das ist doch absoluter Schwachsinn. Wieso sollte ich für ein paar hunderttausend Franken meinen Ruf ruinieren und noch einen Mord begehen?», fragte Keller, der den kritischen Blick seines Anwalts nicht wahrnahm.

«Das ist mir auch ein Rätsel, Herr Keller», sagte Monti und überlegte, ob er seine Vermutung, dass die illegal erwirtschafteten Gewinne in die Kassen der Freiheitlichen Partei geflossen waren, erwähnen sollte. Er verzichtete darauf: Erstens war das nicht sein Fall und nur eine Vermutung, zweitens wollte er keinen Wutanfall bei Müller provozieren. Er fuhr fort: «Aber man darf nie eine Theorie aufgrund eines wahrscheinlichen rationalen Verhaltens von Menschen ausschliessen. Wir Menschen agieren nicht immer wie der Homo oeconomicus. Aber ich arbeite nicht für die Bundesanwaltschaft und musste diesen Sachverhalt nicht prüfen, obwohl ich mir auch dazu so meine Gedanken gemacht habe.»

Keller begann sichtlich nervös zu werden, er war kreidebleich, und kleine Schweissperlen rannen von seiner Stirn hinunter. Er war kein Unschuldslamm.

«Herr Keller, Sie haben möglicherweise gegen Finanzgesetze und das Strafrecht verstossen, aber Marc Berger haben Sie nicht umgebracht.»

Kellers Gesicht bekam nun wieder etwas Farbe, das Blut pumpte wieder schneller durch die Adern, und er atmete tief durch und sagte: «Endlich kommen Sie zur Einsicht, Herr Monti.»

«Sie waren zwar fast die ganze Zeit während des Anlasses an der Seite des Opfers, aber Sie kamen zu spät zur Veranstaltung. Das Gift wurde zu Beginn der Veranstaltung zwischen sieben und acht Uhr verabreicht. Um diese Zeit waren Sie gar nicht anwesend. Sie haben ein Alibi.»

«War es doch Selbstmord?», brach Luca die Stille im Raum.

«Nein, Selbstmord kann ich ausschliessen. Ebenso wie ich ausschliessen kann, dass Sie Ihren Vater umgebracht haben», sagte Monti.

Luca war für einen Moment ganz ruhig. «Sie haben mich doch nicht ernsthaft als Mörder verdächtigt, oder?»

«Ihr Alibi war stimmig. Sie waren tatsächlich im Kino zum Zeitpunkt, als das Gift verabreicht wurde.»

Monti hob die Schultern.

«Ihr Motiv erschien mir von Beginn an am schwächsten, aber ein guter Ermittler geht immer allen Hinweisen nach. Vergessen wir nicht, dass, statistisch gesehen, Streitigkeiten zwischen Familienmitgliedern einer der häufigsten Auslöser für Mordhandlungen sind.»

Luca atmete tief durch.

«Herr Schultz, Sie hatten hohe Schulden bei Marc Berger. Das war das einzige Motiv, das wir bei Ihnen betrachteten. Eine Frage, die mich lange beschäftigte, war, weshalb Marc Berger Ihnen dieses Darlehen gewährte. Er war Geschäftsmann. Das Darlehen war ja nicht zinsfrei. Zinsen, die Sie nie bezahlt haben.»

Schultz senkte den Blick.

«Ein Darlehen ohne jegliche Sicherheit. Keine Bank der Welt vergibt ein Darlehen für einen Kauf von Immobilien ohne die nötigen Sicherheiten. Was veranlasste Berger dazu? Das machte mich stutzig.»

«Marc hat mir vertraut.»

«Vertrauen. Das war der Schlüssel zur Lösung. Zerbrochenes Vertrauen.»

«Sie sprechen in Rätseln», sagte Keller und schüttelte den Kopf.

«Herr Schultz, Sie wussten von einem Geheimnis. Sie liessen sich dafür bezahlen, dieses für sich zu behalten. Sie haben Frau Berger erpresst.»

Die Anwesenden richteten ihre Blicke auf Schultz, der am liebsten im Boden versunken wäre.

«Der Mörder war äusserst geschickt. Er legte ein methodisches Vorgehen mit einer akribischen Planung an den Tag. Er musste sich das Gift beschaffen und dieses auch unbeaufsichtigt in ein Getränk oder ins Essen von Marc Berger einschleusen, was gar nicht so einfach war bei diesem gut besuchten Anlass. Ich habe mich lange gefragt, weshalb der Mörder das Gift unbedingt an diesem Anlass an Marc Berger verabreichte. Weshalb nicht an einem Ort, wo weniger Leute zugegen sind?»

Monti strich mit seiner rechten Hand durch seine vollen Haare. «Je mehr Personen an einem Tatort sind, desto mehr potenzielle Tatverdächtige hat die Polizei auf dem Radar. Die Ermittlungen gestalten sich schwieriger. Falls Berger zu Hause oder am Arbeitsplatz vergiftet werden sollte, wäre die Anzahl der möglichen Täter beschränkt.»

Monti legte eine weitere gewollte Pause ein. Die Verdächtigen schauten ihn gespannt an, und er drehte ihnen den Rücken zu und lief in Richtung Ausgang, bevor er mit gemächlichen Schritten zurückkehrte. «Frau Berger und Herr Schultz, Sie beide tragen seit über zwei Jahrzehnten ein Geheimnis mit sich.»

Verena Berger drehte den Kopf ab. Schultz rümpfte die Nase, während Monti einen Zettel aus seinem Veston kramte.

«Sie spielten beide im Theaterstück ‹Bankgeheimnisse›. Sie beide begannen damals eine Affäre.»

Luca Berger schaute seine Mutter ungläubig an.

«Die Affäre kam bis heute nicht an die Oberfläche. Die Paparazzi schienen früher ihre Nasen nicht so tief in private Angelegenheiten zu stecken, wie sie das heute tun.»

Verena Berger lief kreidebleich an.

«Was erlauben Sie sich eigentlich, Herr Monti?», fauchte Luca Berger.

Monti drehte sich zu Schultz und fragte ihn: «Liege ich falsch?»

Schultz antwortete nicht, sondern starrte nur regungslos auf den Boden.

Verena Berger blieb stumm.

Monti genoss die angespannte Stimmung, aber vor allem seine eigene Erleichterung, er wollte sich selber beweisen, dass er noch nicht zum alten Eisen gehörte. Eine erfolgreiche Falllösung war die beste Medizin gegen eine einsetzende Depression, hatte ihm einst ein älterer Ermittlerkollege als Scherz gesagt.

«Die DNA-Analysen von Herrn Schultz und Herrn Luca Berger waren der Schlüssel zur Lösung. Sie haben zwar keinen direkten Hinweis zum Mord gegeben, aber sie haben uns auf Umwegen zum Motiv des Täters geführt.»

Monti nickte Urech zu. Dieser zog Schultz am Arm nach vorne, bis er neben Luca Berger stand. Monti nahm ein Foto aus seiner Mappe, das Dieter Schultz während der Uraufführung des Theaterstückes ‹Bankgeheimnisse› zeigte.

«Auf dem Foto sehen Sie Herrn Schultz. Ein schöner, junger Mann mit blonder Mähne.»

Die Verdächtigten schauten sich das Foto an.

«Vergleichen Sie das Bild mit dem Aussehen von Luca.»

Alle schauten Luca und Schultz an. Die Ähnlichkeit war offensichtlich, sie waren fast gleich gross, beide hatten blondes Haar, blaue Augen und die gleichen feinen Gesichtszüge. Luca trug die Haare nicht ganz so lang wie Schultz damals.

«Die frappierende Ähnlichkeit war mir lange entgangen, aber dann fand ich heraus, dass sie beide an Diabetes leiden. Bei diesem Typ wirken neben dem Lebensstil auch genetische, erbliche Faktoren zusammen. Da ging mir ein Licht auf. Herr Schultz ist der leibliche Vater von Luca.»

«Nein, das ist nicht wahr!», stiess Luca Berger aus.

Er drehte seinen Kopf zu seiner Mutter und blickte sie fragend an.

«Das ist nicht wahr!», schrie Luca Berger noch mal.

Verena Berger nickte Luca kurz zu, und ein paar kleine Tränen troffen aus ihren Augen.

Monti legte die DNA-Analysen auf den Tisch. «Diese Tatsache hat mich zum Motiv geführt.»

«Wie denn?», fragte Keller.

«Dazu komme ich noch. Aber zurück zum Tathergang. Dass der Mörder das Gift in einen Drink mischte, erschien mir unwahrscheinlich. Es laufen zu viele Personen an der Bar herum, und vielleicht werden die Gläser vertauscht. Deshalb hat der Mörder das Gift ins Essen gemischt.» Monti zeigte auf den vollen Suppenteller, der vor dem leeren Platz von Berger stand. «Parathion riecht nach Knoblauch und hat eine gelbbraune Farbe. In einer Brokkolisuppe fällt das Gift gar nicht auf. Man kann es farblich nicht erkennen, man kann es nicht riechen oder schmecken.»

Monti liess ein paar Sekunden verstreichen, bevor er fortfuhr. «Wie stellte der Mörder sicher, dass er das Gift unbemerkt beimischen konnte? Woher wusste er, dass eine Brokkoli-Curry-Kokosmilchsuppe serviert würde? Woher wusste er vom Menü? Es hätte ja sein können, dass es eine andere Vorspeise gibt, zum Beispiel – was ich bevorzuge – Bruschette. Nur eine der hier anwesenden Personen kannte die Antworten auf diese Fragen.»

Wieder war es mäuschenstill im Saal.

«Frau Berger, Sie kannten den Menüplan.»

«Ja und?»

«Sie besprachen den Menüplan mit dem Chef de Service. Die Brokkoli-Curry-Kokosmilchsuppe steht nicht auf der normalen Speisekarte des Savoys. Sie haben diese Suppe als Spezialwunsch verlangt. Alle anderen an diesem Abend servierten Speisen finden wir auf der Speisekarte des Hotels.»

Herr Fasoli reichte ihm eine Speisekarte, und er legte sie aufgeklappt auf den Tisch.

Die Anwesenden staunten. Keiner sagte etwas. Monti genoss die Stille. Die Reaktion der Anwesenden zeigte ihm auf, dass er auf der richtigen Fährte war.

«Frau Berger, Sie haben Ihren Mann umgebracht.»

«Jetzt phantasieren Sie aber», entgegnete Verena Berger.

«Sie haben das Gift zu Hause in eine grüne Tabascoflasche abgefüllt und in Ihrer Handtasche an die Gala mitgenommen. Sie haben den giftigen Tabasco in Ihren eigenen Suppenteller gegossen, während Ihr Mann zurück vom Rednerpult kam. Es wäre den anderen Tischnachbarn aufgefallen, wenn Sie die Suppe Ihres Mannes für ihn gewürzt hätten. Das würde man für ein kleines Kind machen, aber nicht für einen erwachsenen Mann. Sie liefen zu Ihrem Mann und wechselten ein paar Worte. Danach kehrten Sie zusammen zurück an Ihren Tisch. Sie haben den Platz mit Ihrem Mann getauscht. Er trank die vergiftete Suppe aus Ihrem Teller. So muss die Tat abgelaufen sein. Herr Schultz war Ihr Komplize. Er hat das Gift im Elsass besorgt, wie er bereits gestern Abend zugegeben hat.»

Schach.

Matt.

Verena Berger begann zu weinen. Luca starrte auf den Boden.

Schultz hatte Mühe, sich auf den Beinen zu halten, er musste der Nacht in Haft Tribut zollen. Das Kartenhaus war in sich zusammengebrochen.

«Marc Berger ist Ihnen beiden auf die Schliche gekommen. Frau Berger kannte ihren Mann. Dieser war kein Mann, der zögerte und leere Drohungen aussprach. Er drehte den Geldhahn für seinen Sohn zu. Ich bin mir sicher, dass er das Gleiche auch für seine Frau in Betracht gezogen hat, als er über das Familiengeheimnis informiert wurde. Da kam Ihnen die Idee, Ihren Mann aus dem Weg zu räumen. Sie dachten, dass das alle Probleme löse. Luca würde wieder ein normales Leben führen können, Herr Schultz müsste sich nicht mehr um seine Schulden kümmern, und das Geheimnis würde weiterhin unentdeckt bleiben.»

Monti liebte diese Momente. Die Klarstellung der Sachlage, die Aufdeckung der Motive und das Nachlassen der zuvor aufgebauten Spannung.

«Die Frage, die mich lange beschäftigte, war: Wer hat Marc Berger das Geheimnis verraten? War es seine eigene Frau? War es Herr Schultz? War es eine eifersüchtige Geliebte von Herrn Schultz? Weder noch. Es war ein altes Foto von der Theateraufführung ‹Bankgeheimnisse›, welches Herr Schultz an Frau Berger per WhatsApp geschickt hatte.» Er hielt noch einmal das Foto vom Tisch in die Höhe. «Marc Berger hatte dieses gesehen. Er wurde zwar nicht nur eifersüchtig, sondern hatte auch erstaunliche Ähnlichkeiten im Aussehen zwischen Luca und Herrn Schultz festgestellt. Danach liess er einen DNA-Test durchführen, der aufzeigte, dass er nicht der Vater von Luca war. Marc Berger konnte einen Vaterschaftstest von Herrn Schultz nicht erzwingen, da die rechtlichen Fristen dafür schon verstrichen waren, wie ich heute Morgen noch von einem Juristen bestätigt bekommen habe.»

Alle Anwesenden konzentrierten sich auf Monti.

Luca schaute zu seiner Mutter. «Sag, dass das nicht wahr ist.»

«Luca, ich habe es für dich getan», sagte Verena Berger.

Sie verliessen den Saal, die zwei uniformierten Polizisten nahmen Verena Berger und Dieter Schultz fest und führten sie zum Polizeiposten, wo sie von Monti, Urech und Müller einvernommen wurden und ihr Geständnis protokollierten.

Monti und Urech liefen vom Kasernenareal zum La Stanza, wo sie ihren Triumph mit einem Glas Prosecco genüsslich feiern wollten. Müller hatten sie dazu absichtlich vergessen einzuladen. Als sie das Lokal erreicht hatten, waren ihre Teamkollegen bereits dort.

«Ist alles nach Plan verlaufen?», fragte Lüscher.

«*Tutto a posto*», sagte Monti.

«Gratulation», sagte Frau Weber, die sich richtig herausgeputzt hatte, als gäbe es eine Hochzeit zu feiern.

«Besten Dank. Der Dank gehört euch. Lasst uns auf den Erfolg anstossen», sagte Monti.

Monti überliess Urech das Öffnen der Flasche. Der Korken verfehlte die Lampe mit ihren sechs Leuchtröhren an der Decke nur knapp, was bei Giuseppe ein verzerrtes, aber erleichtertes Grinsen bewirkte.

Sie hielten ihre vollen Gläser in die Höhe und stiessen an.

«Was hat Verena Berger zum Mord bewogen?», fragte Frau Weber.

«Sie hatte wie die meisten Menschen ein grosses Bedürfnis nach Anerkennung und Zuneigung. Nach dem Ende der Karriere war sie nicht mehr im Mittelpunkt, und sie verlor ihren Status in der Gesellschaft, war sie doch nicht mehr der gefeierte Star von einst. Sie hatte nur noch eine Nebenrolle im Leben. Ihr Mann gab ihr nicht mehr die Aufmerksamkeit, Zuneigung und Liebe, die sie sich gewohnt war und wohl auch brauchte. Dieter Schultz war in einer ähnlichen Situation. Ihre Affäre war eine Art Zweckgemeinschaft unter Gleichgesinnten», erläuterte Monti.

Nebenrolle. Gutes Stichwort. Monti hatte auch das Gefühl, dass er bald nur noch eine Nebenrolle spielen würde, als Polizeistratege im Wallis.

«Aus dir wäre ein guter Psychologe geworden», sagte Lüscher.

Giuseppe kam auf Monti zu. «Commissario, Gratulation! Sie haben wieder zugeschlagen.»

«Danke, Giuseppe.»

«Wie machen Sie das immer wieder? Sie sind ein Genie.»

«Wir sind ein gutes Team. Nehmen Sie auch ein Glas.»

Nach ein paar Gläsern Prosecco zog das Team weiter ins La Saporita. Monti ging kurz zurück in sein Büro. Er setzte sich auf seinen Bürostuhl, zündete sich eine Zigarette an und genoss die Ruhe im Zimmer. Er atmete tief durch. Er nahm alle Notizzettel von der Pinnwand und warf sie in den Papierkorb in der Ecke. Ein weiteres Beziehungsdrama hatte zu einem tragischen Ende geführt.

Das liebe Geld. Die Gier. Der Geltungsdrang. Das war eine zu explosive Mischung, die zum Tod von Marc Berger geführt hatte.

Während Müller und Häfliger eine Pressekonferenz hielten, machte Monti sich auf den Weg ins Niederdorf.

Zusammen mit seinem Team sass er im La Saporita, genehmigte sich eine gute, nicht ganz günstige Flasche Chianti und freute sich auf die kulinarische Köstlichkeit. Auf Staatskosten.

Der Castello di Gabbiano übertraf ihre Erwartungen, sodass sie sich – noch vor dem Hauptgang – entschieden, eine zweite Flasche davon zu bestellen. Monti ass ein Bistecca di vitello e patate al rosmarino, gefolgt von einem Orangentiramisu. Urech genehmigte sich ein grosses Wiener Schnitzel mit Pommes frites und als Dessert einen opulenten Bananensplit. Frau Weber und Lüscher nahmen das Fischmenü und gönnten sich noch ein Glas Prosecco zuvor.

Nach dem Hauptgang gingen Monti und Urech an die frische Luft und rauchten eine Zigarette.

«Übrigens, die Kommandantin hat mich gar nicht auf deine Schnapstour angesprochen», sagte Monti, den das stutzig machte.

«Welche Schnapstour? Ich habe eine reine Weste», sagte Urech und lachte laut.

Monti schüttelte nur den Kopf. Urech musste Lüscher für eine Löschaktion im System eingespannt haben. Er drückte die Zigarette aus und ging zurück an den Tisch.

Nachdem sie das Dessert verspeist hatten, stand Monti auf und richtete ein paar Dankesworte an das Team, bevor er sich durchrang, das Thema anzusprechen, das er bis zu diesem Zeitpunkt immer wieder verdrängt hatte.

«Die Polizeikommandantin hat mich auf Mitte Jahr hin zu einem Spezialprojekt abkommandiert. Ihr braucht einen neuen Chef», sagte Monti.

Schockstarre. Seine Kollegen trauten ihren Ohren nicht.

«Verflucht! Du hast gerade einen bedeutenden, politisch brisanten Mordfall gelöst. Und als Dank dafür versetzt dich der Drache. Das geht doch nicht», erwiderte Urech.

«Was? Ist die Frau jetzt ganz durchgeknallt?», fragte Lüscher.

«Wohin?», fragte Frau Weber mit brüchiger Stimme.

Urech sah die Enttäuschung in Montis Gesichtsausdruck.

«Zur Sittenpolizei?», fragte Urech.

So ähnlich, dachte Monti.

«Nein. Auch nicht zur Verkehrspolizei», sagte Monti mit einem gequälten Grinsen. Er erläuterte das Spezialprojekt, für das er abgestellt werden sollte. Die Unterlagen hatte er gestern von Bitterli erhalten.

Die Stimmung war nun auf einem Rekordtief angelangt.

«Das kann ich nicht glauben», sagte Frau Weber, deren Make-up wie ein Glacé in der Sonne schmolz, liefen ihr doch ein paar Tränen über das Gesicht.

26

«Eine Frage geht mir nicht mehr aus dem Kopf», sagte Nicole und sah Monti fragend an.

«Und die wäre?», fragte Monti.

«Weshalb hatte Verena Berger die Trauerkarte mit den Würfeln abgeschickt? Das war doch ziemlich riskant?»

«Einerseits wollte sie den Verdacht auf Bankier Keller lenken, da sie wusste, dass dieser in Bern einen Vortrag hielt, und andererseits war es vielleicht ihre Art, von ihrem Ehemann endgültig Abschied zu nehmen», sagte Monti und nahm einen Schluck Prosecco aus seinem Glas.

«Die Frau muss eine schwierige Zeit durchlebt haben. Ein so intimes Geheimnis so lange für sich zu behalten war nicht einfach, ständig in der Angst zu leben, dass es gelüftet wird ...», sagte Nicole.

Monti nickte. «Sokrates sagte, eine glühende Kohle wäre leichter auf der Zunge zu halten als ein Geheimnis.»

Das La Saporita hatte seit Tagen die Werbetrommel für seine Pfingstgerichte gerührt. Verschiedene italienische Speisegerichte hatte der Chef zusammengestellt, von denen man fünf Gänge auswählen konnte, die mit reichlich feinen Rotweinen, darunter auch Montis Liebling, der Chianti Classico, ergänzt wurden. Dem konnten Nicole und Monti nicht widerstehen. Sie hatten einen ganzen Abend Zeit, um sich in Ruhe über die unmittelbar anstehenden Veränderungen zu unterhalten. Monti war nicht begeistert von diesem Austauschjahr, das ihm die Kommandantin auferlegt hatte, besser gesagt mit den damit verbundenen Nebenwirkungen, machte er sich doch Sorgen um sein eigenes Privatleben. Nicole stand vor einem grossen Schritt in ihrer Fernsehkarriere, hatte sie doch ein Angebot vom Schweizer Fernsehen erhalten. Das würde ihre Popularität noch weiter heben, und er würde sie alleine in Zürich lassen, da er wochentags in Brig oder Sion leben würde und nur die Wochenenden in Zürich mit ihr verbringen könnte. Eine Beziehung auf Halbdistanz. Darauf hatte er keine Lust.

Monti sprach das Thema an, das er die letzten Wochen aktiv verdrängt hatte. Es gab keine andere Wahl, stand seine berufliche Veränderung in wenigen Tagen an. Zu seiner Überraschung nahm Nicole die ganze Angelegenheit positiv auf.

«Fabio, das ist eine neue Erfahrung. Du musst es positiv sehen.»

«Ich habe mangels Alternativen keine andere Wahl.»

«Sie können deine Hilfe dort gut gebrauchen, und dem feinen Wein und dem guten Essen, das du dort vorfindest, bist du sicherlich nicht abgeneigt.»

Er erinnerte sich an ein Skiwochenende in Zermatt, das sie in vollen Zügen genossen hatten. Das Raclette, den Fendant, die freundlichen Leute und dass es den Eindruck machte, dass die Sonne im Wallis immer schien.

«Das mag sein, aber …» Er seufzte.

Nicole beugte sich zu ihm rüber und gab ihm einen Kuss auf die Lippen.

«Jetzt machen wir uns erst einmal einen schönen Abend.»

Der Kellner brachte die Vorspeisen an den Tisch. Nicole gönnte sich einen Thunfischsalat, der mit farbigen Würfeln aus Tomaten, Gurken und Paprika garniert war. Monti hatte sich für die Zuppa di cozze, die Muschelsuppe, entschieden. Er nahm den Teller in beide Hände, hob ihn an und roch das gehackte Basilikum und den fein geschnittenen Knoblauch.

«Prüfst du, ob Gift in der Suppe ist?»

«Nein, sie riecht so fein.» Er hob den Suppenteller und streckte ihn zu ihr hinüber, und sie stimmte ihm zu.

Monti nahm die Pfeffermühle und würzte die Suppe kräftig.

«Darf es noch etwas Tabasco sein, Commissario?» Nicole hielt ihm eine rote Tabascoflasche hin.

Monti lachte. «Ich bevorzuge die grüne Flasche.»

«‹*Poison is a woman's weapon*›, hat schon Sherlock Holmes gewusst», sagte Nicole und grinste.

Dank

Mein herzlicher Dank geht an:

Meine Eltern, die mir als Unternehmer und Menschen immer als Vorbild dienen.

Meine Frau Tina, die mir nach jedem Rückschlag wieder auf die Beine half und mich aufs Neue motivierte, das Buch zu vollenden.

Den Emons Verlag für das ausgesprochene Vertrauen, die reibungslose Zusammenarbeit und den angenehmen Umgang.

Stefanie Rahnfeld und Christel Steinmetz, die als Leiterinnen Lektorat Kriminalroman bei Emons sich entschieden haben, mein Projekt zu veröffentlichen.

Irène Kost, die das Lektorat dieses Buchs gemacht hat und dank ihrem Adlerauge auch die kleinsten Unstimmigkeiten fand.

Rolf Brönnimann, der mir als Direktor des Hotels Savoy Rede und Antwort gestanden und mir eine Führung im Hotel und damit einen Blick hinter die Kulissen ermöglicht hat.

Janine Mosimann von der Kantonspolizei Zürich, die mir als Juristin die Zusammenarbeit zwischen Kriminalpolizei, Staatsanwaltschaft und Gerichtsmedizinern erläuterte sowie alle meine Fragen, und es waren nicht wenige, rund um die Ermittler kompetent beantwortete.

Bezirksrichterin Gabriele Ramer Jenny und Anwalt Christian Jenny, die mir in einer Schnellbleiche die Strafprozessordnung näherbrachten und en passant die gröbsten prozeduralen Fehler im Handlungsablauf ausmerzten.

Dr. Andrea Oestreich vom Institut für Rechtsmedizin, der mir die toxikologische Wirkung von Parathion näherbrachte und dafür verantwortlich ist, dass der Handlungsablauf im Buch nun mit einer Prise Realität versehen ist.

Ruedi Plüss, der mir als einer der drei ersten Testleser ein aufbauendes Feedback mit diversen Anregungen gab, die zum Gelingen des Buches beitrugen.

Thomas Christen, den sympathischsten Bankier, den ich je getroffen habe, der mich auf einige sachlogische Fehler im Manuskript hinwies.

Marcel Gautschi, der mir nicht nur im Buch immer wieder mit seinen Ratschlägen rund um die Informationstechnologien beratend zur Seite steht.

Dirk Vaihinger, der mir als ehemaliger Verlagschef das kritischste Feedback gab, mir reinen Wein einschenkte und mich auf den Boden der Schriftstellerrealität zurückholte.